# 弄堂

上海方言小说
有声伴读

胡宝谈 著

上海大学出版社

**图书在版编目(CIP)数据**

弄堂/胡宝谈著. —上海：上海大学出版社，2022.8
ISBN 978-7-5671-4494-1

Ⅰ.①弄… Ⅱ.①胡… Ⅲ.①长篇小说－中国－当代 Ⅳ.①I247.5

中国版本图书馆 CIP 数据核字(2022)第 129036 号

| 方言顾问/钱乃荣 | 责任编辑/黄晓彦 |
| 朗读总监/丁迪蒙 | 封面设计/缪炎栩 |
| 书籍插图/罗志华 | 技术编辑/金 鑫 钱宇坤 |

# 弄　堂
胡宝谈　著
上海大学出版社出版发行
（上海市上大路99号　邮政编码200444）
(https://www.shupress.cn)　发行热线 021-66135112
出版人　戴骏豪

\*

南京展望文化发展有限公司排版
江苏句容排印厂印刷　各地新华书店经销
开本 890mm×1240mm　1/32　印张 9.25　字数 231 千
2022 年 9 月第 1 版　2022 年 9 月第 1 次印刷
ISBN 978-7-5671-4494-1/I·661　定价：40.00 元

版权所有　侵权必究
如发现本书有印装质量问题请与印刷厂质量科联系
联系电话：0511-87871135

# 新版说明

2008年,我读到钱乃荣教授辣《新民晚报》浪向保护上海话个呼吁文章,对母语日渐逼仄个生存空间个忧虑勿平,激发了我做点啥个想法。

我想写一本像上海说唱一样个上海小说,用日常口语,就是阿拉哪能讲话,就哪能写成文字,来写上海人从20世纪五六十年代到新世纪个生活缩影。所幸,《上海话大词典》使之成为可能,辫个是上海话写作个基石。

2009年个年底,老《弄堂》写好了,2011年出版,不久就"绝版"。虽然印得不多,流传范围却出乎意料,勿单单辣上海,还出现辣香港大学南方方言个书写历史讲座浪,辣日本也有多家图书馆收录,辣美国、欧洲个交关上海人也读到了。倪匡老先生还推荐拨金庸老先生,看得伊哈哈大笑。

蛮多人问过我,为啥一定要用上海话来写。用方言写出来个,是自然流露个人。

也正是辫个原因,老《弄堂》绝版之后,变成了一本传说当中个书,想读个人居然越来越多。

2022年,辣黄晓彦老师、严山山老师个关心下,新《弄堂》又来了,增加了新个故事,修正了旧个错误,还有了22篇作为花絮个小插曲,故事按照时代背景来排序,脉络更加清晰。

勿少人对我提出,初次接触,正字阅读有一定困难,就连倪匡老先生也讲,像伊搿能样子个老上海,也只能看懂八成。所以,新《弄堂》特别邀请了沪语专家丁迪蒙老师担任朗读总监,可以听故事了;还请了漫画家罗志华老师,配好了海派风情浓郁个插图。

当年,我写搿本书个辰光,还算是小上海,现在已经拨岁月无情个归入大叔一档了,不过,搿本书仍旧年轻,因为伊有一个梦想。

# 目　录

嗲·女邮递员 / 3
妗夹夹·西波涅 / 7
言话·嘡嘡车 / 10
老克拉·洋米袋 / 14

滑头·小裤脚管花衬衫 / 21
手节头·奶油五香豆 / 25
规矩·扫帚生日 / 29
弄松·黄鱼鲞 / 32
吃老酸·熊猫牌香烟 / 36
乌里买里·何日君再来 / 40
吃定心丸·饭榔头 / 44
摸夜乌龟·红烧野胡翅 / 48
抛顶宫·飞军帽 / 50
搅头势·亭子间嫂嫂 / 56
摆噱头·人体素描 / 60
六月债·淮国旧 / 62

吃弹皮弓・堂吃酒 / 67

吃头势・杏花楼月饼 / 71

横竖横・横渡黄浦江 / 74

抖抖病・少年维特个烦恼 / 83

拉郎配・年历片 / 87

吵新房・三十六只脚 / 91

冷茄茄・假领头 / 96

勿是生意经・外宾 / 99

狗头牌・红楼梦 / 106

年夜头・凭票供应 / 114

开窍・黄色歌曲 / 123

吃香・国营大工厂 / 127

热心热肺热肚肠・锣鼓队 / 129

老卵级格・纠察 / 132

轧朋友・数电线木头 / 134

打相打・每周广播电视 / 137

出外快・东风饭店 / 141

飞过海・海外关系 / 145

淡嘴骨里・味之素 / 149

熬勿牢・脚踏车券 / 155

神抖抖・文艺活动 / 161

螺蛳壳里做道场・汏浴 / 164

白相·黄鱼车水果 / 171

康密兴·外烟 / 174

花功·轧朋友 / 177

斜白眼·上海牌小轿车 / 181

摆大王·弄堂乒乓球 / 185

老鬼失撇·搓老坰 / 190

戇大·私人电话 / 194

起劲·小虎队 / 197

攀模子·子夜舞 / 200

儱头·认购证 / 207

眼痒·跑单帮 / 211

阿胡卵·看黄带 / 214

豁胖·国庆节 / 217

死腔·开无轨电车 / 220

眼火·奉帮裁缝 / 225

小派司·发展下线 / 228

回汤豆腐干·洋插队 / 235

崇明人拉阿爹·蓝印户口 / 238

寻开心·王伯伯 / 241

谢谢侬一家门·大闸蟹 / 243

眯花眼笑·大卖场鸡蛋 / 248

懂经·丁克 / 251

乓乓响·110联网 / 254

做人家·十全大补 / 258

把家·情人节 / 262

吃咖啡·打卡 / 266

结棍·老城厢 / 259

门槛·小出老 / 271

后记·屏牢 / 275

小插曲 / 280

上海话释义简表 / 281

朗读小记（丁迪蒙）/ 285

# 嗲·女邮递员

叶歌君条胡哝,嗲。

人也生了登样,眼睛老大老亮。屋里头商量下来,叫伊考音乐学院去。

弄堂房子,阿会得有啥练声房,更加勿会得有冷气,自家又要着乖,勿好影响邻舍隔壁。每日天,亭子间里练声,窗唠,门唠,关了没不通风,再要拉两层头个厚窗帘,门背后,棉花胎再要挂条。

冷天冷色还好,热天热色真生活,身浪,痱子发了像麻花雨,半日天,花露水好用脱一瓶。

叶歌君,第二名考进去了。学堂里要开会讨论,讨论下来,伊屋里成分勿灵光。

阿妹叶步君人小,事体勿大懂,听见阿姐呒没录取,浑身一轻松,伊想,乃终好勿要练声唻,极勿煞,窗帘布去搿搿开。叶歌君是,眼泡哭了像水蜜桃烂脱快了,怕人家看见,窗帘布又一把头拉上,拉个力道大勿过,咚一记,人告窗帘布一道掼下来。

叶歌君分配到邮电局,当了一个邮电员。

长袖长裤,头浪,包了毛巾,再戴顶布帽子,连得头颈也勿肯多露出来,风凉皮鞋倒赤脚着,就是担心人家讲伊脚忒白,勿像工农兵。下班天井里坐好,摆只脚盆,脚,水里向泡辣,太阳晒晒伊。

弄堂里,叶歌君日日送报纸送信来个。迭个小姑娘,坐辣高龙头脚踏车浪是蛮好看个,裘小凯,开头也就是看看。

下个号头,楼下头王伯伯屋里,亲眷汇钞票来了。平常日脚,口一声勿肯开个邮电员开口了:"王家,图章带出来!"

裘小凯前头一秒钟,煨灶猫呀,后头一秒钟,急了要跳出老虎窗噢。叶歌君条胡咙,像饧糖,拿伊搭牢了。

碰着王伯伯,触气,耳朵邪气好,又是汇款单,勿是逮捕证,脚头总归邪气快。除出头一趟,王伯伯正好用痰盂罐,慢一步,平常是,半声叫好,人已经蹿到门口头了。裘小凯是作孽,常庄只听着半句头"王……",又要等下个号头了呀。

伊个心,也勿着勿落一个号头。

想叫伊拉爷帮忙,想想勿会得答应。伊拉爷交关把细,香港汇钞票来,从来勿直拨直汇到屋里头,为了放烟幕弹,汇到阿姨屋里先,阿姨末,毛巾绢头包好了带过来。

伊千思百量,只有一只办法,借别人家名字,实底是自家帮自家汇钞票,手续费是,譬如买票子看影戏哦。

大热天,裘小凯拿自家小房间窗咔门咔,关朣缝,再要拉两层头个厚窗帘,门背后,骆驼毛毯再挂条。迭个,是有讲究个。一则,好装胡羊,叫叶歌君多叫两声,念头过足咾,打图书去;二则,光线暗,腔势足,有点咖啡厅兮兮个味道;三则,好叫弄堂里捎马桶咾,汏衣裳咾,茄山河咾,官兵捉强盗咾啥,迭排里乌七八糟个声音,过滤脱,单叫叶歌君个声音,沙滤水一样泅进来。

裘师母看勿懂了呀,儿子啥体呀,下来帮王伯伯讲,伲凯凯发痧唻。王伯伯眯花眼笑,我来!我来!我刮痧老鬼个!解放前头拜师父学个,一脚吭没机会上手唻!

王伯伯袖子管揎起仔,胡梯上来了。裘小凯当然勿肯拨伊刮。王伯伯,忘记心是有点大,事体真个做起来,倒是板板六十四,伊讲刮,板要刮。两家头扭过来扭过去,下头叶歌君还吭没叫,姆妈老早帮伊一方图书打好了。裘小凯气是气得来,讲勿出苦。

迭两日,王伯伯看裘小凯人吭没精神,一日到夜,伏辣床浪,像只赖伏鸡,毛病肯定吭没转好,又上来帮伊刮了。裘小凯钻到床底下,定规勿出来,还帮王伯伯吵相骂。

侬一句我一句个辰光,王伯伯个汇款单子来了,楼下头,叶歌君喊了一声又一声。

乃王伯伯要去了,裘小凯眠床下头一记头蹿出来,拿王伯伯两只脚一抱,抱牢,就是勿肯放,嘴巴里嘿嘿嘿笑。

夜饭吃好,汏碗盏辰光,胡梯下头,王伯伯逦逦叫,帮裘师母豁翎子:"㑚凯凯是,顶好领伊大医院看看看去。"

---

【胡咙】喉咙。正字是"㖞咙"。
【登样】像样,合适,入眼。
【着乖】善于察言观色而行事,知趣。
【痱bhe子】夏天皮肤上起的红色或白色的小疹,很刺痒。
【脱】掉:菜已经卖~了;了:我看~一歇再去上课。
【揎xiao】翻,揭。

【告】和。
【日脚】日子。
【常 zang 庄】常常。
【把 bo 细】仔细。
【脗 min】合拢（多指嘴唇）；合拢空隙。脗缝，合拢无隙。
【打图书】盖章。
【眯花眼笑】笑逐颜开。
【一脚】一直。
【揎'xuoe】发衣卷袖。
【板板六十四】死板得很。
【板】一定。
【伏 bhu】孵。赖伏鸡，欲孵蛋的鸡。
【迓迓叫】悄悄地，不声张地。

# 妗夹夹·西波涅

  两家头,言话半句也呒没讲过,裘小凯倒开始忙东忙西,忙了。外国人屋里呒没带了跑个咖啡壶,用肉票问人家调了两把。88键聂耳钢琴,要买就店里向买赤刮辣新个,帮姆妈吹牛三,讲伊有路子要考文工团。再隔脱两日,浴缸咾,莲蓬头咾,也买好了。

  弄堂里头,顶海威,是阿飞屋里洋房,装了只金圭内胆 A. O. 史密斯热水器。挺剩下来石库门也分档子,裘小凯屋里煤气有,就是热水呒没。裘师母奇怪来,浴缸买伊啥体?

  看看只莲蓬头,裘小凯还勿称心。伊拉阿姨屋里蹲辣高恩路,记得有只莲蓬头是 American-standard。伊开口借去,阿姨想想,现在,锅炉房呒没人烧,汏浴是,一样要烧几热水瓶开水,莲蓬头赛过摆设,索介拆拆下来,做做人情,送拨了凯凯哦。

  弄堂里大家侪晓得,六节头是健人头,小学一年级就会得自家装矿石收音机了。

  裘小凯舍得掼铜钿银子,下本钿,特特里请伊老大昌吃奶油烙鸡去。吃好转来,六节头末上手,组装矿石收音机,裘小凯末,做做下脚生活,一歇爬到屋头顶装天线,一歇爬下来,地线接辣自来水龙头浪,一脚忙到电台响了,叽呱叽呱,伊哈哈哈穷笑。

  人来疯事体还有唻,拿姆妈眼首饰,统统倒出来,倒勿是要拣

霜降 7

啥,独是要只紫檀个首饰盒头,拿得去,交拨张木匠,请伊帮六节头搭档,拿首饰盒改成八音盒。

裘师母越看越勿对呀,夜头,瞓勿落窠。要勿是怕人家嚼舌头根,真想爬起来,敲王伯伯屋里门去了。

裘小凯呢,乃要帮叶歌君搭讪头去了。

到底勿是阿飞,伊末,怕坍惹,戴了副苍蝇墨镜,是伊拉爷香港寄得来个,面孔㸚脱眼,好像胆就大眼了。

一歇歇,叶歌君脚踏车后头跟辣海,一歇歇,兜小弄堂,兜到人家前头,几趟想开口,舌头礚发礚发,准备还勿充分。

对了呀,跑上来就搭讪,是有点忒生硬了,口哨吹只《西波涅》哦,引伊注意先。裘小凯嘴唇皮刚刚"嘘"了半声,颈根就拨人家揿牢了。

伊末,妎夹夹,心思侪辣辣一桩事体浪,别样事体就有点木觉觉。人家勿木,从矿石收音机开始,老早铆牢仔伊唻。勿多几日,裘小凯是,送到新疆农场去了呀。

裘师母是,怨透怨透,怨王伯伯呀。"侬早眼告我讲,我送伲凯凯神经病医院去呀。神经病医院到底辣辣上海滩呀。"

裘师母告王伯伯结冤家了,碰着就相骂,提早斗争。一径斗到1966年,倒有点点和好了。

裘师母转念头:要勿是新疆老早送得去了,伲凯凯留到现在是,勿晓得要闯啥穷祸唻。

---

【妎 xi 夹夹】轻浮不持重;炫耀。
【赤刮辣新】非常新。
【海 he 威】多;不得了。
【索介 ga】干脆,索性。
【健 jhia】能干;身体强健。

【睏落瘸 huek】入睡深。

【坍悥 cong】难为情。

【攩'tang】用手推止；遮盖。

【䑛 ti】舌尖伸出。

【木觉 gok 觉】头脑不够灵敏，反应迟钝的样子。

## 言话·哐哐车

阿王小辰光，两个淘伴侪叫伊西瓜皮。天热，弄堂里头，一大帮子小出老日日侪到黄浦江游泳去，水上警察来捉了，大家屏仔气，迓到木排下头，独有伊头子活，拿半只挖空脱个西瓜皮，当帽子，头浪一戴，笃悠悠，游过来游过去，所以，大家叫伊西瓜皮。

等脱歇，伊西瓜皮还带转去唻。辩个两年，几化困难，西瓜皮拾得着也勿容易唻。转去，冲冲清爽，斩了一条一条，盐水里泡泡，咬起来，刮辣松脆，好当小菜唻。

阿王十六岁迭个一年，连得伊介皮只小鬼也勿出去白相去了，软皮搭拉，睏平辣床浪。

生毛病了？勿是。苏联电影《非常事件》正好看过，波尔塔瓦号来台湾海峡拨国民党海军俘虏脱，苏联海员为了减少体力消耗，饿肚皮情况下头屏屏牢，只好横倒勿动。

阿王空心肚里，冷开水吃了两大杯，睏了糊里糊涂，外头，女邮递员来叫唻。伊想哪能介勿作兴个啦，真个喏，一动，肚皮咕噜咕噜，叫了比邮递员还响。出去一看，原来是封通知书。

阿王呀，江南造船厂技校录取唻。造船厂，大工厂！两年头技校毕业，就好进厂了，外加告屋里蛮近，上下班便当。

夜头，爹爹转来一听，儿子考进李鸿章办个厂了。小菜场就算有肉卖,买转来烧,也赶勿及了,脚踏车凤凤芒芒踏到大世界对过,自家过房爷屋里。过房爷是,跟牢马咏斋里头老师傅学过,做五香酱肉老鬼,困难归困难,三日两头,弄堂里两个谗痨坯还是肉票交拨伊,叫伊小菜场肉买来烧,烧好了,大家每个人敁两片,嗒嗒。

过房爷听见阿王录取,也邪气焐心,杜做主张,拿一大块五香酱肉,荷叶包好了,屋里带转去再讲。吃得来,阿王浑身力道一记头发出来,夜头九点半,还跑出去,游泳去。

等伊技校读出,进厂孬个一日天,爹爹又帮伊马咏斋买了一大包五香酱肉庆祝庆祝。

组织浪,调查阿王屋里三代成分,呒啥问题,乃叫伊学习保密条例咾,军工条例咾啥,学好考试,倒也合格,拿伊分到军工车间里,跟两个老师傅学习装配潜水艇。

阿王手里张特别通行证,好进出军工车间个,"里委会"头头也觉着稀奇,上门来长长见识,拍拍马屁。

屋里头,又吃了顿五香酱肉。乃伊人生方向看起来,望后两年,就是个技术过硬个工人老大哥了,工资也勿会得低,就算孬个十年来了,军工企业也是太平个,乃屋里也太平。

叫啥,伊言话多勿过呀。

一日仔,厂礼拜,两个小青工讲,虹口游泳池小姑娘多。阿王听见小姑娘,心里也蛮热,袋袋里末,也赅钞票了,用勿着老早一样游黄浦江了。伊啌啌车一道乘得去了。

呆呆叫，勿晓得啥个事体，两个警察，车子上来，检查证件，一帮子小青工特别通行证摸出来，警察看见仔，蛮客气。阿王想着桩事体。伊讲唻：老老小个辰光，也是乘啌啌车，上来两个警察，穷凶霸道得来，查证件，爹爹摸出张啥派司，警察看见了，客气交关，还敬只礼。别个乘客统统赶下去了，就爹爹告伊还乘辣车子浪。

讲过末，也就算唻，两个小青工讲伊牛三拣大个吹，大家嘻嘻哈哈，勿当桩事体。

隔脱一枪，厂里向又开始汇报思想了，一个小青工拿警察检查证件桩事体讲出来，讲发讲发，讲到阿王头浪。

听个人，眼乌珠赛过电灯泡，马上一亮。

照阿王年纪望回推，当年查伊拉爹爹证件个，是国民党警察。国民党警察看见伊拉爹爹介客气法子，里头花头浓个呀！讲勿准，五零年，"二六大轰炸"就是伊拉爹爹送个情报。

罪过，伊拉爹爹真个是良民，就是怕出门勿安全，问朋友拉朋友借了本派司，道理末，就帮头浪个西瓜皮差勿多。

调查下来，事体是哴啥。军工车间，阿王勿好蹲了，特别通行证上交，人调到食堂里踏黄鱼车去。

---

【淘伴】伙伴，朋友。又作"道伴"。
【出老】骂人如鬼，用作"通骂"。小出老，詈骂小孩（有时带亲切感情，为昵称）。
【侪 she】全，都。
【迓'ya】躲，藏。
【几化】多少。
【拾 xhik】本词条为注音。

【刮辣松脆】很松很脆，一咬就碎，并有响声。
【勿作兴】不应该；道德上过不去。
【风风芒芒】风风火火。
【三日两头】常常。
【谗痨】嘴馋。
【毗 'pi】用刀平切剖肉。
【嗒 dak】尝。
【杜做主张】私作主张。
【呒 hhm】没，没有。
【望 mang】往……方向。
【呆 nge 呆叫】恰巧，刚好，偏偏。
【一枪】一段时间。

# 老克拉·洋米袋

上海滩浪，弄堂小学蛮多。中学，也有弄堂里个。今朝讲个爿学堂，也是弄堂里，是隔壁头工厂办个。学生子大多数是弄堂里一帮子小学勉勉强强毕业，再考，考勿上去个捣蛋鬼。

屋里头大人，本底子呒啥文化，小囡也一笔账，读书好派啥用场啦，勿见得好吃咾，好着咾？认两个字，自家名字写写，蛮好唻，还有啥花头，要末，画只乌龟，写写人家名字咾？

大人送伊拉学堂里去回回炉，像煞老油条再煠煠伊，勿求上进，只求勿要野辣外头闯穷祸。顺带便，老师也好做做伊拉规矩，等岁数大了点，叫伊拉卖力气去。

老师，就派两个出身苦、脾气暴、管得牢调皮小鬼个狠脚色。里头，有个瘌痢头，伊是校长兼语文老师，自家也只不过初小，后首来，算伊车间生产小组长做过，觉悟高起来，表格浪，一记头填成初中文化。伊规矩做起来是，手条子老辣。

戒尺，勿是老早门馆里红木货介高级，是铁条子，厂里向弄得来个，高头包了两层申报纸。

照瘌痢头心想，打，要打了煞根，包啥报纸！不过，上了一趟卫生宣传课，晓得铁锈弄进去了，要破伤风。中国人顶勿好讲言话个，就是出人性命，出了人性命，两个家长，平常恨勿得拿自家小鬼敲敲煞，现在板要来帮自家小鬼拼命。勿出人性命，随便老师哪能管，打了结棍，只有好哎。

叫是做规矩，大家也吭啥多讲头。瘌痢头请学生子吃生活，花头也做辣里头去了。

譬如讲，邻舍隔壁过生日，下了五六碗寿面，上上下下，侪送到了。瘌痢头末，蹲辣斜对门，外加，平常做人也有问题，过生日人家屋里头，条件，也勿大里好咾，面吭没送拨伊吃。

寿面勿送，伊暗暗叫骂人家寿头。第二日天上课，讲台后头一坐，别个花头吭没个，独是叫学生子背书，照牢书，一个一个字看下来，错脱一个字，打一记手心。

过生日人家个小囡，扳头拨伊捉着了，手心打脱一顿。连得两个邻舍小囡，寿面吃过个，也一道兜进去。

阿里有压迫，阿里有反抗。瘌痢头越是打，学生子闹了越是结棍。里头一个小鬼，生了两只招风耳朵个，叫勇奇，伊顶调皮了，今朝做值日生，自家扫帚勿带，转去前头，门开一半，偷得来把马桶豁笔倒搁辣伊门框浪。

第二日，瘌痢头门一推进来，马桶豁笔掼下来。瘌痢头发响了！"啥人弄个！立出来！"

学生子勿响呀。"班长侬讲！"班长讲伊勿晓得，今朝来了晏，跑教室后门进来个，一进来就背书，头也吭没抬过。再吊起来两个平常日脚还算稍许规矩点个，言话讲出

霜　降

来，一只袜统管。连审两堂课，原旧审勿出来，报告派出所哦，勿是反党，事体忒小。

癞痢头勿用公检法，自家动手，铁条子一抄，头一排开头，打下去。打到着末一排，再打上来打过，也用勿着学生子手心伸出来，手腕咾，手臂把咾，背脊骨咾，头颈骨咾，落冰雹能个，烂打一泡。打了两个小姑娘哭得来，赛过前脚老娘翘辫子，后脚又碰着流氓白相伊。

弄堂里，汏菜个阿姨妈妈听勿过，辣下头拔直胡咙喊了："要死唻！人家夜班嬝睏觉啦！"

癞痢头看看，群众意见大勿过，今朝，停是停下来了，明朝开始，一有芝麻绿豆能个小事体，就寻西瓜大个响势。学生子也勿是酥桃子，暗弄松癞痢头，譬如讲，拿只拍拍满个痰盂罐，园辣讲台下头。弄到后头，上课要派出所"白乌龟"坐辣最后一排。

老克拉，老早是高中教书，打成右派，下放到此地。头一堂课，学生子倒蛮识相，看看伊个红漆皮背带，银头司的克，倗有点缩手缩脚，又有点看西洋镜个意思，赛过人饿肚皮，饿过头，倒勿饿了。

第二堂课，到底还是饿，又开始咕咕叫了。勇奇听见弄堂里辣喊："棒冰吃哦，赤豆棒冰……"坐勿牢了呀，书从来勿看个人，书翻开来，两只分头，书里头一夹，弄根绳子，缚好仔，吊下去。歇歇，一根盐水棒冰书里头夹好了，拉上来。真叫，现世棒冰。

自家嘴巴里含含，好唻，还要传拨一帮好兄弟嗒嗒，七嗒八嗒，课堂纪律会得好哦。

老克拉课勿上了，笑笑，关照班长寻只篮头来，自家摸铜钿，请学生子棒冰一人吃根。

课堂浪，一记头毕毕静。伊自家也吃根，吃好了咾上课。有个鬈毛小姑娘，上趟倒勿哭，今朝咬了一口，哇一声哭出来。

课堂纪律是一日好一日，除脱勇奇，有常时，还要出出花头咾啥。老克拉拿伊调到头一排,老师眼皮底下头坐好。头一堂,上化学课,老克拉别转身,写板书,勇奇人儴出去,手伸长仔,讲台浪,两烧杯化学药水镶辣一道,肚皮里辣想,等脱歇,实验做勿出,好看白戏。

老克拉转过来,烧杯里向头,颜色一瞄,有数脉了,请勇奇上来相帮做实验。拨伊镶过了,化学反应"蓬"一记头,烟咾,火咾,吓了勇奇一屁股下去,自家排三和土,戆脱了,叫了好几声,再回头:"勿是我拆屁呀。"

勇奇是,大家笑伊,笑了半个学期,头抬勿起呀。俦靠老克拉叫伊做化学课代表,再好做人。

老克拉也硬档,课文倒背如流,书勿看,就晓得第几页第几行第几个字开始到第几页第几行第几个字结束。学生子服帖,也想学好了台型台型。勿晓得啥人讲个,人家学堂里,叫老师"先生",乃大家也叫老克拉"老先生"咾。迭个一届,野野乌个生源噢,啥叫啥,有两个考进重点高中,两个捣蛋鬼考进技校。弄堂里大人,也老先生老先生叫,啥人屋里过生日,板有碗大排面送到三层阁办公室。

人比人,一比末,比下去了。癞痢头老勿适意。革大命一来,跳出来,组织学生子,写老克拉大字报,讲伊:请学生子吃棒冰,是腐蚀劳动人民;做化学实验,是秘密制造化学武器;关照学生子叫伊先生,是资产阶级作风,是特务本性暴露。

两个学生子勿肯写。伊吃牢人家,勿忠心阿是?啥人勿写,啥人红卫兵勿好当。

大字报贴出来了。

癞痢头日里七八坎看过,还勿过念头。迭个一日夜头,又跑得去,手电筒照辣辣看。

辣末生头,斜垯里个小弄堂,几只人影子蹿出来了,一只洋米袋，罩辣伊头浪，挨下来是，排头排脚一顿生活。

瘌痢头叫了像杀猪猡："救命，特务……灭口……种荷花！"奇怪，哪能弄堂里俖睏了介熟，呒没个人踏出来个啦。

---

【着】着 zak，穿：鞋子～辣脚浪，～衣～袜～鞋子；下棋：～象棋。着 shak，用在动词后，表示达到目的或结果：猜～了；接触，挨上：上勿～天，下勿～地。
【煠 shak】把易熟的食物放到沸水里烧煮。
【闯穷祸】闯祸。
【捉扳头】寻衅，抓话柄。
【阿 hha 里（搭）】哪儿。
【呴 hou】怀怒欲发作。
【晏 e】迟，晚。
【着 shak 末】最后。
【嫑 fhiao】不要。
【弄松】捉弄，欺辱。
【囥 kang】藏。
【哇 wha】本词条为注音。
【有常时】有时候。
【儳 cong】斜伸出；突出，耸出，戳出。
【排三和土】把人的四肢拉开，用力举起又用力着地，像打夯一样。
【台型】面子，架势；时髦。英语 dashing 的音译。
【野 yha 野乌】质量差；差劲。
【秘 bi 密】本词条为注音。
【坎】排：一～房子；行：一～路，一～字；次：来一～。
【辣末生头】冷不防，突然。

# 滑头·小裤脚管花衬衫

"阿飞阿飞 Good 来,小裤脚管花衬衫,头发烫了像喜马拉雅山……"老早弄堂里,"阿飞阿飞"叫叫,寻开心个小鬼头,包括两个拿顺口溜改成"阿飞阿飞 Good 来,小裤脚管花衬衫,打起电话叫赖三,吃起豆腐老门槛……"个勿作兴朋友,现在,认识到了,怪错仔阿飞。人家迭个叫生活情调啦,再拔拔高,叫帮世界接轨。

当然咾,1966 年辰光,迭个是乌龟掼辣石板浪——硬碰硬,"四旧",板要"破"个!

阿飞只滑头,转念头,勿板定转了比领袖快,但是,调枪头,帮领袖脚碰脚,调了煞辣势清。

北京红卫兵空降上海滩前一个夜头,阿飞头一坎,寻到小菜场剃头摊去,眼睛闭牢,剃了只戆棺材头,调好一套三林塘老布衣裳,一双皮匠摊觅

大寒

得来个洞洞眼补过个解放鞋,乃是存心大马路兜白相去。

义务帮阿拉剃脱时髦发型、剪脱小裤脚管、斩脱尖头皮鞋个北京红卫兵,眼睛一霎,觉着迭个人有问题,具体啥问题讲勿出,因为,北京吭没碰着过迭种人。

伊拉司令叫大茄子,拉过来两个小头头,几家头,上上落落,横看竖看,看看末,阿飞蛮劳动人民相,衣裳着了比阿拉还朴素,但是,又有一种讲勿出话勿像个味道辣海。

几家头朝阿飞喊口号:"受蒙蔽无罪,反戈一击有功!"

阿有啥,阿飞也会得喊个:"要想到世界上还有三分之二的人处在水深火热当中!"

红卫兵拿伊一点吭没办法。

看起来,从阿Q到阿飞,人民素质是提高了。三十年后头,阿飞讲,迭个就叫气质,两个北京红卫兵也是识货朋友!

阿飞屋里呢,是蹲辣弄堂到底,一宅中西结合个洋房里。

老底仔,大老板造弄堂,蛮多侪寻只好位子,要末,帮自家屋里儿子造幢,要末,帮大主客定做一幢。迭个一幢,一看,看得出,伊拉是阳台,带铁栏杆个,阿拉是水泥晒台。

阿飞欢喜西洋音乐,饭吃饱,要弄弄个,西洋乐器勿好露头哪能办?伊汽水瓶咾,啤酒瓶咾,弄眼来,里向放多放少,自来水放眼,筷子拿根敲敲,啥叫啥,也敲得出 Wipe out(1962,冲浪音乐)。

大颗厮听见了,奔到"里革会"揭发去,想弄眼苦头,拨阿飞嗒嗒,叫伊滑头变滑肠。

革命头头刚刚过街楼穿过来,阳台浪,阿飞就看见了,倒勿滑脚,笃悠悠,藤椅里立起来,人跕下去,拿筷子一只一只瓶子,一记一记敲过来。头头只头鹤了老老高:"阿飞侬啥体?阿是破坏革命?"

"天地良心!我是侪部为革命噢!眼瓶子,我等脱歇,要送到废品回收站去，自家查一查先，敲敲看，看看叫，阿有隐伤，有个是，哪能好卖拨国家呢，勿是叫国家吃亏末！"

革命头头只好吓吓伊："阿飞，侬屁股浪还有尾巴，帽子寄辣群众手里，勿老实，侬当心！"

跑出两条横弄堂，夹头夹脑，怨大颗斯："侬只烂颗斯，吃吃准足咾，再来报好哦？跑来跑去，好白相煞啊！"

附近弄堂里也有文艺爱好者，譬如讲画家，伊手痒得来，勿得里个了，就是勿敢落手。

买咖啡茶辰光，碰着了，阿飞帮伊开窍：落款名字勿写，年份也勿要写，就算人家揪牢侬小辫子，侬一口头咬牢，是别人家1966年前头画个，乃是寻出来批判呀。

画家听进去了，开是开心得来。当日，夜摸索，一个夜头，摸出来几十张，连得屋里草纸也用上去了。

第二日早浪头，家主婆马桶间里吭没办法起来。"侬得画瞓觉去哦。"家主婆本生就交关看伊勿起。迭个一日起，一脚头，拿画家拘到地板浪，打地铺去，勿许爬上来。

革命一刹车，阿飞一滑，滑辣美国继承遗产去了。画家是，十年辰光吭没乱动，硬碰硬，地板浪，屏出一身"童子功"，像煞只小煤球炉子，一歇勿停，笃辣海，乃水平真叫炉火纯青，成了著名画家。

家主婆眼泪水抑抑，只兰花节头戳辣画家额角头浪。"只老滑头，原来主意介大。侬孬吭没良心噢，阿拉牺牲也老大个噢。"

---

【转念 ni 头】动脑子，想主意；转念一想。
【煞辣势清】一清二楚；十分清洁。
【蠚 huak/guak】张大眼睛；转目偶见。
【大颗 pok 厮】体胖、个子大却做不了什么力气活的人。

【跍 ghu】蹲。
【吃亏 qu】本词条为注音。
【本生 san】本来。
【㧬 xu】打，踢。
【笃】用文火熬煮。

## 手节头·奶油五香豆

大茄子是司令,领了一大道红卫兵,扒辣辣个两只手是,好好叫,比扒儿手结棍,北京扒火车,扒到上海。

一只臭血血个解放鞋,踏辣大马路浪,根笃舌头是,越加笃勿清:"反动!果然……反动!资本主义的苗……头他妈的太……厉害!"

伊还勿晓得,脚下头 400 万块、60 万两银子个铁藜木,1953 年撬脱咪,勿然介,伊脚也要打滑,一滑是,大马路滑到头,壳龙通。

伊拉扫荡到外滩,外白渡桥冲过去,一路浪,帮上海小资剃头孅铜钿,就是水平勿高,剃出来个头,头发一半有,一半呒没个;裁缝生活也孅铜钿,就是裁了男人家裤脚管短了一大镢,西裤变成功西装短裤,女人家末,裤子变成功旗袍咪;修皮鞋也孅铜钿得个,高跟修成平跟,尖头修成风凉……葛咾,就算伊拉一分洋钿勿收,上海人呒没一个表扬伊拉学雷锋。

下半日,嗲阿姨齐巧路过,乃拨伊拉盯黄包车,盯牢咪。嗲阿姨蛮拎得清,昨日夜头,看见阿飞老布衣裳腔势混好了,混了像人家修棕棚个,伊也平常日脚大扫除个两件旧衣裳翻出来了。

迭个辰光末,"气质"迭只词还呒没行出来,另外只讲法倒是蛮行个——群众个眼睛是雪亮个。

大茄子门腔勿来事,眼火准个,看见嗲阿姨,赛过今朝早浪头,铆牢阿飞一笔账。人生了介奶油,特别是头颈,一看就勿是出汗做苦生活个劳动人民。迓迓叫,盯牢仔,屋里向抄抄看去,作兴,抄得出革命战果。

介许多人杀进来,嗲阿姨吓也吓煞,外加,语言勿通,只看见伊拉辣翻,眼绷绷,要拨"强盗抢"了。

嗲妹妹又勿晓得啥个事体,舅妈屋里转来,一路浪是,跳蹦蹦,手里头末,捏了只三角包,里头末,奶油五香豆。伊手节头翘起仔,拿一粒,嘴巴里喈发喈发。伊一进来是,满房间,奶油香,小资产阶级情调老老浓。嗲阿姨眼睛一闭,乃完结,迭个小囡哪能介勿识头。

北京啥个地方啦,刚刚解放辰光,理发店咾,裁缝店咾,迭个一点面子浪个事体,亨八冷打,要阿拉支援。

迭个一种香味道,北京红卫兵勿曾闻歇过,一个一个呆辣海,一房间,煞煞静。

一个眯牢眼女小将,肯定个咾,伊也是真心革命,思想浪,也斗争脱实实足足两分钟。到底是小姑娘,熬勿牢,两根手节头伸出来,奶油五香豆末,钳了一粒,嘴巴里一摆,嘴唇皮一胗。

看见伊面孔浪,"吃香"个表情,两个女小将也钳去哝。有得四五个人带头，两个男小将也开始尝味道了。

有个男小将一口头，夯下去两粒。两个女小将马上眼睛辣白伊，意思里侬多吃，我伲勿是少吃了。

迭个男小将勿好意思了，头皮搔搔，胡咙里，呕一声，呕一粒出来，多嚼嚼伊哦。

房间里吭没个人讲言话，迭排里于无声处，有排里敬伊像客又防伊像贼，再有排里瞒得过人又瞒勿过天，像煞一头奶油五香豆含辣嘴巴里头，一头开口讲言话就勿革命，口勿开末，还好，吃奶油五香豆就辣革命范围外头，告革命一点勿矛盾。

大茄子发老极，眼乌珠眴出仔，胡咙三板响，震得来，天花板浪，灰也落下来。"最高指示！一不怕苦，二不怕死！一不为名，二不为利！狠斗私字一闪念，灵魂深处爆发革命唷！"

伊口号再要喊下去，眯牵眼女小将揸起粒豆，望伊嘴巴里一塞头，常怕伊吐出来，手捂牢伊嘴巴。

大茄子眼皮翘仔一翘，闷脱了。

发生了介勿革命个事体，吭没面孔抄家了呀。大茄子原旧是司令，红卫兵带了一大道，嗲阿姨屋里战略转移了。

嗲妹妹觉着老有劲个，追出来，拿挺下来个小半包奶油五香豆，塞到眯牵眼女小将手里。

后首来，灵魂深处"爆发"出两桩事体。

一桩末，因为奶油五香豆，因为奶油一样香个手节头，大茄子告眯牵眼两家头，"革命者对爱情的态度是严肃的"。

一桩末，大茄子每坎上海出差来，侪要老城隍庙跑得去，奶油五香豆买两包带转去。奶油五香豆救了伊，伊火热革命年代个纪念品，总算勿是烂甩八甩个铜头皮带。

---

【一大道】一大群。又作"一大淘"。

【扒 bho】本词条为注音。
【笃舌头】口舌不清，笨嘴笨舌有些口吃；舌头短半截。
【勿然介】不然的话。
【壳龙通】物体掉入水中声。
【㧅 jhiok/jhuik】段。
【眼火】视线；瞄准力。
【作兴】也许，可能。
【眼绷绷】眼睁睁。
【跳蹦 ban 蹦】蹦蹦跳跳的样子。
【喏 zok】吮。
【勿识头】不知好歹；倒霉，晦气；出气。
【亨 han 八冷 lan（打 dan）】总共；统统。
【眴 xu】眼睛弹出；脸火起。
【揸'zo】用手指抓取东西。

## 规矩·扫帚生日

叶太公九十岁出头，脑子邪气清爽。

堂堂，堂锣敲过来了。解放前头，伊也算开过厂，底子蛮有，抄家，板要抄到伊头浪。

两个老朋友是，老早拿屋里向个书咾，画咾，扯了碎粉粉，浴缸里，泡了伊糊达达，抽水马桶冲了清清爽爽。

叶太公也扯脱咾，烧脱咾，勿少少。挺下来幅画，是伊个太公自家画个，肯定"四旧"了，好几坎，牙子咬咬，拿辣手浪，心里想，行一记算哉，人也要死唻，嫑讲，纸头个画唻，随便哪能就是落勿了手。

叶爹爹劝伊，造反派武腔来死，勿讲啥规矩，人也好打煞脱，画末，还是扯扯脱哦。

叶爹爹一劝，叶太公主意倒有唻。"勿管啥朝代，规矩总归有个，单不过，小规矩两样，大规矩是一样个。侬嫑勿相信。"

叶太公叫新妇帮伊揩出张红纸头，裁了告幅画大小一样生，叫重孙囡叶歌君研墨，"敬祝最最最最敬爱的……"写好了，红木镜框里向摆好，拿幅画末，齐巧，罩没。

一帮子红卫兵雄赳赳来哉，家翻宅乱，倒是吭没人去动，挂辣大门口个红木镜框。

抄发抄发，压末，抄出只唐三彩花瓶，阿三一抱头，抱起来就要跑，拨小鬏毛拉牢了，眼睛瞌瞌。原来只花瓶，瓶口照辣伊亮头里，有条碎路辣海，算哉，勿抄了。

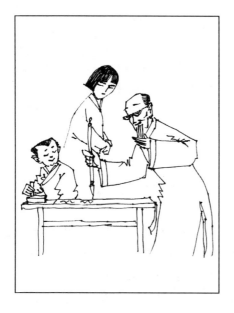

红卫兵踏了黄鱼车，一哄头，散脱。叶太公白胡子捋捋："两个小囡，勿是规矩人。"

隔仔两日，小鬏毛又来哉。叶爹爹老老实实，头沉倒仔，边浪立辣辣。小鬏毛拿晒台浪花盆一只一只掼碎脱，平碰，平碰，勿晓得个人，道是屋里头爆炒米花，爆了起劲。

连得灶间里，酱油瓶咾，盐钵头咾，也一只勿放过。一路掼过来，小鬏毛屏勿牢，发调头了："小黄鱼到底有哦？"

叶爹爹末，看看一天世界个打蜡地板，还要喊口号咪："万岁……万岁……万……"

"他妈的，侬邪气勿老实！抽侬噢！"小鬏毛物事勿着港，眼乌珠骨碌骨碌辣转，正想起眼啥花头。

"来哉，来哉。"叶太公黄鱼鲞拎了两条跑上来。"革命小将造反辛苦哉，辛苦哉，孝敬革命小将，也表表我老头子忠心拥护革命。"

"啥人要迭排里臭黄鱼！明朝我再来！"小鬏毛眼乌珠，凶搏搏一弹，接过来跑路。

"朝后，勿担心思哉。"叶太公发表个言论，邪气反动。

三日两头，小鬏毛跑得来抄家，叶太公末，总归老规矩咾：宁波咸鲞鱼咾，华夫饼干咾，西湖藕粉咾……

后首来，规矩也行出来了。小鬈毛是，前门勿跑，跑到叶家后门口，像煞地下党接头，笃笃笃，门敲三记，叶太公开门，小鬈毛望左瞄瞄，叶太公望右矃矃，哝没人，交货，跑路，閛门。

　　1974年，叶爹爹单位转来，话起桩事体：一个小头头，告伊蛮要好个，迣迣叫，拨伊看了一刀审查材料。原来单位里头，一男一女两家头，生活作风浪有问题，组织关照伊拉，统统交代出来。材料里，啥个物事侪有，情节咾，细节咾，感觉咾……连得《金瓶梅》也拨伊掼开三条横马路，一脚踢到十六铺。

　　"啥地方像革命啊！"叶爹爹发了句牢骚。

　　叶太公末，雪雪白胡子捋起一把："革命要好快哉。"

　　1977年正月初一，叶步君一早辣房间里向扫地。叶太公怪伊小囡勿懂事体："正朝末，扫帚生日，地勿好扫个。扫地末，要引扫帚星个，定规要扫，也只好望里头扫，勿好望外头扫个呀。囡囡，阿晓得？"

　　"太公，侬迭个是老规矩唻，迭歇勿行唻。"

　　吃饭辰光，叶姆妈托人买得来两条车扁鱼。叶太公勿焐心了。"车扁鱼就是鲳鱼，正朝，哪能好上台面。"

　　"太公啊，车扁鱼买得着是，额角头唻！侬哪能思想又落后了？"

　　"是极，是极，迭歇仔，是新规矩唻。"叶太公，头一个动筷子，爽爽气气，搛了条鱼尾巴。

―――――――――

【行 hhang 一记】忍受，支撑，挺。

【压末】最后。

【盐钵 bek 头】盛盐的陶钵；喻喜吃咸的菜的人。

【着 shak 港】到手。

【閛 pan】关，开；碰撞。

【正 'zen 月】本词条为注音。

弄松·黄鱼鲞

大頖厮,有名个报告精。三日两横头,寻革命头头打小报告去。

弄堂里个坏料里头,阿飞顶恨伊。只出老码子想得出个,贴牢阿飞屋里个洋房,砌了间"革命传达室"。

传达室大勿大,六七个平方,高也勿高,屋头顶,齐巧比洋房二层楼窗口矮脱一矬,一扇门末,对牢洋房前门进出个大弄堂,一扇窗末,对牢洋房后门进出个小弄堂,明摆煞,是管制阿飞个桥头堡。

大頖厮邪气焐抖,每日天,搪瓷杯里大麦茶泡好,传达室里坐好辣,耳朵拉长仔,收听阿飞有啥烂说烂动。

阿飞倒识相起来,连牢仔,一个多礼拜,呒没发啥声音。大頖厮转念头,介静勿对头,作兴阿飞晓得日里向,动了也白动,乃挺到夜里瞎动?本生,大頖厮末,吃夜饭辰光就转去了。迭日天夜头,伊山芋面疙瘩吃饱了,等到八点钟横里,迓迓叫,传达室里趱进去,一径候到半夜快,十一点钟,传达室屋头顶浪,哪能淅力萨辣,啥声音?

窗门推开只角,大頖厮趱出一面小镜子,照咾照,啨,屋头顶浪只人影子,像煞是阿飞。淅力索落,像煞报纸辣辣包啥物事。

第二日，大清老早，大颗厮趷到对过人家晒台浪，看了清清爽爽，传达室屋头顶浪，是有包物事，报纸包了交关好。

伊革命积极性是老高，头一个想着个，倒勿是啥里通外国个秘密文件，是咸肉咾，板鸭咾，腊肠咾。

阿飞屋里赅铜钿，赞货是，一定园了交关，常怕抄出来，乃狗急跳墙，摆到我头浪来了！

大颗厮也勿响，也呒没爬上去检查。伊只小算盘是，今朝充公脱，一塌刮子，一包，头头脑脑分下来，板分伊勿着。隔脱两日，拨阿飞多摆两包，一趟生，充公，乃伊顶起板，一包着港。

大颗厮候了四日天，怕人家先知先觉先落手，吃咾瞓咾射咾，侪辣传达室里，弄得来，身浪气味得来。到第五日天，头俯下来，眈眈蚂蚁搬场，抬起仔，眈眈夜头天红兮兮，明朝要落雨，到辰光，阿飞勿要拿赞货收进去个啊。决计动手，带得来只洋米袋，借得来部胡梯，爬到屋头顶浪，捧一包熏熏看，臭血血，像煞是咸黄鱼鲞。

赞个！袋袋里统统扫进去，唶支唶支，背到屋里，摊辣吃饭台子浪，一层一层，高高兴兴剥开来。报纸里，到底啥个物事末，我也勿多讲，定规勿是大颗厮想吃个。

大颗厮是，气了阿潽阿潽，日朝，对牢洋房大铁门射尿。阿飞末，铁门浪，通了根电线，用了只方棚，大约摸30伏，死是死勿脱,难过老难过。大颗厮心宕,四肢发麻,浑身脱力,最后,一屁股坐倒辣地浪,大半泡尿,射辣自家裤裆里。

老克拉蹲个只灶披间是,大冷天,阴势刮搭。小朋友六节头相帮伊做了条电热毯,就是垫被里向,穿几根细铜丝进去,再电源接上去,顶顶要紧,当中要有只方棚,220伏交流电,变成18伏直流电。

大颗厮晓得了,跑得去抄家,想迭个是稀奇物事,抄得去,好拍拍革命头头马屁,弄只小头头做做。

伊前门天井冲进来,丁家阿婆已经灶披间后门,方棚抢出来了,伊也勿是有心弄松,就是觉着只物事蛮大蛮重,看起来蛮贵个,要相帮老克拉囥起来。也有人讲,是阿飞囥起来个。

电热毯抄到手,大颗厮屏勿牢呀,自家试试看先。

死倒是吭没死,味道绝对煞根。人家讲,有得三四年辰光,大颗厮屋里,连得电灯泡也拆脱了,点油灯了。

---

【横 whan 里】概数,左右。
【趯 shak】乱窜,乱跑。
【淅力萨辣】下雪声;踩砂泥声,吃到沙子声。
【淅力索落】因小动物而发出的轻微声音。
【一塌刮子】总共,统统。
【气味 mi】气味怪;难闻。
【伛 'ou】低头,曲背。
【眕 'zan】看,望。
【赞】赞誉事物之好。赞货,好东西。正字"孨"。
【啫支啫支】费力时的样子。
【阿潽阿潽】气愤至极到无力的地步。
【日朝】每天,天天。
【射 sha 尿 sy】小便。
【方棚】变压器。英语 transformer 的音译。

34 | 弄 堂

【垫 dhi 被 bhi】棉褥子。
【贵 ju】本词条为注音。
【绝 xhik 对】本词条为注音。
【煞根】过瘾，彻底痛快，厉害的，令人满足的。
【三'sa 四】本词条为注音。

## 吃老酸·熊猫牌香烟

半夜里,两点钟。灶披间,有人敲门。

敲门个人,勿敢连牢仔敲,轻轻叫,"笃"一记,停脱半分多钟,再是轻轻叫一记,像只老白虱辣跳。

老克拉晓得有事体,电灯勿敢开,蜡烛头,点一只,迭能介,光头暗眼。门闩开道缝,老知识分子望后,慢慢叫,退了半步,老克拉再相清爽是伊,变化是大勿过呀,只面孔,夹瀺势白,白了死人面孔,要勿是大家老早熟悉个,人吓人,要吓煞脱人个。

老克拉是豪燥请进来,坐好了,开水倒杯,里头白糖加一抄。

"克拉仁兄。"老知识分子眼泪水揩揩,伊是专政对象,批斗咾,交代咾,悔罪咾,真叫一座大山连牢一座大山,实实叫,翻勿过去了。"我望望侬来,伲儿子烦劳侬……顾怜顾怜。"

老克拉一把头抓牢伊两只手。"知识先生,侬千定千定,勿好想勿开个噢。我晓得侬啥个场化出毛病。侬是吃老酸。人末,一日到夜,老是吃酸,吃了一肚皮酸胖气,阿会得勿出毛病?侬末,要拨自家弄眼甜甜咸咸吃吃。侬是高工,厂里工作,少勿得侬。侬是有前途个。"

老克拉白糖水送上来,硬劲塞辣伊手里。"知识先生,侬拨我面子吃一口。交关抱歉,水温吞吞个。我晓得侬平常日脚,只吃几分洋钿小菜,阿是?香烟,只吃八分洋钿一包生产牌。迭个真叫平常日脚,做人家眼,呒啥。眼门前,勿是平常日脚呀,我讲啊,伊拉再请侬吃火腿,侬就吃一角三分勇士牌香烟,再吃两角洋钿大排骨。"

老知识分子刚刚低仔头,捧牢茶杯,乃头鹤起来了。"食堂里向,大排骨只要一角四分。"

老克拉笑笑。"知识先生,侬真叫聪明一世啊。食堂里,哪能好吃?"

"噢,是极,是极。我有罪。"厚了帮啤酒瓶底差勿多个眼镜片后头,老知识分子眼皮连跳十几记。"方才,我昏头唻!"

"伊拉请侬吃耳光,侬也覅客气,吃还拨伊拉。喏,吃两角四分两客生煎馒头,再两角洋钿加碗咖喱牛肉汤,肚皮光饱仔,再来包有锡纸个飞马牌,三角洋钿,赛过活神仙。"

"是极,是极,呒锡纸两角八分,我勿买,能使多出两分洋钿。"老知识分子眼睛眯起仔。"我有数哉,有数哉。"

"知识先生,真个有数哉?看侬也茄门相睏,我拨个谜谜子侬猜猜看,阿好?简装香烟,打只地方。"

"我想想看,想想看……无锡!无锡!"

"哈哈,阿是蛮有劲?要是伊拉请侬吃飞机末,侬就吃五角洋钿白斩鸡去……"

"对对,再出五角洋钿,来包绿上海,带过滤嘴个,再要来瓶上海牌黑啤酒,半斤阳春面……哎呀,勿对。"老知识分子刚刚神气起来，一记头，头沉倒了，又跔头缩颈，苦脑子来。

"克拉仁兄，侬辣告我打朋了。"

"哪能话？"

"拨伊拉晓得，我就是罪加一等呀。"

"葛侬就脑子里想呀。一样个呀。"

"脑子里想……"老知识分子有点点拎清了，头得得。"葛末，要是伊拉，火腿咾，耳光咾，墨水咾，帽子咾，飞机咾，请我一道吃，我就爽爽气气一块洋钿，红肠咾，叉烧咾，槽头肉咾，来只拼盆，一只松花皮蛋，一瓶长白山葡萄酒汭汭。横竖横，大马路食品一店去，一块九角八分，熊猫牌买一包，转来仔，伲两家头，一人一小包（熊猫牌香烟扁盒子里分两只小包装，十支一小包）！"老知识分子两只眼睛挖开，激动了发光。

老克拉又倒了杯开水，多摆抄糖。"乃伊拉看见侬是，吃老酸唻！"

---

【阆'xi】露出一线。
【夹醵 liao 势白】面色煞白，毫无血色。
【豪燥 sao】赶快。也写作"豪悇"。
【揩'ka】擦。
【顾怜 li】爱怜，顾惜。
【场化】地方。
【吃老酸】够受的，够尴尬的。
【眼门前】眼前。
【吃火腿】受足踢。被外国人踢，称"吃外国火腿"。
【差 co 勿多】本词条为注音。
【光饱】塞足灌饱。
【茄 gha 门相】不热心，不感兴趣。
【猜谜 me 谜子】猜谜语。
【跔 ghou 头缩颈】卷缩着头颈。

【苦脑子】可怜的样子。
【打朋】开玩笑。
【头得得】点头。也写作"答头"。
【洢'mi】品味，小口少量喝。

# 乌里买里·何日君再来

知识分子战高温。

乓,乓,队长两只木拖板末,台浪一踢,脚癣揌揌,嘴巴一歪:"来得好!来一个是一个,瞰适意,来两个是一双!"一起拉起,安排当炉前工去,叫伊拉,嗒嗒革命个热情。

前头吭没两米远,就是钢水,2 000多度,几化热啊,呆想想看,现在,天热38度,空调就夜开日开,开勿停个开了。

火星末,乱飘。作孽,两个摇笔杆子个,连得爆炒米花只炉也吭没摇过呀,皮肤末,怕烫伤,衣裳末,怕烫坏脱,布票勿够,只好外头,着了套厂里向发下来个橡胶雨衣雨裤(雨衣雨裤是队长发拨伊拉个,算是武斗剩余物资,当年是防化学手榴弹——装硝镪水个啤酒瓶个。队长恶里恶掐,侬讲伊啥好心思)。里头末,赤膊着条平脚裤,脚浪末,是双套鞋。上去十分钟勿到,只面孔像活鬼,套鞋里,两搪瓷杯盐开水倒得出来了。顶罪过,是屁股浪,平脚裤老早烤脆脱,勿好吹,一吹碎粉粉。

夜班当中,休息辰光,阿忠师傅踏仔黄鱼车,送冷饮水来了。两个知识分子也顾怜勿得斯文,湿毛巾包辣头浪,赤膊着短裤,车间门口,榻地一坐,一大口一大口,呷冷饮水,像煞牛吃水。

阿忠师傅末，黄鱼车停停好，跍辣对过只水泥小花坛浪，吃香烟。五月份夜头，风蛮有个，身浪吹辣，有眼瀴丝丝，有眼痒兮兮，勿晓得啥人，哼了两声："五月的风，吹在花上……"

刚刚哼好，踏只急刹车。大家头俨抬起仔，望牢阿忠师傅。伊老样子，笃悠悠，辣呼香烟，像煞啥也勿听见。有人又轻轻叫，哼了一声："朵朵的花儿吐露芬芳……"

乃哼个人是越加多，有眼眼合唱个意思哎。"假如呀花儿确有知，懂得人海的沧桑，她该低下头来哭断了肝肠。"

想想阿忠师傅老工人，文化水平勿高，就算听得去，也听勿懂。乃末，哼发哼发是，唱起来了呀。"……假如呀云儿确有知，懂得人间的兴亡，他该掉过头去离开这地方。"

一遍唱好，又一遍，唱辣辣眼泪水渧渧渧个兴头浪，冷陌生头，看见阿忠师傅人从花坛浪跳下来，恭恭敬敬，拔出胡咙喊了声："大队长！"

车间门口，一记头，毕毕静。两个知识分子连得气也勿敢透，一个拿毛巾拉下来，帮只面孔"盖头绸"，一个豪燥头低下来，嘟嘟嘟嘟，闷吃冷饮水，吃了呛着，呕出来了。

"光头，伊拉嘴巴里向，乌里买里啥体啊？搞啥小动作？"

"伊拉休息辰光唱唱歌，脱自家加加油。抓革命，促生产。"

"唱歌？唱啥歌？阿是反革命个歌？"两个知识分子吓得来，要勿是地浪坐辣辣，老早瘫下来了。

"唱《北京的金山上》，蛮好听个。北京的金山上，光芒照四方……毛主席就是那金色的太阳，把我们农奴的心儿照亮。我们迈步走在社会主义幸福的大道上……"

"好唻，好唻，真个唱起来了。十三点，冷饮水触祭饱啦。光头，我关照侬，侬觉悟要高眼，好好叫，看牢伊拉，勿准伊拉烂说烂动，连只屁也勿许告我烂放，晓得哦？"

"有数。迭个一票里,侪是臭老九,茅坑里个石头,坏了要死。"

"嗯。"队长头得得,手一背跑了。

知识分子脚骨也软咉。大家侬搀我,我搀侬,好勿容易立起来,身浪,出个汗是,比转炉前头,还要多个七八斤。

阿忠师傅黄鱼车浪坐好,小花坛慢笃笃转一圈,又踏转来了。"两位先生,冷饮水还要吃哦?"

"饱了,饱了,交关谢谢。"

"勿吃啦?"阿忠师傅对伊拉眼睛睏睏。"倷方才唱个是,周璇个歌,我晓得个。"

两个知识分子眼镜落辣地浪,眼乌珠也要落辣地浪快了。

阿忠师傅笑笑。"我也会得唱个,《天涯歌女》咾,《四季歌》咾,《何日君再来》咾,多来!老早我告阿拉姆妈一道,万国公墓去祭过 rose 个。明朝会。"黄鱼车踏了跑唻。

"阿拉今朝真个是,接受再教育哉。"两个知识分子嘴巴里哼发哼发,《何日君再来》,来哉。

---

【搛'kan】摩擦;擦过。
【噢'ou】叹词,表示幸灾乐祸;喜悦,满意,得意。
【恶里恶掐 kak】极为阴险、刁钻。
【榻 tak 地】着地置物坐人。
【呷 hak】大喝。又作"欱"。
【瀴 yin 丝丝】有点凉的感觉。
【渧 dak 渧渧】物体充满了水,或形容眼泪正往下滴;液体洒了一地;穷到极点:穷得~。
【冷陌生头】突如其来。
【拔出胡咙喊】放开喉咙大声叫喊。
【毕毕静】非常安静。毕,十分。

【盖头绸】结婚仪式上用以盖住新娘头脸的绸布。
【触祭】詈语，吃。
【看 'koe 牢伊拉】本词条为注音。
【落 dhek 辣地浪】本词条为注音。

## 吃定心丸·饭榔头

钢铁厂里做生活，生活吃劲吃力，胃口也越吃越开，一顿好吃八两头，有个大块头是，一顿还好吃一斤。国家定粮，一个号头，只有四十五市斤啦。小菜末，又勿大里开荤。哪办？

"自家动手，丰衣足食。"

根据最高指示，小分队自觉自愿个成立了。小分队里头，一个老法师，手蛮巧个，拿大卡车内胎，人家运输队掼脱个，做成功橡皮衣裳，再做只网兜，专门拨小苏北，河浜里头捉鱼去。

小绍兴，小浦东，小辰光蹲辣乡下头，空下来侪欢喜唱唱《红灯记》，算有职业背景个，叫伊拉负责点灯，夜到摸黄鳝。

小绍兴，左手搋只车间里个矿灯，右手捏只竹爿爿做个黄鳝夹子，背后头背只筐，像来渡江侦察，派头邪气革命。

小浦东吃相末，难相眼，像拨反革命辣上刑，嘴巴里头，咬只手电筒，头颈浪，吊只小蒲包，看准足，烂泥里头，有团白潾，孲个是黄鳝个前门，再寻着只后门，前门后门堵牢，望当中里一掭，黄鳝出来了。不过，两家头，田鸡侪勿捉个，算是职业道德。

天再热眼末，人多了，大家一哄头，脱了精打光，河浜里头，跳进去摸水菜。一个一个踏水，一只一只脚末，望河浜底下头，探发探发，碰着硬绷绷个，石头介个物事，十有八九是水菜，乃调只头，闷水下去，摸上来。

半夜里头，食堂门是老早锁脱，大家就车间里头加菜。黄鳝杀好斩好，水菜肉斩成一块一块，一排头铝制饭格子，摆辣还有眼余热个钢坯浪。中浪头，食堂里偷出来个料酒倒眼下去，去去腥气，再加眼，葱咾姜咾。有常时，两个上海人胆大唻，日里向，溜出去，赛过通过封锁线，爬到乡下人自留地里，尖头辣椒采两只，乃加进去是，筷子三翻两翻，一车间个香气。搪瓷碗里，开水倒眼咾，炖出来个河鲫鱼汤，侪是一碗盏一碗盏牛奶介。连得门房间个老师傅，也带了半瓶五加皮，跑得来轧闹猛，赛过大排档。

味道赞啊，小分队参加个人，越来越多，勿加班个，也夜到十点钟爬起来，大家侪是夜班工人了。

正好宿舍里，有个青工叫勇奇，又组织支民兵队，算是小分队个编外队伍，打虎上山吓咾咾，打打麻雀对口。

人多末，人来疯。夜头，卖力勿过，日里向，做生活，一个一个掼头掼脑。头头轧出苗头来了，半夜里，突击检查革命生产，饭格子咾，搪瓷碗咾，加上里头眼小菜，亨八冷打，充公脱。

"看看看，看看看，吃饭饭榔头，做生活嫩骨头！瞎捣搞！上班矮上啦！自家动手，丰衣足食，是最高指示！抓革命，促生产，也是最高指示！看看看，㑚一只一只隔了勿晓得几夜个面孔，阿要面孔？辦个勿是挖墙脚……典型个吃里爬外末？夜班费咾奖金，统统敲光！好好叫，要深刻检查！嘴巴介谗，介要吃，当心叫㑚统统吃老米饭去！"

头头跑脱了，大家是兜过来兜过去，勿肯散。兜发兜发，闻着啥味道？小菜实在是忒香来。物事好囥，味道难囥。小分队咾，民兵队咾，迓迓叫摸过去。土匪老家辣卫生室屏风后头，只手电筒末，用鞋带缚辣床架子浪，充公脱个小菜末，一只一只摊辣药箱子浪。

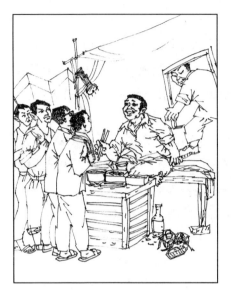

头头两只脚盘起仔,坐辣床浪,吃相像座山雕,鳝筒咬咬,老酒洇洇,热屁拆拆,吃了面孔通通红。

大家吃辛吃苦,最后,拨头头穷吃阿二头。𠱂讲阿二,长工阿七阿八,勿是也老早翻身了末!火冒得野来,冲进去,屏风一脚头蹬脱。勇奇是心急来,还从后窗门跳下来,跳到伊床浪。

头头一记头呆牢。大家火气大做大,也勿好噷上来,请头头吃生活。头头末,总归是头头。乃有眼后怕了,侪勿晓得哪能落篷好。勿晓得啥人,因为事体过脱,吭没个人认账,大家肚皮里辣想,应该是老朱,伊冷陌生头叫一声:"首长辛苦了。"

头头一分钟,面孔浪吭没表情,像煞浆糊刮过,又隔脱一分钟,头得得,讲了一声:"同志们辛苦了。"

大家一粒定心丸吃落去了。定心丸末,饱是吃勿饱,好吃也吭啥好吃,总归也算是吃过唻,肚皮里头,也有眼物事点点饥。末脚一个跑个小青工,蛮识相拿屏风挡起来。

―――――――――

【捷 jhi】举起。
【潝 mo】沫子。
【揢 'o】用手抓物;伸手抓到。
【中浪头】中午。
【轧闹猛 man】凑热闹。

【掼 ghue 头掼脑】耷拉着脑袋，无精打采、支撑不住的样子。
【瞎捣搞】乱搞，胡搞。
【吃老米饭】无工作，失业。
【缚 bhok】捆，束。
【穷……阿二头】拼命……（"……"为单音节动词）：今朝夜里肚皮饿煞，我穷吃阿二头了；生活好做，伊穷做阿二头。源自一家中"阿二（老二）"最获好处。
【嗡'ong】成群地挤。
【落篷】喻指收场，结束。
【浆糊刮 guang 过】本词条为注音。
【点饥】略微吃点东西充饥。

大寒 | 47

## 摸夜乌龟·红烧野胡翅

姚家姆妈大肚皮个辰光,营养勿良。

夜头,十一点钟,姚家伯伯脚踏车踏到江湾,拣两条清水河浜钓鱼去。伊人还咘没解放,手电筒也勿敢开,真叫瞎钓了,一勿当心,壳龙通,河浜里滑进去了,索介勿上来了,摸夜乌龟,摸哦。

鱼吰没摸着,螺蛳倒摸着勿少,想想也蛮补个,马上踏转去,面盆里头,清水养好,油末,价钿贵勿过,勿舍得,为仔沙泥去去清爽,撒仔眼盐。脑子里辰光算好,半夜里,四点钟起来一趟,调趟水,再睏两只钟点,天亮了。

出门去,点心店里"老师傅"叫声,相帮拣两根老油条,油水要足眼个。转来,镬子里头揭一揭,炒螺蛳。炒好快个辰光,油条剪剪碎,氙进去,开水加眼,汤烧出来是,奶油雪白,喷喷香,赛过牛奶。

姚家姆妈吃好,姚家伯伯拎只包,上批斗班去哝。中浪向,造反派头头要睏一瘨,嫌比树浪,野胡翅忒吵。姚家伯伯只手举了高来,喊声报告,要帮头头除害去。

下班转去个辰光,包里向,多出三四十只野胡翅。头咾尾巴,掐脱,只挺中段,酱油加眼,炒快,炒出来也小碗盏一碗盏。"喔唷,乃伲屋里头是广东人哝,啥侪吃哝。"姚家姆妈打朋哝。

搿个辰光，医院里头药少，就算勿是坏分子，也勿是人人倽好用药个。两个医生，处方是一个好老师教出来个："转去，开水多吃眼。"坏分子末，开水也吮没吃。

姚家伯伯改造还勿成功，喷气式飞机还要乘乘个。弄勿懂，医院里头，啥路道经，待伊拉，客是客气得来！

有趟，碰着两个解放军，还得伊敬礼噢。解放军跑脱，姚家伯伯辣走廊里，听见个看护，新调上来个，也想勿通，辣问副院长："哪能搭伊敬礼啦？侬看伊件蓝布工作服，侪是补丁，着了还吊八筋……"

副院长眼睛一白，嘴巴里呃一记，意思里，侬是勿灵清。"两个解放军识货朋友噢。人家着了破，是学雷锋，侬也勿看看看，伊拉家主婆雪白滚壮，搿歇，勿是高级干部，有搿排里营养勿啦！"

---

【摸夜乌龟】在晚上或老是在晚上工作或干杂事做得很晚的人。
【揭 tak】抹，涂。
【丑 dok】丢，掷，投。
【窟 huek】一会儿。
【嫌 yhi 比】嫌。
【吊八筋】衣服做得太小，吊在身上，很难看。

抛顶宫·飞军帽

军装是高级货,时髦来。侬着了件军大衣,辔是现在裘皮大衣也勿好搭脉个,比开敞篷野马还拉风。

"看呀,伊拉爷老头子板是高干!"走过路过,大家侪会得立正,差眼要敬礼了。现在呢,要弄出辔排里效果,我看侬只有裸奔了。

军大衣,勿是人人弄得着个。军衣军裤也来得台型,蓝黑灰中一点黄绿,牌子也硬,是"顶可爱人"牌。衣裳裤子侪吭没,左肩右斜,背只军用书包,荡东荡西,也过念头个,弄了巧,还好谈谈革命友谊。要是戴顶军帽,平常穿小弄堂个朋友,今朝,特为跑大马路,只额角头也高出交关,像煞高射炮打蚊子。葛咾,也有拨人家飞脱个危险。

阿拉鬓毛阿姐,头一个男朋友是,要文有文,"请把《毛主席语录》翻到第一页,第一段,大家一起读……预备起……",伊带头,大家一道读,自家从来勿看,眼睛斜也勿斜,统统背得出。

要武有武,大家看伊猎枪打过个,枪头是准呀,一枪头,保险丝也拨伊打断脱。

两家头是辣康平路认得个,鬓毛阿姐肯定勿蹲辣伊面,伊是自行车革命游行,坐辣人家书包架后头,荡过去个。一开始伊勿识货,人家讲拨伊听,再晓得男朋友个红卫兵袖章比人家长得多,是伊拉老头子,官做了比人家大。讲伊勿识货哦,伊讲,我也觉着眼个,男朋友一跑上来,就笑我头浪顶军帽滑稽,一看就是自家屋里弄个。

鬈毛阿姐面孔一红。伊是叫姆妈缝纫机踏出来个,自家也晓得勿挺括,戴辣头浪,像块揩台布。

男朋友嘴巴里一声,大家革命同志末,已经拿自家顶军帽脱下来,戴到伊头浪来了。辫顶军帽一戴上去,人是大两样,崇高了一天世界!真个觉着世界亨八冷打是伊个。

人家捧伊:"㑚男朋友也识货朋友,介快,就拿赞货送拨了侬,还勿是看相侬生了像外国人啊!"

鬈毛阿姐呸一声:"下作!"

"好,好,阿拉下作。伊是想发展外国红卫兵。"

两家头谈到香嘴巴,男朋友猎枪一弹,走火,弹老三了。伊拉屋里想,鬈毛阿姐总归算谈过个,一打军帽送仔拨伊。

第二个男朋友,军帽正宗,人也是真个解放军。两家头马路浪跑过,为了顶军帽,搭讪头。

一个像煞觉悟高,问声:"侬顶军帽,阿里来个?"

一个呢,看看眼面前少剑波一样个样板,哪能会得讲,是死脱个男朋友屋里送个呢。

鬈毛阿姐回头:"阿拉屋里爷叔是部队干部。"

一个头得得。"我一看就看出来，侬是部队家属。"

"侬哪能晓得个?"鬈毛阿姐勿好意思了，军帽脱下来，捏辣手里向，翻过来翻过去看看。

"唷，侬哪能……"

"我是天生鬈个噢，勿是烫头发!"

解放军嘴巴张开来，一口气吐出来。想想也有点勿好意思，乃末，呒没言话寻言话讲，言话越讲越多。一头讲，一头看看阿姐头发，黑咾，鬈咾，乃言话讲了呒没办法刹车，天也亮了。

两家头轧朋友，组织浪，哪能好勿关心。部队里派人来了，到鬈毛阿姐拉爹爹个单位里一调查，要死，成分勿对头，屋里向，啥个地方搭着"部队家属"? 要末，是另外一面旗子下头!

解放军男朋友倒良心蛮有，讲我勿关个，我相信伊是要求革命、追求进步个，肯定勿是啥阶级敌人派到我伲革命队伍当中个特务。

组织马上关照清爽: 轧朋友来事，侬转业哦。勿想转业，划清界线。侬自家忖忖看，革命军人勿搞革命事业，辣外头瞎捣搞，对得起侬耷身军装哦? 经过激烈个思想斗争，两家头只好分手了。

解放军讲，要送顶军帽，拨鬈毛阿姐留只纪念。鬈毛阿姐又是哭出乌拉，又是一面孔火气。"我有十二顶新个了，再加一顶，我十三顶啊!"

阿姐屋里笪对过，三层阁里，蹲了癞痢拉一家门。癞痢拉小儿子叫小癞痢，也是只癞痢头。

小癞痢拉阿爷，小辰光，就勿是啥规矩人。伊小出老混辣上海滩，六马路抛顶宫个。脑子活络了邪气，勿像别人家，黄包车盯牢仔奔啊，伊是辣有轨电车将将要开，开末，还呒没开出去，车门浪，铁栅拉好了个当口，跑到马路浪向，叫声"王家爷叔"，手一伸，笃笃悠悠，人家顶帽子摘到手里（老式电车乘客背窗而坐，等人家手捂辣头顶心，头别转去看啥人啊，伊还朝牢仔人家眯眯笑，卖票员当是熟人打朋，也勿管闲事。

照规矩，下一站勿到，电车门勿好开个。上当朋友也晓得，到下一站下车，也吭没地方好寻去了。只好眼乌珠一闭，眼睛。

小癫痫岁数还小，不过，伊已经继承祖业了，隔代遗传了阿爷个功夫。伊顶来事，就是飞军帽，一口气好飞两顶，一顶望左，一顶望右，孔雀东南飞，制造出混乱个当口，伊只拿一顶就跑，挺下来两个拨伊抛脱个朋友呢，为仔啥人也勿肯吃亏，对地浪一顶军帽，抢辣一道，抢破头，侪讲顶帽子是自家个，抛脱个辫顶是别人家个，啥人也勿肯腾出手，捉辫只小出老去。

小癫痫是老想拍拍鬈毛阿姐马屁个。一日天，兜发兜发，兜到老北站，眝着顶军帽，来得挺括，辣人淘里头，来得里个弹眼落睛。伊勿管三七廿一，搭上去了就飞。

辫顶军帽倒是正宗，小出老眼光蛮凶，就是眼火勿大好。帽子正宗，人也正宗，乃飞到正宗解放军头浪去了，人家还是四开袋，纽子浪赈"八一"，勿请伊吃家生，有老爷哝！

问伊，第几趟犯罪了啊？小出老言话也讲勿连牵了，右手伸出一根手节头。"侬犯罪手段介熟练工，会得头一趟啊？勿老实！"小出老辣货酱吃好，只好左手又伸出五根手节头。

"就晓得！反共老手！"

眼睛一刹，90年代快了。鬈毛阿姐一吭没工作，两吭没结婚，辣小菜场前头，摆只葱姜摊，代刮鱼鳞。

本生哪能过日脚，脱人家浑身勿搭界，怪就怪辣伊辫歇功夫，头浪，原旧戴顶军帽，吃饭用只红饭碗，就是高头有毛主席语录，红颜色粗体字个：你们要关心国家大事，要把……大革命进行到底！

弄堂里客气眼个，侪讲："辫顶帽子倒吃价个。"嘲一句，打打

大寒

朋。勿客气个就讲伊十三点神经病,脑子革坏脱了。

七张八嘴,放大镜照辣伊吭没结婚桩事体浪,传发传发,真个传出来有毛病了。弄了两个女小囡,姆妈叫伊拉买把葱去,随便哪能勿敢去。阿拉弄堂里个毛毛,还当姆妈勿要伊了,"哇"一声哭出来。

掰日天,真个神经病医院车子派得来了。鬈毛阿姐一头争,一头辣极喊:"坏人打好人,有罪!革命群众要擦亮眼睛,认清他的真面目!要是革命派,站到这里来!要是不革命,就滚他妈的蛋!"

大家侪立辣前弄堂里轧闹猛,弄了垃圾车也开勿进来。侪讲是发痴了,是疯脱了,眼乌珠暴了像田鸡,力道大了,四个来拉人个,加一个阿弟小鬈毛,共总五家头,也推扳眼,捆伊勿牢。鬈毛阿姐拉娘呢,勿敢出来,迓辣屏风后头,坐辣马桶盖浪,揩眼泪水。

弄堂里山东书记倒是想出头,帮鬈毛阿姐讲句公道言话,坏就坏辣,伊口号喊坏脱了。

阿弟婚结好,弄堂里言话一眼眼传出来了。掰是做戏啦。鬈毛阿姐吭没神经病,顶多有眼想勿开。阿弟末,要结婚,吭没房子,告丈母娘商量来商量去。丈母娘是,街道里做书记个,伊下结论:"倷阿姐是有毛病,留辣社会浪,早晏要害人。"鬈毛阿姐吭没工作单位咾,就街道出证明,阿弟厂里出住院费,掰个也算分套房子了呀。

为仔做戏,做了伊足眼,阿弟候好辣海,等两个抬担架个人进来,就拿阿姐顶军帽飞脱。阿姐又是气咾又是极,一激动末,看起来是有毛病。

叫做后首来,铁饭碗敲脱唻,阿弟厂倒闭脱,吭没钞票再出啥住院费,连得伊自家住医院报销也衰痨唻。

医院里鉴定鉴定,毛病好了噢,当日,就拿鬈毛阿姐放出来了。屋里是吭没地方蹲转来了,连得老娘也蹲到乡下头去咪。

正好,有个革命战友要开爿60年代酒家。墙头浪,得了交交关宣传画,挂了交交关语录包。台面浪,还有毛主席石膏像,吃包房还好每桌送只像章。鬈毛阿姐军帽戴好,腰里扎根铜头武装皮带,门口头一立,做迎宾小姐。本生,还叫伊背把枪,伊随便哪能勿答应,坶也就算了。

交关人吃饭去,侪是看鬈毛阿姐去个,一样小将打扮,立辣门口头,伊只精神面貌立出来,告人家就是两样,简单眼讲,就是正宗。看见伊是,两个批斗吃过个朋友,头颈浪,筋肉痱子也会得出来个。

小癫痢也捧场去了。夜里向,统统包下来。现在,伊抛上抛落,勿是抛顶宫了噢,是大户室里抛股票咪。

---

【过念 ni 头】过瘾。
【弹老三】人死。
【哭出乌拉】哭丧着脸。
【笸 qia】歪,斜。
【抛顶宫】拦路抢人头上戴的帽子。
【铁栅 sak】本词条为注音。
【有老爷】走着瞧(带有威胁或警告的口吻);不……不过门。
【七张八嘴】七嘴八舌。
【垃 la 圾 xi】本词条为注音。
【衰 sa 疮 dhu】劳累,吃力,疲惫。
【得了交交关宣传画】得,粘。
【筋肉痱 bhe 子】鸡皮疙瘩。

大寒

## 搅头势·亭子间嫂嫂

阿发一家门,蹲辣后客堂,胡梯上头就是亭子间嫂嫂。革命年代,火热踏踏滚,阿发迭个毛头小伙子,因为伊拉爷留用人员,有力道,吭没地方用,日日夜头,钢丝小床浪,睏辣辣,耳朵竖起仔,听弄堂里猫叫。天热哝,猫勿叫哝,末脚一眼眼娱乐活动,也拨老天菩萨关脱哉。

觉睏勿着,连得翻来翻去也勿来三,翻身多了,钢丝小床咕叽咕叽,伊拉爷咳嗽两声,勿看也晓得只臭面孔。葛咾,伊顶大个理想就是夜头夫妻寻相骂,伊好听听壁脚,解解厌气。

革命勿负我伲有心人。月头,一个半夜里,阿发听见一阵脚步声,老轻老轻个,跑辣胡梯浪,挨下来,一声搭牢胡咙,从鼻头眼里憋出来个咳嗽。开头辰光,阿发当自家听错脱,作兴是伊拉爷有口痰瞉牢了。

毕毕静辰光,亭子间扇门,吱一声,开开,又吱一声,闸拢。阿发是,心别别别跳,跳了恶形恶状,魂灵头也飘脱。

一脚到月底快,阿发吭没一个夜头,太平睏着过,赛过三伏天,还要门咾窗咾闸上,再要压条鸭绒被头睏觉,人要火烧快哝。伊老清爽,咳嗽朋友一点钟来,三点钟跑,因为四点钟,弄堂里倒马桶人就要来了。伊勿清爽个,只有一点,来个啥人?

迭个一日夜头,革命头头本底子讲定要来个。临时末脚,有革命任务,拷机吮没,手机也吮没,通知勿着。

阿发末,闹钟用勿着看得个,就晓得几点钟了。等到老辰光,哪能吮没人咳嗽?伊一记头热昏,偷畔子爬起来,拾皮夹子去。爬到亭子间门口,伊学样,咳嗽一声,门吱一声,开了呀。

隔日夜头,革命头头补损失来了。亭子间嫂嫂发嗲劲:"侬只死出老,昨日夜头,言话倒原旧一句勿讲,革命热情是高得来,一趟打勿倒。"

"瞎三话四啥物事?"革命头头吓一跳。亭子间嫂嫂先是一呆,面孔捂牢,豪燥哭,像煞伊张底牌勿是烂污泥。

出了迭种能个事体,勿是小弄弄啊!顶要紧,来个啥人?要来个是……实在勿敢想下去。

革命头头念头转停当了,连牢来三个夜头,第四个夜头,存心勿来。一点零一分,阿发趱出来,眼皮跳是跳来,晓得今朝要出事体,就是屏勿牢呀。伊前脚咳嗽一声进去,后脚,亭子间嫂嫂野猫介叫一声,候辣亭子间窗门下头个革命头头带了革命武器,上来钥匙门一开。

阿发肯定要逃。平平碰碰,搅头势结棍。亭子间嫂嫂总算电灯线拉着了,四只眼乌珠,凶搏搏戳牢阿发。阿发呢,两只眼乌珠定烊烊,戳牢地浪。革命头头奇怪,头伛下来一看,要死快来,要死快,自家脚下头,踏了一张领袖画像,老人家个额角头浪,贴正是伊皮鞋印子,皮鞋就着辣伊脚浪,极也极酷勿脱。亭子间里,煞辣势静。

革命头头肯定有革命经验,勿然介,哪能当头头。伊脑子转了快,乃事体性质变脱唻!阿发是流氓罪,伊自家是反革命罪!

亭子间里老虫打翻油瓶了,前客堂,后客堂,前楼,后楼,左右隔壁,连得隔脱条弄堂、后客堂里个阿忠师傅也爬起来开灯。革

大寒 57

命年代,大家侪有点睏大勿着,乃有淘成个朋友套件卫生衫,心急个朋友背心短裤就跑出门了,统统嗡辣亭子间门口头咾胡梯头。

画像末,革命头头老早拿伊牛头裤里头塞好了。现在是,纽子洞纽好了,两只手捏辣背后头,咳嗽一声,开金口了:"同志们,居民们,吵着大家了哦?我帮大家打声招呼。青年同志阿发,邪气要求上进,积极要求入党,不过,伊年纪轻,面皮薄,怕大家晓得。好事体末,俫话阿是?怕啥啦,勿要怕!巧是巧,亭子间嫂嫂也要入党,俫勿要小看嫂嫂噢,伊两本档案,我翻过个,解放前头,做过党个小小通讯员,葛咾,我约伊拉今朝夜头,亭子间里开党小组会议,我末,就是伊拉个入党介绍人。"

"开会?哪能介吵个啦,像煞打相打?"大家勿服帖呀,赛过唱戏唱了要紧关子,着末生头,灯吭没了。

"迭个末,我俚革命热情高勿过,开会前头,跳跳忠字舞。"革命头头拗造型了,弯臂把,大招手,红宝书摸出来。"侪是为了革命工作需要末!大家好转去了,抓革命,促生产。"

剃头爷叔还要啰里八嗦。革命头头眼乌珠一弹:"有言话是哦?明朝司令部来话!"

乃吭没个人发声音了。阿发光荣了……亭子间嫂嫂末,革命头头讲,伊还要重点多考察考察。

【火热踏踏滚】汤在沸腾的样子,也引申指热情高涨。
【头势】语缀,用于动词、形容词后,表示"厉害的样子"。
【听壁脚】在墙壁跟前或隔墙偷听对方谈话,引申为躲着偷听。
【解厌气】消除烦闷和寂寞,消遣。
【搿】卡住;压。
【殼 hok】吸吐。
【别别跳】心跳得厉害。
【偷畔子】偷偷地;暗地里。
【平碰】关门声,关窗声,形容声音弄得很响。
【戳 shok】戳。
【极酷】急迫抵赖。
【通讯 xin 员】本词条为注音。
【服帖】服从,听话;佩服,自愧弗如;衣物穿着贴身合体。
【着末生头】忽然。

## 摆噱头·人体素描

弄堂里,老克拉有本人体素描。小青年碰着伊,侪要"爷叔爷叔"烂叫。

王伯伯勿服帖,号称伊也有本人体素描。外加,以女人为主。王伯伯也开始出风头了。

"爷叔爷叔"勿是好叫个,十几个小青年,队排好仔,问王伯伯借㸚本人体素描。

王伯伯推三拉四,想混混过去算了。小青年讲,伊拉是为无产阶级工农兵形象打基础,勿好勿借,勿借就是勿革命。

王伯伯胆子小,乃咋弄弄?

买也买勿着,偷也偷勿着,勿见得变本出来?伊真个自说自话,自家画起来了。趁家主婆买小菜咾,倒马桶咾,生煤球炉咾,㸚点辰光,迷辣屋里画人体。刚刚搨两笔,家主婆踏进来了。伊只好手里头一捏,纸头捏了一团。"我正好要用马桶呀。"

"爷叔爷叔"叫个小青年,开始言话里头带骨头了。王伯伯牙子一咬,脚一踏。"明朝来拿!"

㸚日仔,趁家主婆望亲眷去,总算捉着空档了,王伯伯要好好叫画了。窗帘布拉拉好,一点一划画起来。

伊是木知木觉。弄堂里"王伯伯囥了本黄色书"个消息,老早传出去了,伊老早就拨人家铆牢了。

窗帘布一拉,得放炮仗是差勿多了。就辣王伯伯馋唾水穷咽,画了火热踏踏滚个当口,房门一脚头踢开来了,弄堂里个革命头头冲进来了,拿伊领头一拎,人赃俱获。

总算好,造反派里个二把手,帮王伯伯是宁波同乡。总算好,王伯伯呒没上过美专,模仿个对象又勿够登样,实际操作趟数也搭勿够,画出来个物事讲勿出话勿像,可以有多种解释。

王伯伯脑子还蛮清爽,一口咬煞,自家画个是牛鬼蛇神猪八戒,属于革命行为。

二把手讲,下趟画牛鬼蛇神,也要拨伊拉着件衣裳。

事体闹猛了两日,也就消化脱了,就是王伯伯辣弄堂历史浪,留了污点。改革开放了,阿拉两个小鬼头还辣唱:"老宁波,到上海,女厕所里向迓辣海,米西米西吃咸菜。"

---

【推三拉四】反复推脱。
【迓 bhoe】躲藏。
【踏 shak】踩。
【木知木觉 gok】麻木迟钝;因糊涂而不知不觉。
【二 lian 把手】本词条为注音。

大寒

## 六月债·淮国旧

革命头头是,一样一样抄得来交交关。

从伊个无产阶级眼火出发,也晓得迭眼侪是赞货。可惜自家用末,忒弹眼落晴,硬装斧头柄,也装勿上伊个无产阶级本色。迭排里讲法,蛮矛盾个,明明叫,晓得是赞货,用又勿好用,迭个翻身做主人,勿是白白里翻末?翻翻红宝书,也吭没翻着啥理论依据。

只好叫了两个小三子,天勿亮,踏了黄鱼车,就近两爿旧货商店还勿敢卖,连得南国旧也嫌比忒近,啃支啃支,一径踏到淮海路,亨八冷打,卖拨了淮国旧,钞票是,一刀一刀调转来。笃定哝,钞票浪,总归吭没记认了哦,总归认勿出了哦。

问题末,是迭能个,迭个年代真叫钞票多了也吭没地方用,要末,调侨汇券。不过,前头个头头,就是倒票证咾,倒侨汇券咾,倒台倒下来个。人是,勿拨出路,钞票出路是,勿好勿拨个咾。

一来一去,一拍一胭缝,革命头头脱亭子间嫂嫂一条裤子哝。伊自家想想脑子蛮活络,钞票好送个呀,送物事倒忒招摇。伊也勿多想想看,伊自家钞票算有仔出路,脱手转拨了人家,人家拿到手个钞票,也要有出路个呀,勿然介,帮草纸啥两样?

亭子间嫂嫂赅仔钞票,近个旧货商店,惹伊还孆去,嫌比档子忒低,要去就去当年个恒隆广场——淮国旧。

九点钟开门前头，伊落手花个噢，抛人家顶宫，趁人家拾帽子只空档，抢辣前头冲进去，穷买，买抄家抄出来个"免票"赞货：电唱机咾，照相机咾，三转一响咾，全毛绒线咾，玻璃器皿咾，西餐餐具咾，咖啡壶咾，派克笔咾，连得电子元件也买了一大包，当伊蛋糕边丝唻。

还勿过念头，淮国旧后门兜到长乐路浪，木器摊头浪，买红木家生咾，外国沙发咾啥，推扳眼眼，钢琴也要买转去了。迭个有眼，像三十年后头，阿拉讲个，跑到超市里，只要望车子里乱好唻，矮钞票能介。

也勿想想自家蹲辣啥个地方，只亭子间呀。乃噱头势来，黄鱼车叫好，哨支哨支，赞货踏转来。地方摆勿落，只好摆辣弄堂里先，赛过开抄家展览会。邻舍隔壁是，里三层，外三层，轧闹猛。

啊有，亭子间嫂嫂侬海威来，今朝借革命光，变白相人嫂嫂唻，勿想想世界浪，还有三分之二个人处辣水深火热当中，也要想想阿拉弄堂里，啥人屋里日脚勿过了结结绷绷。

丁丁眼火来得里尖："傏看呀，挴个一只八仙桌，老早是凯凯阿哥屋里个！挴个一对大沙发，老早是克拉爷叔屋里个！"

出事体唻，革命头头屋里也抄脱唻。大家侪拍手嚁。"真叫六月债，还得快。"

---

【一拍一膑 min 缝】一拍即合，严丝合缝。
【赅 ge】拥有。
【惹 sha】本词条为注音。
【推扳】相差；差劲。大推大扳，差得远。
【啊有】表示鄙视、腻心、厌恶、不愿接近。
【结结绷绷】经济拮据。

# 吃弹皮弓·堂吃酒

革命管革命,酒家照开。

里头末,上海人欢喜个赞货蛮多,糟门腔咾,糟顺风咾,鸭膀咾,鸡脚爪咾,熏鱼咾,酱麻雀咾,还有,零拷黄酒咾,土烧咾,七宝大曲咾。

老头子蛮节约,一盆百叶包、一只熏蛋,就好过四只钟点老酒。勿是伊勿赅钞票,做人要夹紧仔尾巴,老早是管制分子唻,拨侬吃两口夜壶水算是祖宗积德唻(好得祖宗吭没参加过国民党,勿是大地主、大资本家、大流氓),还想开酒包?

老头子蛮识相,一家头坐辣西面只角落头,嘴巴张开来,用场是吃酒,勿是告人家茄山河。其实两个吃老酒朋友,勿管阿是管制个,也吭啥言话好多讲头,连得屋里头个事体也勿大敢讲,事体小做小,讲发讲发咾,总归绕得到大好形势浪,一勿留心,舌头一笪,就滑到敌我矛盾,根舌头是,候好了拨革命群众斩脱做门腔哦。

大家顶多谈谈吃个物事,啥个地方,零拷啤酒泡瀫多;啥个地方,小菜场蹄筋发得开;啥个地方,米店里头良心好,米放出来,还会得帮侬多敲脱两记。老头子是,只好听听,一径勿开口,变成功吃闷酒,殟是殟塞得来。

三点钟横里,丁丁蹎到酒家里头看白相。人家八个人坐辣一筑堆轧勿进,看见老头子故面搭蛮空,一家头坐只八仙桌来吃,伊眼乌珠的骨轮圆,跑过去转发转发。

老头子屋里真叫拆人家,一家门只挺伊告老太婆两家头。看见丁丁鼻头塌塌,眼睛小小个,蛮活络,蛮嚯头,有点像伊老早仔一个侄子,手招招,叫伊过来坐好,只熏蛋夹开来,拨伊吃半只。

熏蛋也要一角洋钿咦,勿是随随便便好买个,丁丁一口头下去末,当老头子好朋友咦。

两家头侬一句我一句,讲到哪能做弹皮弓。丁丁只会得做简单个,树浪,一根丫枝拗下来,高头橡皮筋绕根。老头子教伊做个工艺高来,丫叉是铜条拗成功个,外头包个是电线皮,用个是牛皮筋,牛皮筋当中再穿块长方形轮胎橡皮,劲道大了麻雀也好弹。

丁丁一听麻雀,睏睏玻璃柜台里头,白瓷盆浪向个酱麻雀,兴头一枪头吊上来,翢牢仔老头子,勿算要手把手教伊做,根牛筋做个牛皮筋也要包脱。老头子存心勿答应先,等到丁丁极出乌拉,拉牢伊,"阿爷阿爷"穷叫,乃末哈哈笑笑答应哉。

弹皮弓做好,丁丁转去路浪,手痒来,摸出来试试准头看,小石头弹过去,弹辣人家门牌号浪,一块搪瓷落下来。闯仔祸,有眼吓丝丝,豪燥屋里迓迓进。弹皮弓园辣枕头下头。

小朋友到底是小朋友,熬到夜饭吃好,伊又熬勿牢了,想想天也夜了,再出去练练枪头,终咉没人看见了。东弹一记,西弹一记,伊也勿觉着啥,弹好转来了末,床浪一倒,睏着窸。

第二日天,出大事体咦。宣传画浪,着仔绿军装大招手个领袖,一只眼乌珠弹脱咦。

"里革会"马上报案,吉普卡也开得来。揩发揩发,揩藤揩到丁丁。丁丁吓了面孔煞白,越吓,嘴巴倒越老,一口头咬定勿晓得。"我告毛主席保证,勿是我弹个! 弹皮弓也是我今朝早浪向,弄堂里头拾得来个！作兴是台湾特务甩脱个！"

犯罪对象年纪忒小，再讲也呒啥证据，顶要紧是革命革了辰光忒长，大家侪有点疲脱了。弹皮弓末，专案组没收脱了，叫家长加强教育。"里革会"两个主任阿姨思想觉悟高，露天电影看歇过《列宁在1918》，是定坚要查出真凶，为领袖报仇。

揞下去末，揞到酒家，摸瓜摸着老头子了。丁丁迭个一枪是，日日望里头跑，像煞告老头子蛮有数。

酒家里头老师傅一口回头脱，讲老头子坐辣角角落里，远开柜台八只脚哎，伊讲啥，阿拉听得出个说话，迭个勿是乱话三千。

两个老酒鬼也拨主任阿姨吃记弹皮弓，讲老酒吃了忒多，木知木觉当中，革命警惕性勿高，对勿住。

铁证呒没末，"里革会"也有办法弄松侬，关照老头子，下趟勿许出门吃老酒，要是看见了，就算自绝于人民。

作孽，老头子告老太婆勿是天仙配，是地仙配，一个末，欢喜小老酒溺溺个，一个末，断命酒精过敏个，勿要讲吃一口酒，就是酒味道浓仔眼，面孔浪，马上一粒一粒出痧子能介。

两家头轧辣二层阁里头，块门板拉上仔，迓也迓勿脱呀，实实叫，是呒没办法吃。

灶披间也勿好去，一个主任阿姨个眼线，绰号叫电母，就蹲辣后厢房。唉，勿吃是熬勿牢个，屋里吃也是勿局个，还是要外头吃。

想来想去，独有一只。来末，来外头，两个主任阿姨踏末，又踏勿进，就是隔壁弄堂口一只射尿坑。

老头子拎只人造革"航空"包，用只装沙药水个瓶头，跑到酱油店拷眼料酒，买盒苏州豆腐干，进去仔。纽子洞豪燥解好先，前门敞开，飞机乘上，一头吃，一头听。脚步声一听见，有人跑过来了，豪燥药水瓶包里塞好，卖力屏两沰尿出来。

老头子 90 岁生日迭个一日天，里弄里相帮老年人统一过生日，摆了两桌酒水。老头子吃了半当中要拆尿，人家拿伊挡到酒店洗手间里向，伊鼻头一吸，勿但一眼勿臭，还有眼留兰香。

老头子迭记讲个是真心言话唻："此地味道老好个！"

两个年纪轻个志愿者，一头挡牢伊，一头对老头子看看，奇怪煞脱来，肚皮里辣想：老年痴呆，味道老好，侬蹲辣里头触祭好唻。

---

【开酒包】大吃大喝。

【殟 wek 塞 sek】不舒服，烦闷。

【故面（搭）】那边。

【的 dik 骨轮圆】非常圆；很圆。

【（树）丫 o 枝】树杈，杈枝。

【柜 jhu 台】本词条为注音。

【嬲 niao】互相戏缠；乱纠缠。

【极出乌拉】迫不及待，十分急切。

【揸 shou 藤摸瓜】顺藤摸瓜，喻沿着线索调查研究，追究根底。

【着 shak 窀 huek】沉睡。

【绰 ca 号】本词条为注音。

【勿局】不行。

【射 sha 尿 sy 坑 kan】本词条为注音。

【沰 dok】滴；点。沰，液体或糊状，有时比"滴"大。

【志愿者 ze】本词条为注音。

## 吃头势·杏花楼月饼

老朱支内,到仔贵州。

贵州啥好吃?鱼腥草,老朱嫌比腥气。泡海椒,老朱嫌比忒辣。笋,老朱老欢喜。乃嗲来,山浪个竹林子,赛过前楼调后楼,后楼调亭子间,亭子间调二层阁,一年勿如一年。

狗肉也嗲个。老乡屋里看门个狗,一日少一日。老乡屏勿牢,问声:"㑚阿是上海人?"

老朱回头了刮辣松脆:"正宗上海人就是迭能个。"

日脚还呒没几化唻,食堂里向老师傅辣老朱"结合"下头,锅贴咾,馒头咾,糖麻球咾,样色样,鬼老来,独是小笼馒头,皮子做了稍许厚仔眼。辖个一世里,呒没出过山区个老师傅,啥叫啥,会得修正出福建肉松个。老朱耐心耐想教伊噢,纯精肉,水煠煠开先,乃末,一定要笃了伊的的酥,勿然介,炒出来硬了像柴爿。镬子里倒眼油,慢心慢想,慢慢叫炒,最后,加眼酱油咾,糖咾……老师傅一炒末,大半日天辰光就晃脱,别样事体侪嫑做唻。

军代表发响来:"嫑当我吮呒没知识!洋盘!福建肉松就是台湾肉松!㑚搞什么里个东西!"

别样知识,老朱书里头呒没学着过,只晓得两只老朴素个道理:吃人个嘴软,哑子吃黄连说勿出苦。

立春

老朱告军代表拉儿子轧道伴,今朝,拨伊吃半根泡泡糖,明朝,再拨伊吃半根,第三日天,宝贝儿子吃出念头来了,又来讨泡泡糖了。老朱两只手一摊:"要末,吃空屁,要末,阿拉自家做泡泡糖。"

宝贝儿子带路,又是抄干面,又是倒麻油,碗盏里调眼温开水,一人双筷子调了起劲啊,调到伊得子捺子,老朱请伊尝尝胜利果实先。军代表接到紧急通知冲进来,宝贝儿子显宝,嘴巴里含含糊糊穷叫:"爸爸,爸爸,侬看我做个泡泡糖!"

一吹,"潽",军装浪一大滩。

军代表吃瘪。乃食堂里头,上海小吃个品种越吃越齐,连得大世界甜酒酿也有哉。

宝贝儿子是,来得里个欢喜老朱做甜酒酿。甜酒酿一做是,伊也有事体做,辣饭浪向,觑眼子。伊拉爷跑过,除脱嘴巴浪,骂两声小流氓当心将来吃枪毙,也只好摇头。

等到过春节,军代表已经代表勿出了,弄了吃勿开又吃勿消,也勿叫大家包水饺了。老朱末,带头磨水磨粉,搓黑洋酥汤团吃唻。

等仔过中秋,军代表打报告,派人上海买月饼去。群众反映过了,贵州月饼什么里个东西,冰糖屑,花生米,外头包层油酥皮,吃辣嘴巴里极力嗰落,饭里向夹沙子唻,绝对影响阿拉劳动积极性。

"上海人讲,月饼只要杏花楼。"军代表最高指示勿赊末,一半里个一半指示终有个。

"杏花楼是啥?一朵啥花啊?"采购员有点吓丝丝,万一弄错脱,转来也有得吃,吃排头。

"我哪能晓得?我上海又呒没去过,只看过霓虹灯下头个'烧饼'。派侬出差大上海去,真叫做挑挑侬噢!侬也孁抖豁,上海人讲个，到了大世界门口头，问一声去，上海人介会得吃，会得勿晓得勿啦！"

"大世界辣啥……"

"怪勿得上海人叫侬阿寿！侬只黑塑料拎包浪，画个勿就是大世界末！勿认得，勿搭界个，只包揿起来，人家就带侬去咾。"

采购员越听越吓，哪能特务接头一样个啦，要紧问一声："万一我迷路，拨上海人资产脱……"

"十三点！"军代表红宝书摸出来，敲辣采购员额角头浪。"同志，侬还吪没到美国好哦？"

---

【样色样】各种。
【的 dik 的酥】特别酥。
【发响 'hou】发怒。
【洋盘】不内行、不识货、对事物缺乏经验的人。常指在都市里遇事上当但又不觉察的人。本义是旧时小商铺对付外国人开的货价，因高出原价倍数而使外国人因不明真相而上当。
【轧道伴】跟人来往交际；交朋友。
【得子捺 nek 子】黏糊糊的样子。
【吃排头】挨批评，挨骂，挨指责。"排"又作"牌"。
【抖豁】害怕。

# 横竖横·横渡黄浦江

　　纪念毛主席 1966 年横渡长江五周年,造船厂"革委会"组织青工横渡黄浦江。
　　小海出身勿好,游泳也一点勿会,照道理,勿好去,伊还是积极请战。团支部书记宁宁表扬伊,灵魂着着里头爆发出来要求进步个决心,阿拉要支持。每日天,下班前头半只钟点,人家汏浴去了,宁宁告小海辣厂区游泳池后门口碰头,教伊练习蛙泳个基本动作。先是手浪分解动作,再是脚浪分解动作,练了熟练了咾,第三日天,下池子,练习手告脚个配合。
　　一只礼拜练下来,小海学了快,水里向睁眼睛还勿敢,调气是用勿着人家相帮搭一把了。小海告宁宁也熟了,讲宁宁游泳姿势漂亮,告伊个长手长脚细腰身来得配,阿是辣市里向少体队练过个?宁宁笑笑勿响。伊拉屋里附近呒没游泳池,伊游泳老鬼,是伊拉爷告混堂头头有点业务关系。小学放寒假,中浪头,大池水刚刚放好,汰头汤个朋友,饭还呒没吃好哎,宁宁跑到男子部游脱两圈,辩能学会了。
　　7 月 16 号到了,小海头一批跳下去。
　　头浪,一道练习辰光,两家头隔了忒近,还勿觉着,现在远远叫,照辣太阳光下头,小海个皮肤,白了赛过小辰光有一埭过生日，辣淮海路吃过个掼奶油。辩个滋味勿是香，勿是甜，是高级。

开头，小海游了蛮登腔。嗯，伊面孔看起来就聪慧相。气调了老鬼来，宁宁焐心来，嗯，是我教出来个呀。游出去三十米勿到，小海只面孔白了过头了，只头一歇沉下去，一歇冒出来。宁宁调仔头，游过去眼，望望小海又加勿对，手咾脚咾，游勿开了呀，阿是抽筋了啦？

宁宁豪燥自由泳"豁豁豁"冲刺过去，一把头架牢小海，拿伊条手臂把从自家头颈浪绕过来，辣胸口前头拉牢。

"侬抽筋了啊？"

"浪……浪……"小海勿是抽筋，是江浪起风，两只浪头打辣伊身浪，一吓末，吃了一口水，乃更加吓了绷勿牢。宁宁好气咾好笑，倒真个"浪来了"。

另外一个小青工全钢一望，宁宁开调头车，伊也大站车直放过去，眼乌珠出血穷叫："我脚抽筋了！支部书记救我！"

宁宁只当勿听见，一头拖牢仔小海，一头安伊心："到快了噢。到快了。脚踏起来呀。"

全钢存心吃两口水，叫了像煞雌鸡胡咙。"我开软档！开软档！我要出人性命了！"

宁宁一肚皮火，抽只空档，头别转来，关照全钢："侬叫啥叫！跟牢毛主席大风大浪里头胜利前进！游快！"

浦东上仔岸，宁宁榻地一坐，人也佾脱。小海吃了眼冷饮水倒精神了，捧一杯过来拨宁宁。

宁宁搪瓷杯接过来，浉了一小口，想着伊嘴唇皮碰着个地方就是小海刚刚……心是别别跳。

喇叭响了，厂里向派大卡车来接伊拉了。大家赤脚踏赤脚，拍搭拍搭，爬上去，着了游泳裤游衣轧辣一道，热气腾腾。

全钢好几坎想轧过来，小海两只臂撑子撑开，拿宁宁挡好辣里

立春 75

头。"狗小海,侬搞小圈子是哦?"

"呒没呀。"小海望边浪移一点。

"全钢,侬今朝搞啥百页结,自家肚皮里有数。再要缠勿清,我就拿侬报上去。"

边浪人哄一记头。全钢面孔一红,吃瘪。调头发好,宁宁拍拍小海手臂把。拍好了,㧅只手就呒没收转去。

一路浪,车子摇记摇记,自家养出来从来呒没告男人家贴了介近过,身体里像煞饿了前胸贴后背,勿晓得哪能,面孔一点勿烫。

礼拜六下班辰光,小海到小礼堂寻宁宁,请伊明朝游泳去。宁宁问,厂里向勿是有游泳池末?小海讲伊拉㧅面水清爽,还是温水游泳池哝,不过,现在是冷水。宁宁屏勿牢要笑,㧅个言话有劲得来。

全钢勿晓得几时迓进来个,跑上来就一声:"温水游泳池啥稀奇,阿拉去个是热水游泳池,嬲忕适意噢!"

小海呒没讲啥,独是笑笑勿响。等全钢跑脱,小海告诉宁宁:"更衣箱还是立式个。"

宁宁一到厂礼拜,就告小海一道出去白相。头头好几坎,寻伊谈言话,要伊拎清眼,伊是重点培养对象,是接班人。宁宁吃批评辰光老认真,还捧好本小簿子做笔记,前脚态度坚决,一定要坚持革命事业,后脚,照牌头告小海碰头,迭为深藏青罩衫脱脱,着件做夜作刚刚做好个淡蓝罩衫。两家头一前一后,兜了华山路咾,兜桃江路。

小海讲:"侬个衣裳,赛过梧桐树个树叶子。春天㑇得远了。"宁宁眼眼小海,眼眼还呒没一爿树叶子个梧桐树,觉着小海讲个言话又高又飘,好听得勿得里个了。㧅个再是思想,告小海辣一道,再是真正激烈个思想斗争,斗了呒是呒得来,胸口头像煞有啥跑开来。

小海讲有群众揭发，厂里向要点名批判伊，罪名是腐蚀革命接班人。宁宁讲批判就批判，阿拉两家头，明朝就交结婚申请。
　　小海抱牢宁宁，鼻头园辣伊头发丝里，隔脱三分多钟，冒出一句："逃港，侬敢哦？"
　　"敢个。"宁宁面孔一点一点贴到小海肩胛浪，人赛过痓船，还听勿懂啥意思。
　　"我有个爷叔辣香港。听人家讲，蛇口离香港只有四公里，海边头，侪是红树林，阿拉日里向，里头迓好仔，等天一夜，就游过去。侬游泳介灵光，一准呒没问题。"
　　"嗯。"宁宁得头。
　　红树林里头，一只一只曲子，一段一段唱词，辣宁宁头脑子里闪发闪发，侪是样板戏里勿曾拉歇过个梵哑铃。
　　眼花落花辰光，小海又讲点啥，一点呒没听清爽，像煞听见啥游泳，啥橡皮轮胎，啥乒乓球拍子。
　　"阿拉游过去啊？"
　　"嗯，游到香港去。"
　　宁宁醒过来了，又怕小海看出来，面孔硬劲绷牢了，头笪过去，盯牢边头棵梧桐树。"侬也去啊？"
　　"我板去个咾。就是我勿板定游得过去，侬定坚要相帮我。好宁，侬相帮我哦？"
　　宁宁是吓了勿敢响。思想斗争到最后，还是小海比毛主席横渡了快。"我帮侬个。"
　　"我告侬讲个言话，侬会得讲出去哦？"
　　"打煞脱我也勿会！"
　　小海抱紧仔宁宁，两家头侪角角抖。"今朝是我顶开心个日脚。"小海讲。宁宁头抬起仔看牢伊，头一坎，发觉小海眼睛勿是黑个，是淡咖啡。

"宁宁,阿拉屋里今朝呒没人。"小海嘴唇皮薄了像刀片,一划,烫了宁宁望后头一缩。

"小海,听人家讲,侬追求进步轧书记friend了?"两个初中同学到小海屋里白相,沙发浪一隁,打出来个嚆儿里头侪是栗子味道。

"俉哪能晓得个?"小海眉毛一翘。

两个同学眉毛也橡皮筋介,弹来弹去好白相煞。"阿拉屋里,老早有个饭司务就蹲辣伊拉弄堂里。"

"小海,girlfriend文化水平哪能啊?"两个同学闷笑,眉毛弹得来,眼乌珠也跟牢仔跳起来。

"阿拉读书侪拨……阿是?勿谈了。不过,伊拉屋里是知识分子家庭,我还问伊借过《普希金抒情诗选》《安娜·卡列尼娜》,书翻了交关旧,一看就晓得,看过交关遍数。"

"侬真个假个?"两个同学面孔毕板,辩眼年数,骂伊拉狗崽子个人也是辩排面孔。

"伊拉爷是废品回收站做个,侬勿晓得?啥个地方是知识分子。哈哈哈!假如生活欺骗了你,不要忧郁,也不要愤慨,不顺心时暂且克制自己,相信吧,快乐之日就会到来。哈哈哈!"

"俉吃啥了啊?"小海马上言话岔开来。

"阿拉吃个勿是糖炒栗子,是栗子蛋糕噢。"

小海告宁宁讲,为了伊拉个伟大计划,两家头关系勿得勿转到地下去,平常日脚孁碰头了,一百样为了伊拉个计划。

"葛到辰光侬哪能通知我?"

"我打德律风拨侬。"

宁宁面孔发烫了,憋了半分钟,憋出一句:"阿拉屋里呒没个……"

小海拍拍宁宁肩胛。"我打传呼电话拨侬好唻。"

"传呼电话？好个呀！勿好，搿个勿是侪拨人家听得去了？"宁宁刚刚松一口气，又紧张起来。

"嗯……侬心思是细，阿拉讲定只暗号哦。暗号就是……横渡黄浦江。到辰光，侬暗号一听见，夜头就到十六铺碰头。"

"葛末……阿拉平常日脚勿碰头了？"

"宁宁，为了伟大计划，总归要有眼牺牲。侬是支部书记，道理侬比我懂。"

宁宁夜头老是索索抖醒转来，像煞有人辣楼下头叫电话。每坎，伊侪是两只手揿牢仔胸口头，关照自家电话亭打烊了，艙得有人来叫个。每坎，伊照样轻手轻脚爬起来，看看爷娘，还好睏了蛮熟，伊窗帘布挑开道缝，眈下去，黑铁墨托个，吭没人呀，连得野猫也吭没一只。

奇怪，耳朵里原旧有声音铃铃铃响。人立了近眼，面孔贴辣窗玻璃浪，眼睛看了又胀又酸，是吭没人呀。

宁宁讲，伊告小海勿来去了，不过，又勿肯写保证书，头头拿伊团支部书记开脱，叫伊下车间劳动。

宁宁看出来了，小海真个是做大事体个人，比伊好好叫来三，难板有坎两家头辣路浪碰着，小海连得头也勿得，赛过两个陌生人。勿晓得为啥，伊巴勿得拨人家揭发出来。捉牢了末，伊舌头咬断脱，也艙得拿小海两个字咬出来个，叫小海晓得伊是真心个。

全钢轧出眼苗头，每趟中班下班，伊踏仔部老坦克，龙头浪吊仔只保暖桶来了，冷天冷色，帮宁宁送红枣赤豆汤、白糖莲心粥；热天热色个，送井水里泡过个绿豆汤，摆冰块摆鸡蛋个大世界甜酒酿。

宁宁看见全钢就触气，搪瓷杯接过来，两口头，汤呷干，绿豆一粒一粒挺辣海还拨伊。

"宁宁，侬绿豆哪能勿吃？侬吃口呀。"

"侬嬲叫我宁宁好哦！"

"好，好，我就是问一声，侬绿豆哪能……"

"我只吃汤。来事哦？"

"来事。来事。绿豆我自家吃。我顶欢喜吃绿豆。"

"侬阿是肉麻啊？葛末，下趟烧个辰光，绿豆嬲摆好唻！"

"绿豆勿摆，哪能烧得出绿豆汤？宁……书记侬打朋唻。"

"辩个侬自家想办法去。侬勿是老有心个末？"钝归钝，伊到底呒没关照全钢死辣远眼嬲来了呀，啥人叫中班转去，车子也呒没一部，田头路黑骨隆冬，难板有两只路灯，也拨小出老石头瓦碎脱了，只好靠全钢荡伊荡到摆渡口，摆渡过去，再要荡到伊屋里头。

接仔一年零两个号头，全钢想摆记老资格，勿识相拿手节头轻轻叫搭辣宁宁肩胛浪，宁宁捷转身，拿全钢只手甩脱，回转去一只反抄耳光。伊从来呒没打过人，自家也吓一跳。

全钢蛮精乖，晓得宁宁嫌比伊眼啥。花了足足廿八块老洋，辣南京东路调剂商店买了把小提琴，还带只黑皮琴盒，破搭搭个。七转八转，人托仔交交关，还勿好意思讲伊要学，吹牛三，厂里头要排练《海港》，帮帮同事忙。罪过一家门亲眷朋友呒没一个告音乐搭界，摧顶有个过房爷，解放前头辣码头扛大包，会得两声码头号子。

烦仔两个多号头，总算一个老吃伊拉三孃孃冷饮水个老右派，借出来本简谱《小提琴演奏法》。

三伏天，全钢关辣摆煤炉个棚棚里，赤膊着短裤，横拉竖拉，拉一只《千年的铁树开了花》，拉了汗从烂泥地浪，流到门缝缝外头。隔壁邻舍听声音，又看见水流出来，道是里向辣杀鸡拔毛。

"小钢啊，家里吃鸡啊？"

"你妈妈！吃老虎！"全钢调了只《打虎上山》。

一径到1976年完结，小海只传呼电话还是勿来。宁宁是厂里向，辣末一个晓得小海香港去个人，消息还是全钢传拨伊听个。

勿管屋里哪能劝，勿管全钢寒热发到40度还爬得起来自杀两趟，宁宁就是要嫁拨了香港老爷叔。

派司领好，宁宁领爷娘友谊商店买彩电、电冰箱、瑞士手表去。伊拉姆妈是，当中扇旋转门勿敢跑，只好边头小门跑跑。门房警惕性上来了噢，踏上一步，隔了块玻璃，洋白眼盯牢仔伊拉。

宁宁是，闷声勿响笑笑，皮包里一大刀兑换券拉只角出来，再啪一塞头，塞进去。

门房退开两大步，门拉到120度，鞠躬95度，一只please。

---

【着着】方位上的顶端，最。趋趋。
【蛙'o泳】本词条为注音。
【登腔】像样。
【侅 te】疲乏无力。
【照牌头】靠别人的力量办事；总归；按理。又写作"照排头"。
【做夜作】晚上做工作，开夜工。
【艤 fhe】不会。"勿会"的合音。
【吭'hang】气喘。
【疰 zy 船】晕船。
【眼花落花】眼花缭乱，看不清楚。
【角角抖】不住地发抖。

【隑 ghe】靠边上站；斜靠。
【嗝儿 ghe】饱嗝。读音是儿化词"嗝儿"ghen 失落鼻音后形成。
【诗选 xi】本词条为注音。
【难板】偶然，很少。
【肉 niok 麻 mo】舍不得。
【钝】讥讽，嘲笑，挖苦。
【捷转身】捷，急速地回转。
【挳 pan 顶】到顶，到最高限度；最多大不了。
【辣末】最后。

## 抖抖病·少年维特个烦恼

哪能里头有一版书,拐了只角?

丁丁当是自家勿当心拐着个,豪燥搋开来,手去撸撸伊平。伊看看有印子个地方。

"一面解棉袄的纽扣。她把外面衣服都解开了,只剩了里面的一件汗衫……"血一记头,嗡到头顶心,叫是年纪轻,年纪大准定中风。

算得年纪轻,丁丁人也抖起来,赛过得了抖抖病。今朝下半日,小弄堂里头,碰着小小曲。姓曲,应该是叫小曲咾,因为人长了老小样,大家辣"小"字前头加个"小",叫伊小小曲。

两家头同班同学,不过,辣学堂里头,言话从来勿讲个。小小曲看见伊跑过来了,头勿像老早介低一低,今朝仔,两只金睛鱼眼睛直直叫迎上来,弄得来丁丁只好低头。

"人家讲,侬蛮欢喜做文章个。我拨本书拉侬。"丁丁觉着手里向塞过来一样物事,挨下来十几分钟,伊个心思侪辣小小曲双皮鞋声音浪。别转头睐睐,人老早跑脱了。

书浪末,包仔张包书纸,邪气细洁,看看像煞蜡光纸,摸摸又勿像。丁丁摸发摸发,又凑辣鼻头下头闻闻看。

丁丁看书是,两夜天好看一本,葛咾,三日两头,问小小曲借

立春

书去。小小曲借出来个书杂格伦敦，有个新，有个旧，有两本还缺脱仔几十页，不过呒没一本淡洁刮辣，搁落三姆，黄透黄透。

"㑚个书侪是……佴爷娘……看个？"

"勿是个。我问人家调得来个。"

借书前头，丁丁做梦也做勿着小小曲小即零仃，像煞发育勿良个身坯里头资产阶级思想介结棍法子，也想勿到自家个革命立场介勿坚定，跷跷板一跷，就跷过去了。

每趟小小曲屋里迓出来，胡梯浪跑下去，跑到底楼了，也勿听见小小曲闩门个声音。伊肯定是闩门个辰光，先拿司必灵转进去了。想到此地，丁丁心里头一热。

事体总归要弄穿绷个。有个男同学勿听关照，拿小小曲借拨伊个书带到区图书馆阅览室。伊倒勿是骨头轻，是常怕屋里大人看见伊辣看黄色书，一顿生活逃勿脱。

阅览室生意老好，勿比伊拉屋里亭子间空，一只台子好轧七八个人，大家轧了介紧，比床底下个马桶搭仔痰盂罐还要好，就算包仔书皮，书里头啥内容，边浪向也清清爽爽。

有人大惊小怪叫了一声："唷，少年维特个烦恼！"一声叫好，阅览室里几百只眼乌珠，赛过黑芝麻咾白芝麻，密密猛猛，亨八冷打，得辣男同学只大饼面孔浪。

"阿是图书馆里借个？"

"勿是……"

"小气哦。侬讲呀,到底啥人借拨侬个?"

"是……同学……"

"同学叫啥名字?屋里蹲辣啥地方?就看侬对问题个认识咾。"

丁丁再晓得,小小曲勿是借书拨伊一家头,只要是长一埋大一埋、身高辣一米七五朝上个男同学,勿管是自家班级,还是隔壁班级,是高年级,还是低年级,小小曲侪借书拨伊拉。

拐个勿单单是资产阶级思想问题,是反革命集团哉。

好得革命末,革到70年代了,小小曲末,又是初中生勿满十五岁,伊拉爷娘好几年前头就吃官司去了,屋里只有一个八十岁老外婆,总归呒没办法捉得来垫刀头。最后,小小曲屋里再抄过,辣辣叫严肃教育,叫伊每日天放学,"里革会"夜汇报去。

弄堂里两个小鬼头辣传了,小小曲是赖三。小小曲寒热发好了,得了只怪毛病,跑路只好闷仔头跑,看见只人影子也勿来三,一看见是,身浪向就抖勿停介抖。

拐日天早浪头,丁丁跑过小小曲屋里,窗口头声音泅出来。"甜蜜蜜你笑得甜蜜蜜,好像花儿开在春风里,开在春风里。在哪里,在哪里见过你……"夜里丁丁下班转来,小小曲窗口里还辣唱。

丁丁晓得伊听了一日天了。小小曲连听三日三夜,又昏睏仔一日一夜,睏醒,毛病好了。

---

【拐 yok/yuik】折。
【杂格伦敦】杂七杂八;杂乱。
【淡洁刮辣】淡而无味。
【搁落三姆】统统、全部。英语 gross sum 的音译。
【小即零仃】瘦小而有俊气。

【穿绷】露出破绽；被揭穿。

【密密猛 man 猛】密密麻麻。

【赖 la 三】乱搞男女关系的青年女流氓。又写作"拉三"，英语 lassie 的音译。由"少女、情侣"引申为不检点的青年女子。

# 拉郎配·年历片

侬嫑讲，革命是大事体。

就是日日叫侬做大事体，侬也吃勿消，侬也想开小差，做眼小事体，特别是眼勿上台面个小事体，阿是？

"狠斗私字一闪念，灵魂深处爆发革命。"侬要是日日爆发，老快就会得神经病了，现在，叫"精神崩溃""心理变态"。葛咾，也要捏了双，搭了饭米糁个木筷子，像煞指挥分分甩两记，就算饭吪没触祭饱，也要茄茄山河，管管闲事。阿拉几十年如一日，全靠舾能过来个，外国人，人际关系吪没阿拉着肉，嫑看伊拉生活水平高，变态杀手出了也比阿拉多。

阿拉中国人管闲事，洋钿咾，名气咾，排辣后头，头一名是男女关系。不过，轧姘头个事体，勿好寻开心，啥阿拉瞎讲讲噢，担肩胛是，啥人也吃勿消。舾来，小来来，拿厂里向单吊辣海个男男女女，口头浪"配"起来，一样扎劲。大家也勿当真，讲讲，白相相末。

就是多讲了末，总归有眼味道，侬想吃根油条，算得草纸揩过，嘴巴浪也闻得出来，阿是？

特别是卖相咾出身咾，蛮配得拢个一对。比方讲，赵军是大眼睛，小姑娘也是大眼睛，老早仔，碰着吪没胆子搭讪，乃已经

"配"好哓，勿讲一句，像煞蛮难过个。

辫日天，汏浴间门口，小姑娘碰着伊"男人"赵军，倒是人家小姑娘开口先，交关嗲问一声："汏浴啊？"

辣汏浴间门口头，搭讪头，像煞是比开批斗会中场休息个辰光，搭讪起来灵光，水蒸气雾腾腾个，满进满出，里头进一步唻，就是赤膊赤屁股，帮吃咖啡电灯泡勿好忒亮，忒亮情操劈勿开，道理一样生。

"侬汏好了？"赵军看看，头发湿漉漉，面孔红通通，蛮想多搭几句，又讲勿出啥，屏出一句："今朝水烫哦？"

"蛮烫个呀。"小姑娘笑来，自家也勿晓得啥个好笑。

下只礼拜，两家头食堂出来汏碗盏，两句言话吰没讲光，就约好外滩白相去了。

赵军卖样，屋里头一只东洋照相机带出来，壮墩墩个黑方块，从上头对镜头个。

小姑娘是，照相机一看见，生心唻。照相机勿是啥人屋里侪赊得起个，辫个是资产阶级标志呀。

"小赵，侬只照相机阿里搭来个？"

"是伲老爹个。"

"老爹啥出身？勿会得是吰没挖出来个资本家哦？"

"勿是勿是。"赵军紧张了笑出来了。

"勿是资本家，哪能赊铜钿买照相机！"

"伲老爹老早仔末，是资本家屋里头个饭司务。照相机是资本家香港去前头，送拨伲老爹个。"

"世界浪，吰没无缘无故个爱，晓得哦？佛老爹好拿资本家物事，少做少，也有点小资产阶级思想。我告侬，吰啥好谈。"小姑娘别转身，跑脱了。咔，赵军揿记快门，拍只后背影，想作兴下趟还好补救。

小姑娘老快就嫁拨了革命干部,当仔革命太太。后首来,伊着实觉着革命是男人个婚姻,婚姻是女人个革命。

结婚是老老大个大事体,革命倒是小事体了。革命末,吭做吭,还好透口气,还好有革命低潮,还好有第二次革命,第三次革命。婚姻是,连得一口气也吭没办法透,二婚三婚,真要昏头哚。

"死去!"小姑娘恨起来,引线戳自家个手背面,定规要戳出血来。

眼睛一刹,四年过脱。小姑娘告赵军,原旧辣一爿厂里头上班。两家头,汰浴间门口头又碰着了。

"军军。"小姑娘叫牢伊,网线袋里个替换衣裳里向头,抽出一张油纸包辣海个物事。

赵军迓到男厕所里一看,原来是张《白毛女》个年历片。辫只翎子,是伊青春之歌个压末一拍。

厂里向,两个闲事精,老早口头浪告赵军拉郎配重新拉过了。小姑娘也晓得个,现在,伊"男人"配个是别人。

赵军呢,听见辫排里言话,乃是来得里触气,定规要辣厂外头轧个朋友。辫个十年完结,赵军也要结婚了。

结婚前两日,伊五斗橱玻璃台板掇起仔,本底子,下头压了一张背影小照得一张《白毛女》年历片,乃伊拿年历片盖辣小照浪,两张并一张。

新婚一只礼拜,赵军想想勿来事,勿是革命料作,做啥地下工作,玻璃台板又掇起来,两张物事撸出来,小照末,扯扯脱,弄堂里垃圾洞勿敢掼,园到大马路,废物箱里一掼。

年历片末,拿到人民公园门口头,告人家调了一张《智取威虎山》,送拨丈人阿伯拍拍马屁。

---

【饭米糁 soe】饭粒。
【着肉】贴身。
【担肩胛】承担责任。
【一样生】一个样子。
【卖样】炫耀,显示给人看而感心里愉快。
【着 shak 实 shak】超过很多;确实;完全。
【翎子】暗示。
【掇 dek】双手端。
【料作】材料。

## 吵新房·三十六只脚

阿拉娘舅屋里头,有得六只光郎头,阿大、阿二头、阿三头、阿四头、阿五头、奶末头。头一只一只啥体介许多末,舅妈讲,迭个末,脱头勿搭界个呀,侪是俍娘舅"脚"出来个呀!

伊歇辰光,娘舅还是毛脚女婿小胡子唻,毛脚上门末,赛过打仗,左手炸药包——奶油蛋糕,右手机关枪——金华火腿,头颈浪,手榴弹吊好仔——两瓶七宝大曲。丈人阿伯眯眯笑,好极好极。丈母娘看见毛脚出手介大,笑了更加焐心,一碗水潽蛋掇上来,塞到毛脚手里。"伲阿囡福气好个噢,三十六只脚板有了噢!"

阿里三十六只脚末?一只一只数拨了俍听噢。台四只脚、床四只脚、大橱四只脚、五斗橱四只脚、夜壶箱四只脚、四只凳四四十六只脚,阿是亨八冷打三十六只脚啊?

舅妈一听是,头沉倒仔,面孔涨了掬掬红,念头穷转唻,伊肚皮里头有数有脉个呀,要买迭能一套"三十六只脚"个实木家生,七八百块,顶起板个。娘舅是三十六块万岁,一个号头工资末,三十六块洋钿,也就是讲,两年辰光勿吃勿用咾,再买得起。

嫑讲新家生唻,迭眼炸药包咾,机关枪咾,手榴弹咾,侪是娘舅平素日脚,食堂里吃玻璃汤,吃出来个肉里钿啦。吃得来,人瘦是瘦来,肋棚骨浪,老早开仔音乐会——筋骨弹琵琶唻。

立春 91

玻璃汤勿上台面。讲出来末,退招势来;勿讲末,人吃勿消。玻璃汤吃勿准吃到几时唻,算了,舅妈念头转停当了,还是老老实实讲哦。啥人晓得,伊还吭没来得及开口,娘舅嘴巴里水潽蛋吃得来呼呼烫,两根肚肠也烫来热昏嚸,听见丈母娘发调头,伊马上掼浪头,只口是,开了比西郊公园狮子还大:"㾕话三十六只脚,七十二只也笃定!"

丈母娘听见仔,眯花眼笑,待伲阿囡真叫好,单不过,亭子间做新房,赛过螺蛳壳里做道场,七十二只脚,朷也朷勿落,三十六只脚弄弄,弄弄哦。

弄得好啊?弄僵哉。伊本生有个呢,一塌刮子,一只床、一只台、四只凳,廿四只脚啦!

一记头,多出来介许多脚,哪能办啦?人家孙悟空七十二变来事个,娘舅㾕讲打只对折,就是一变也变勿连牵个呀,只好瞒紧仔,东借借西借借,各到各处喊人家"借借"呀。

大橱是问车间里头老师傅拉阿妹拉中学同学拉大学老师借得来个,五斗橱问娘拉过房娘拉老三拉过房娘拉老四借得来个,只夜壶箱加二昏头落眬唻,问啥人借个末,倻耳朵捎捎清爽了,拉拉长噢,喏,阿哥拉出窠兄弟拉阿哥拉厂里头拉小兄弟拉阿哥拉小阿弟拉赤屁股兄弟。乃十二只脚借好了末,十二加廿四,三十六只脚,总算齐了呀。

娘舅神抖抖来,还辣舅妈门前摆噱头,讲啥乡下头太婆是顶顶宝贝伊,迓迓叫,拨伊个私房钿,叫伊买家生个。舅妈还老相信个唻。

弄堂酒水吃好了末,闹新房辰光,闹猛头势嚸。人末,亭子间门口头,一坨路排下来个,胡梯浪,一个一个蜡烛插好仔,像煞排队买火车票能个,候好仔进去个。啥体末,喏,呆想想好唻,亭子间里向头,家生脚一只一只生煞辣海,人脚哪能轧得落?

眼眼排队人实能多末，辰光末也勿早唻，丈母娘搭仔丈人阿伯面红堂堂转去睏觉去了。两家头前脚跑，后脚，胡梯浪个小青年一泼人一泼人踏进去，大橱咾五斗橱咾夜壶箱咾，快手快脚，扛起来仔，别力拔辣，望胡梯头跑下去噢。

舅妈末，头初里，嘻嘻哈哈，扎劲煞脱，哎呀，迭能介吵新房倒时路个呀，㜽讲伊吵人家辰光，斵见歇过，哎呀，连得听也斵听过歇。后首来，苗头一轧勿对呀，叶，哪能人下去仔，勿上来个啦？

娘舅调枪花，今朝末，辰光勿早唻，噢，讲张末，明朝早浪头，笃笃定定讲好唻。

舅妈新娘子呀，哪能听得进，屋里头新家生大一半勿见脱唻！副窗帘布擤开来，"碰"窗一推，人僾出去一望，下底头毕毕静，人影子一只也勿看见。豪燥点，拖仔鞋皮，小弄堂趯出去，踢力托，踢力托，总算大马路浪，一部黄鱼车追着了，车子浪，伊只夜壶箱辣海呀。

踏黄鱼车个大块头听了好白相煞唻，倻只夜壶箱啊？喔唷，人家墙头借得来，扎扎台型个呀，人家末，明朝也要摆酒水个噢，外加，屋里蹲辣蛮远个，对勿住，夜里头，要帮伊送转去个噢。

乃是拆穿西洋镜唻。喔唷，舅妈胸口头，闷是闷来，肚皮里头，气是气来。脚浪，拖鞋皮也"气"脱仔一只，几时去脱个，也勿晓得。

娘舅末，佗仔舅妈回转去仔，再要寻开心唻，鞋少脱一只勿搭界，脚吥没少脱蛮好唻。

"啥啊！"舅妈拔直胡咙，苗头也好别别西郊公园里只老虎。"啥人话个，脚勿少啊？硬碰硬，十二只脚少脱唻！"

"我索介规规矩矩脱侬话哦，再有只皮靠背，阿拉小阿妹搭调调头，嘿嘿，调得来个。"

"侬，侬个人哪能……"舅妈气了讲勿连牵，一屁股坐辣床浪，荡绢头袋袋里摸出来，唉，眼泪水抑抑。

"侬哭㼆哭呀。今朝仔，要开开心心个呀。"娘舅麦乳精冲仔一杯，手里头硬劲塞上去。

"开心？侬自家话话看，我开心得出个啊？"

"哎呀，少几只脚个生活呀！"娘舅两根肋棚骨真罪过头势噘，乃是乓乓响，拍断脱快哝。"喏，慢叫一只勿少，补拨了侬！"

"侬倒口轻飘飘，哪能补法子？"

"看仔细噢！眼门前，马上补四只侬，哪能！"

"侬啥体？觉勿睏了啊？半夜里，夜壶箱打只出来啊？"

"迭个，我打伊勿落个噢，打了只面孔也夜壶脸哝。喏，阿拉今朝夜头就养双胞胎，一个囡囡两只脚，两个囡囡四只脚，一道辣海，四只脚齐头正好勿啦？一只夜壶箱几只脚啊？侬自家话呀。"

"十三点！"

葛咾，阿拉娘舅屋里头末，光郎头养仔介许多呀，阿大、阿二头、阿三头、阿四头、阿五头、奶末头，一齐拢总，十二只脚，一只大橱咾，一只五斗橱咾，一只夜壶箱咾，着港哝。

要是阿拉姆妈勿上路，借拨娘舅只皮靠背问伊讨转来是，乃硬碰硬又缺四只脚，毛头板要多养两个辣海，亭子间里三十六只脚，将将凑得齐哝。啐啐，好得娘舅保定三十六只脚，七十二只是，乃哪弄法子？

---

【奶末头】排行最小的孩子。

【丈人阿伯 bak】岳父。

【揪 xu 揪红】很红。

【有数有脉 mak】一清二楚；有交情：我脱侬～；心中有数。

【肉里钿】辛苦劳动得来不易的钱，血汗钱。

【肋 lek 棚 bhang 骨】肋骨。
【筋骨弹琵 bhi 琶 bho】浑身发抖。此处形容非常瘦。
【退招势】丢脸。
【掼浪头】说大话，显示自己有能耐。
【夰 gha】挤进，插入；嵌。
【勿连牵】不连贯；不像样；不成，没办法。
【昏头落睆 cong】头晕；晕头转向。
【捎 xiao】用尖或硬物旋转搅捣洞窟，使洞中之物出来；在圆洞物等里辗转磨擦。
【神抖抖】精神焕发、神气得志的样子。
【一泼 pek 人】一批人。
【扛 'ang】本词条为注音。
【别力拔辣】块状物掉落下来的声音；快步声；形容完成工作速度快。
【时路】时髦。
【勿曾 fhekshen】不曾。
【讲张】聊天，侃大山。
【趨 'xuoe】快走。
【踢力托】穿大鞋子走路发出的声音。
【墥 he 头】那儿。跟在处所名词后作方位词用。
【佗 dhu】背负。
【一齐拢总】总共。
【啐 ce】突然受惊时的安慰词。

立春 95

# 冷茄茄·假领头

单位里头,新进来两个小青工,表现交关好,越是吃劲,越是龌龊个生活,侪抢辣前头做,寒热发了 39 度半,还勿休息,积极向组织靠拢。要是全中国个年轻人侪像伊拉,五六年,挞顶七八年哦,红旗就好插到美国人大鼻头浪了,像插辣重阳糕浪个小旗帜。

"好!好!"山东书记头穷得,决计早眼发展伊拉入党。

呆呆叫,市面浪,行出来假领头,两个小青工排仔队抢啊,领片抢交关,转去仔,叫姆妈阿姐相帮多做两只。

乃山东书记勿放心了,哪能三日两头,翻行头?一件新衬衫刚刚着出来,隔脱两日,又调一件,追求资产阶级生活作风!山东书记邪气勿满意伊拉个世界观,入党个事体末,也宕发宕发,宕下来了。

辨日天,办公室连牢来仔几只电话,山东书记跑得去汰浴，比平常日脚，晏脱半个钟头，棉帘子揿起来，碰着个小青工浴汏好了，来调衣裳了，棉毛衫外头一件衬衫，哪能只有齐胸口个半截头？

"这是什么里个东西？"

边浪向，人家听见接口来："假领头。"

真他娘的！弄虚作假！山东书记气了手脚冰冰瀴，浴也勿汏，转去吃夜饭去了。

刚刚坐停下来，家主婆搭伊讲，屋里头小人忒多，阿猫阿狗，布票勿够，侬两件衬衫作孽，新还蛮新，就是只领头，拨侬胡子揢了毛脱……兜兜迷迷，讲仔半日天，是叫伊明朝上班辰光，溜出去，买领片去，店里生意交关好，晏去，买勿着个噢。

"谁叫你养这么多！"山东书记光火唻，筷子末，馒头浪一插，像把榔头介揎起来了。

家主婆也发格，根大葱手里捏好辣海，扬记扬记，像要抽贱骨头。

"侬革命革命，革命革到现在，屋里一只无线电也咘没革出来，有只无线电末，还会得养介许多？我每日天，上班咾下班，两点一线，抓革命促生产，转来买汏烧，事体做勿光个，侬用假领头末，汏起来几化便当，烫起来也快，也好拨我透口气。"

"你就是怕吃苦！思想问题！"山东书记灯一拉。"睏觉！"

房间里，小小人吵煞脱了，哪能夜饭吃了一半，辣末生头，要睏觉了啦。"叫俄睏觉听见哦？"家主婆气还咘没消。"侬记记牢，明朝起，衣裳自家汏，破脱自家补！"

两个小青工觉着个，山东书记辩个一枪，对伊拉冷茄茄个，迭诚寻到办公室谈心来了。

"你们要多骑在墙上读语录——夹墙学习！"山东书记叫伊拉好好叫，反省反省，啥体小资产阶级思想介严重法子？

两个小青工末,自家学生头浪,摸发摸发。"小资产阶级?阿拉屋里三代侪是工人阶级。"

山东书记冷笑笑,衬衫领头浪向拉拉,点穿伊拉:"你们用的,啊,是什么领头?"

"领头?"两个小青工苗头轧出来了。"噢……节约领呀!"

"什么?叫什么?你们再叫一遍。"

"节约领。"

"节约闹革命的节约?"

"是个呀,又好节约布票,又好节约肥皂票,还好节约自来水……统统节约下来,阿拉还怕搞勿过美帝!"

山东书记眉头一松,笑了牙肉也露出来了。"节约领还是好的。你们先回去安心工作,入党的事体,组织上正在讨论。"两个小青工支开了,伊脚踏车别力拔辣踏出去,买节约领去了。

---

【瀴 yin】冷,凉。
【兜兜迷 bhoe 迷】行为、行动躲躲闪闪、绕弯子;说话绕来绕去,不直率。
【发格】发脾气。
【抽贱骨头】一种儿童游戏。一个称为"贱骨头"的长形陀螺,用一根绳抽打它使它在地上旋转。
【迭诚】特意。

# 勿是生意经·外宾

小囡长发头浪,一口一口侪是爹爹姆妈嘴巴里头省下来个。小囡要结婚,一记头,省做省,两桌酒水也省勿出个。

"辫日天,日脚好。侬就辫日天办酒水。"赵师傅小花园阅报栏转来,勿晓得学习仔啥最新指示,拿儿子结婚日脚定好了呀。

"爹爹,阿拉结婚,酒水勿办了。"儿子是存心勿早眼告赵师傅讲,就是勿想借咾调咾欠人情。

"辫哪能来三?辫个事体侬嬲管账,爹爹有办法想个。"赵师傅踏到天井里收衣裳去了。

儿子要紧勿煞跟出来。"爹爹,侬嬲犯错误噢。"赵师傅是,小菜场后勤部门上班个,儿子怕伊贪污盗窃出事体。

"我有数个。"赵师傅拿儿子推进去。"侬看书去。"

"衣裳我帮侬带两件进去。"

"倷爷七老八十啦?进去看书去。"

大日脚到哉,外宾参观小菜场来了。车子跳下来一眼,勿得里个了,里向物事丰富啊,鸡鸭鱼肉副食品,要啥有啥,想吃啥,就买啥,价钿又便宜。拎了大篮头买小菜眼群众呢,一个一个也着了三青四绿,只只面孔福搭搭,笑嘻嘻,一看就是营养老好个。

原来中国人勿是日日韭菜炒大葱,榨菜拌酱瓜,原来中国人物质水平介高啊,弄了是有道理!

"Wonderful!"外宾穷喊了。

旧上海,外国人卖阿拉野人头,乃新中国,阿拉门槛也精了,一帮子客头侪是组织浪安排好个,辣打击只圈圈外头,组织起来个撬边模子,也就是国撬,当然咾,讲勿好讲出去,讲出去侪是国标。

大家假痴假呆拣拣,钞票出好,等外宾大马路前门跑脱,客头是小弄堂后门集合,钞票末,本生就是组织浪发个,勿退个,小菜是亨八冷,要退转去个。小菜场小菜收上来,再要归归类,还拨了别个七八只小菜场。因为一只小菜场,阿里搭有介丰富个菜。

一环连一环咾,算是连环计,一点推扳勿起。头头晓得赵师傅拉儿子要结婚,老早生心,特为叫伊孬日天公休。

小菜场外头呢,兜来兜去,便衣交关,倒勿是为了外宾安全,是拿两个勿识相,想混进来买小菜个"非群众演员"弹脱。

赵师傅前门脚踏车停好,拎了两只麻袋,跑到后门口,讲是等脱歇专门装小菜还转去个,便衣叫伊工作证摸出来,问问情况,放伊进去了。

赵师傅一穿进去,直奔肉摊头。"孬眼蹄膀飚斩了,我包脱。再弄眼大排骨噢……"

卖肉个老苏北睏睏伊,今朝着个件中山装挺括,胸口袋袋里还别支金笔,平常戴个副蓝布袖套,今朝也勿戴了,道是组织安排好个。认得也装勿认得,爷叔爷叔穷喊了。"好唻,爷叔!包侬满意,爷叔!"老苏北笑得来焐心来,斩得来卖力来。

赵师傅再跑到玳瑁朳梁摊头浪,买鱼去。朳梁到底大学生,看见赵师傅拎个是麻袋,勿是篮头,苗头有点轧出来了,嘴巴浪,一声勿响,心里好笑煞,卖出去个侪是花色鱼,份量浪,称了伊鲜眼。

头头刚刚接着下头汇报，讲赵师傅思想境界老高，公休日脚，学雷锋来了。伊滋味嗒嗒勿对，面孔贴辣办公室玻璃窗浪，一眼，晓得勿是生意经，极末，极煞，跑末，又吓没办法跑出来教育伊。

头头有点斗鸡眼啦，吃相勿灵光，今朝陪外宾个头头，也是别个小菜场借得来个，卖相末，样板戏里个杨子荣，伊拉爷又是和平饭店开电梯个，家学深厚，通两句"hello""byebye"。

"辣手！辣手！要死快，鸭子又是两只！"

边头一个笪头小青年接口："赵师傅识货个噢，辩个两只鸭子是问三角地借得来个……"

"阿德，侬屁言话少眼！哎呀呀，还要买介许多烤麸，当伊砖头，造新房子啊！"

赵师傅做功做了好极，陪同参观个、勿明真相个领导满意极，特为拿外宾望赵师傅立个地方引。

闪光灯闪了好多记，外宾上来搭讪头了，大节头翘起仔："Wonderful！"

赵师傅听懂唻，大节头也翘起来："稳得福！"

"Oh！"外宾一个一个嗡上来合影。领导笑了是开心，好好好，今朝是有面子呀。

小菜场头头已经通知到门口头两个便衣了，等外宾一跑，候赵师傅出来，就拿两只麻袋扣下来。

想勿到，外宾勿跑，赵师傅也勿跑。外宾一跑，赵师傅跟了一道跑，门口头脚踏车上去，踏辣外宾车队边浪向。照道理是，肯定勿允许个，今朝末，领导讲可以个。两个外宾来得热情，车窗摇下来，告伊又是招手，又是拍小照，嘴巴里哗啦哗啦烂喊。

赵师傅单托手，空出一只手也来招。招发招发，前头条小弄堂转进去，等到便衣追进去，七转八转，人老早吓没唻。

小菜场头头跑头一名，冲到赵师傅屋里捉人去。到了一看，新

立 春　101

房间倒布置舒齐了，就是屋里头，人一个也呒没，钥匙辣隔壁头亭子间好婆手里。一听见有人来寻，好婆下来，问阿是小菜场同事？赵师傅跑前头关照过，同事寻得来，请伊拉进来坐脱歇，台子浪，喜糖随便吃，意思就是和尚勿辣庙里，省得侬当是小菜园辣屋里。

"近枪把，反革命犯罪个苗头蹿了交关结棍，阿拉忙了挺一层卵脬皮哝！侬蹲辣此地哦，阿拉又要忙了。关照伊明朝自首。"公安局两个人抓一把硬糖看看，又乩辣台子浪，跑了。

头头呢，灶披间寻出只生煤球炉个破矮凳坐下来。啥体破矮凳？破矮凳三只脚，坐勿稳，常怕瞌睏一打，事体侪勿晓得。啥体房间里勿坐？灶披间要看牢个呀，慢叫起油镬唻。

头头眼瞎个辰光，赵师傅过房娘屋里头，已经开桌头了。小菜是好呀，除脱赵师傅拉儿子有点心勿定，大家侪吃了呒没言话讲，连得新娘子敬酒，两个老兄立起来，手里头筷子还肉麻放下来。

酒酿小圆子吃好，大家弄堂穿两条，到新房间闹去了。踏进来一看，头头告两个小菜场同事侪辣海，道是道喜来个。新娘子上来敬喜烟，头头只好呼两口，也勿好当场板面孔。

另外两个兴师问罪来个同事，一个钱会计老实人，邪气同情赵师傅，坐辣边头，闷头吃茶叶茶；一个是阿德，糖有得吃，香烟有得吃，还好闹新房，损失个小菜又是国家个，老早打成一片头，开心勿得里个了。头头是，眼色一只一只甩过去，伊一趟一趟装胡羊，和辣一道唱好"东风浩荡红旗飘扬，五洲四海战歌嘹亮。我们伟大的祖国，前进在社会主义大道上"，又唱"我爱北京天安门，天安门上太阳升"。

隔脱歇，倒是赵师傅拿头头拉到后门口弄堂里。"我对勿住领导对我介许多年数个教育，对我介许多年数个照顾。我被头咾，着睏衣裳咾，牙刷牙膏咾，毛巾肥皂咾，侪端正好了，等新房间闹好，我就到提篮桥报到。"

"老赵！侬……侬弆个是犯政治性错误！影响……影响恶劣！"头头发表辣半当中，断脱了。

赵师傅叫了声："呀，过房娘侬眼睛勿好，哪能来了？"

"我听人家讲了呀。唉，苦啊！"

"老阿奶，侬躟瞎讲八讲噢！"头头手摇摇，头捷转去，眰眰看，弄堂里便衣还辣海哦。就算呒没眰着，自家胡咙勿好勿拔拔高。"新社会一眼勿苦！来得甜㗂！我甜是甜得来，牙子也落辣肚皮里……"

"我讲个是旧社会呀。"过房娘摸发摸发，赵师傅想掇只凳去，挡牢伊坐下来。过房娘勿肯呀。

"我就井栏圈浪，隑隑好㗂。小师傅啊，伲老早辣香烟厂锡包间做生活，人家叫伲锡包娘子。唉，勿曾开口心里真难过，叫声兄弟得姐妹……有苦无处说，有话难开口，只好背后头眼泪流！"

"老阿奶，侬想啥体？"头头有点拎清了。

"到上海大厦楼下头，唱拨外宾听听。"

"过房娘，侬勿好去个噢。要闯穷祸个噢。"

"小明啊，我求求外宾去，求勿着，我搭侬一道吃枪毙去。"

"㑚阿是呒没睏醒啊？上海大厦下头，便衣几化得了，侬口还呒没开，就老虎车拉脱㗂！"

过房娘一听，言话一句勿讲，人是望井里头跳。赵师傅豪燥拉牢一只手，再有只手末，头头拉辣海。

"我代侬死去！"

"姆妈，侬勿好死个！"两家头抱辣一道，想哭也勿敢哭出来，里头新结婚正辣闹猛辰光。

"跳？跳派啥用场！"头头手㧒开，两只眼乌珠又开始斗了。"也勿是我要吃牢侬。弆事体，侬叫我咋弄弄？讲了大，伟大领袖老早教育侬过了，革命勿是请客吃饭！勿是请客吃饭！讲了小，侬赛过乘电车勿买票,再要抢人家位子,再要……"

"钞票我付过个呀,外宾好做证明。肉票鱼票,俫自家讲勿要个。"赵师傅冷陌生头想着桩事体。"外宾得我拍仔交关买小菜个小照。拿我枪毙脱了,事体勿就弄穿绷了,国际影响勿好。"

"小照?小照?"头头两只手背辣屁股头,绕牢仔辫眼井踱方步。"侬倒是当补药吃。好哦,侬个事体,明朝组织浪,开只紧急大会,研究研究,再要区里头报上去。"

赵师傅自家肚皮里头有数脉,官司就算勿吃,后勤板是开脱。"头头,我勿是生意经,我申请扫垃圾,工资降一级……"

"晓得唻,组织浪,会得研究个。"头头眼睛捻捻,打只呵唏,嘴巴里拖一声:"亏得外宾勿是日朝来,勿然介,我也要唱唻……"一只急刹车,两只眼乌珠几几乎叠成功一只,瞄准弄堂里向暗黜黜个地方,后头半句言话囫囵吞下去,穷咳嗽了呀。

"啥人啊?"赵师傅问一声。

头头是,一面咳嗽,一面两只手鸡爪疯介拉牢赵师傅袖子管,好好叫比拉跳井个过房娘紧张唻。

"我呀,季根发,出来倒夜马桶。"

"伟大领袖哪能教育个啊?介夜倒啥马桶啊!侬生意经倒好个呀!"头头是,胡咙又乓乓响了呀。

---

【长发头浪】生长发育旺盛时期;青春期。
【管账】管,理会。
【要紧勿煞】很紧要。
【三青四绿】衣着整齐清洁。
【撬边模子】在买卖时与摊主串通专装买东西从旁怂恿别人买东西的人。
【假 ga 痴 cy 假呆 nge】装呆;佯装不知。
【哗 wha 啦哗啦】本词条为注音。

【近枪把】最近一段时间。
【卵脬 pao 皮】本词条为注音。
【打瞌眬 cong】打瞌睡。
【装胡羊】装糊涂，装作不懂。
【端正】准备，放。
【閦 sa】散开：人统统～开，脚～开。
【呵 'ho 唏 xi】呵欠。
【囫 whek 囵吞】吃东西不细加咀嚼吞下去。

## 狗头牌·红楼梦

胡家宝贝囡儿生了蛮甜个,从小就欢喜戴蝴蝶结。小学同学里,有个皮鞋店小开拉儿子,老是叫伊"蝴蝶结",叫出名来了。

蝴蝶结辣凤阳插队。三个号头勿到,实实叫,行勿住,乘个眼错,逃转来了。屋里头,只挺间亭子间,老早底,是娘姨蹲个。亭子间里头,还塞了两只大橱,姆妈是睏辣帆布床浪,囡儿只好横过来,帆布床下头打地铺。伊想亏得爹爹右派,派到提篮桥吃官司去了,阿哥末,新疆建设去了,勿然介,夜头真尴尬。想到此地,轻轻叫,扭自家一记,啥人叫侬介呒没良心。

真叫姆妈肉麻囡儿,孋看每日天,白饭一小碗,乳腐一小块,侪是姆妈牙子缝里向省下来个。插队个人末,户口老早迁出去了,乃辣上海算黑户口,性质比偷渡美国还恶劣。到美国只要赅两张钞票,还好过过日脚,蹲辣上海样色样凭票供应,有钞票也吃勿开。

每日天早浪头,蝴蝶结钻出来先,姆妈帆布床收起仔,伊就辣亭子间当中真正一小方空场地浪,练芭蕾舞,一只Chaine连一只Chaine,转过来转过去,好转几个钟头,只想阿里一日,额角头碰着天安门,文工团招伊进去。越练,技术阿是越高,勿大清爽,胃口倒真个是越吃越开。日脚长仔,屋里头吃勿消了。好得爹爹老早仔有个学生子小吉阿姨记情,通路子,医院开出张证明,病退办好,介绍到小菜场上班去。

头头看看伊,人苗条苗条个,不过,日日练功,身浪,肉倒蛮结足个。好个,分配到肉摊头去。

对过只水产摊头浪,卖鱼个小青年,倒是正宗大学生,学个是光学技术,也是插队勿肯去,乃末,拨人家一脚头踢到小菜场。本生伊上班,夼梁从来勿戴个,称份量末,两只近视眼一眯,借眼光头,毛估估,赛过也是一种光学实验。蝴蝶结一来,伊眯发眯发,眯了半日天,拨伊眯出眼名堂。中浪头,吃饭辰光,脚踏车屋里头踏转去,挦抽屉,挦出副圆框个玳瑁夼梁,是解放前头,伊拉爹爹辣账房里戴过个,现在买勿着个。

开头,夼梁搭讪头,蝴蝶结睬也勿睬伊,到底伊是上只角来个,又是想进文工团个。

有坎,夼梁拿伊叫到边浪,迓迓叫讲出一句:"拐只瘪三,再吃侬豆腐个说话,侬就……"

蝴蝶结一听,面孔是红一条白一条,赛过夹心肉。夼梁是只流氓,伊忒紧张,脚也跨勿出,倒听下去了。

伊拉师傅老苏北勿入调,老是借因头,教徒弟基本功,趁机揩眼油。譬如讲,徒弟来前头斩肉,师傅末,手把手,狗皮膏药能个,攎辣后头,只动作哪能讲法子呢,赛过人家跳两步头,现在,女个转只180度,差勿多就是了。第二日,师傅又来教基本功,蝴蝶结只手打滑了,筜过去一斩,推扳眼眼,拿师傅只脚爪也一道斩进去。

"小把戏,侬辣手个!"师傅地浪半根香烟拾起来,吹吹旺,狠狠叫吃两口,自家倒笑了。

拐个一日天下班,蝴蝶结朝牢夼梁笑笑。隔脱两日天,听买小菜个老阿姨打朋,俫两只柜台对面对,一个是大学生,学问介高,一个是大小姐,介漂亮,赛过牛郎织女唻。

立春　107

下仔班，蝴蝶结有心跑了伊慢眼，耳朵一径听辣海，的铃铃听见，晓得爪梁脚踏车追上来了，面孔浪，快眼笑笑好，笑好了，马上奶油雪糕介冰起来。爪梁一头刹车，一头跳下来。

"侬是乘22路电车哦？我荡侬到站头。"明明叫，笪对过就有只站头，偏要荡到下一站乘车子。

"车子还吮没来，我再荡侬一站到提篮桥，省得辰光浪费。"提篮桥到唻，听见小姑娘再要到外滩调20路，爪梁是一开心。"好人好事做到底哦，我荡侬到外滩。"

"侬吃力勿啦？"

"吃力啥！"爪梁踏起来一篷风，浑身热得来，汗倒是真个一滴也吮没，侪蒸发脱了。

蝴蝶结又问唻。"侬吃力哦？放我下来好唻。""阿拉鱼咾肉，营养勿要忒好噢，吃力啥啊！"爪梁个革命豪情，辣辣叫蹿上来，要是早眼有辫能一半末，老早插队去唻。

大革命过脱，蝴蝶结心里一热，像煞文工团要招伊去唻。爪梁也言话越讲越多，赛过研究所来借调伊了。两家头越谈越热络，连得帮屋里排队买小菜个小出老，也晓得伊拉谈敲定了。

头头末，三日两头，寻两家头谈言话，叫伊拉安心工作，帮帮忙，称份量辰光，手头勿要忒松。

"侬哪能晓得阿拉多称？"

"为仔讲呀。"蝴蝶结告爪梁立辣一并排，一个上手，一个下手。

"我勿晓得？"头头帽子脱下来，扇两扇。"侬还帮伊腔！两个老阿姨终晓得哦，看见㑚眯眯笑，赛过㑚是伊厂里向个头头，半个多号头，吮没到我垯吵过相骂唻！"

"辫个是伊拉思想解放了好哦。"

"为仔讲呀。"

十点半,听见口哨吹出来个芭蕾舞曲子,蝴蝶结吓一跳,床底下钻出来,眍眍看姆妈,到底有芭蕾舞底子个,介小只空档里头,伊两只脚节头点来点去,声音一点也呒没。窗帘布一小只角拎起来,看见朲梁辣下底头,又是招手,又是眯眼睛,做哑子戏哝。

　　隔仔玻璃,蝴蝶结要紧手势做只先,"嘘",思想斗争了足足十分钟(从凤阳逃转来只斗争了两分钟勿到眼,风里向一股大粪臭飘过来就下定决心了),再看看姆妈,头一坎,看见伊辣咬被头,蛮滑稽个。蝴蝶结笑笑,又老想哭个,着睏衣裳捆辣罩衫里,胡梯浪,拎仔鞋子下来。

　　朲梁末,脚踏车浪,坐了笔笃直,两条手臂把胸口头打结,一只脚踏辣踏脚板浪,一只脚撑辣地浪,像煞马背浪个知识分子。蝴蝶结勿敢多看,头是马上伛下来,鞋帮拉上来。

　　"介夜哝,啥个事体啦?要拨隔壁邻舍看见个……"

　　"好事体呀。"朲梁两张电影票摸出来。"红楼梦!"辫个事体,辫歇听听像发神经,不过,当年辫个辰光,真个是排片排到半夜里,只要是电影院边头个马路浪,冷陌生头,大闸蟹式气,一串一串出来交交关人,爬发爬发,侪是看《红楼梦》去个。

　　"天上掉下个林妹妹,似一朵轻云……"两家头电影看好出来,特为脚踏车踏到四川路桥,桥浪烟冷清清,朲梁荡了蝴蝶结,一坎一坎,踏上去冲桥头,一头唱,一头叫,一头笑。

　　大饼油条摊浪,早饭吃好,两家头直接上班。下班转来,蝴蝶结一开进来,门还呒没闹拢,攉声能,拨姆妈一记耳光吃好了。

　　朲梁一进门,三个阿弟迷辣马桶间里头,暗好笑,爹爹只面孔发青。"小出老,侬要负责个!"

　　蝴蝶结到立丰排队,买做牛肉干熬出来个牛肉汤,又到哈尔滨去,买蛋白蛋糕。朲梁三口两口夯脱。

　　"侬吃了慢眼呀。猪八戒啊。"

立春　109

"我是猪八戒，侬是唐僧肉。"两家头打打笑笑，呵痒欠欠。

"睏了呀，睏了呀，我讨饶。求侬了呀。"蝴蝶结透出一口气，豪燥抓紧问问伊看。"侬吃得出辣个蛋糕，有眼啥两样哦？"

"嗯，像煞有眼……"儿梁嘴巴呷呷。

蝴蝶结笑出两只酒靥，手节头点辣浪。"侬看牢我此地，再猜猜看。"

"忒远哙，哪能猜得出？"

儿梁贴上来要香伊，蝴蝶结轻轻叫推开。"是酒呀。蛋白里头，摆了朗姆酒，晓得了哦。"

"怪勿得。嗯，是蛮好吃个。"

"下趟，我再帮侬买老大昌朗姆蛋糕，阿拉姆妈大肚皮个辰光，顶欢喜吃哙。"

"下趟，侬大肚皮个辰光……"

"呸。"蝴蝶结拎了只保温瓶，逃开了。儿梁笃悠悠追上来，小胡子硬劲戳辣蝴蝶结耳朵边浪。

"我也会得买拨侬吃个。"

"我哪能好吃？"蝴蝶结跳开一步，脚尖尖踮起仔，转脱两圈。"吃了要发胖个呀。我还要跳芭蕾舞哙。"

"人家外国人，勿是奶油蛋糕天天吃个，照样跳啊！"

"我又勿是外国人。要末，侬是外国人。"

"讲起外国人，阿拉对弄堂里有个狗头牌，美国有亲眷个，前两年，逃出去了。"

"逃到美国去？"

"听人家讲，伪造公章，逃到香港先。辣搿面，日脚勿要忒好过噢，天天冰啤酒过过虾肉馄饨。"

"唉，阿拉顶多逃到高桥咾，呒没地方逃了呀。"

"慢叫，有机会个。"

"伊名字蛮怪,啥体要叫狗头牌?"

"狗头牌末,就是 goodbye。告祖国再会哝,投靠资本主义去哝。"

蝴蝶结拉爹爹放出来了,平反末,也算平反哝,独是政策老是勿落实,一家门原旧轧辣亭子间里头。

姆妈只好拿陪嫁只大橱,拉到旧货商店处理脱,多隔块布帘子。地方空是空出来眼,总归轧辣八个平方里头,大人小人勿便当。再讲,还有个阿哥哝,也要从新疆转来快了。蝴蝶结也勿晓得房子几时会得还拨伊拉,听爹爹口气,房子勿要想了,讲勿定,还要来场杀杀搏搏个运动,到辰光,房子呒没,成分作兴还好变一变。

辂个一日天,天好,蝴蝶结拎仔包碧螺春,加条牡丹,讲定下班到旯梁屋里头白相。

旯梁拉爹爹面孔有点板,言话也勿多,不过,请进请坐也算客气。姆妈就有点现开销了,当仔两家头,言话氹出来:"侬是大人家出来个大小姐,吃勿起阿拉屋里辂种苦个。侬晓得哦,前两年,阿拉屋里头,四只光郎头一顿饭吃啥?吃半斤切面半只南瓜烧个糊达达。侬鼻头闻闻,就要呕出来了。"

"现在好了呀。"蝴蝶结一面讲,一面肚皮里又辣想爹爹讲个两次运动。

"好啥物事好啊!一家门轧辣只客堂后间,再腾是,连只痰盂罐也腾勿出来了。㑚屋里头也就只亭子间,叫㑚爹爹姆妈地方腾出来,招阿拉儿子进去,我也真意勿过。"

姆妈手里块黑黝黝、湿搭搭个揩台布,望台子浪撸了。只茶杯是危险,要撸到地浪去了。

旯梁立起来,只茶杯拎辣手里,口勿开。姆妈拍伊一记。"叫㑚两个阿弟好转来吃饭了。"

"阿姨，我先跑了。"

"走好噢。勿送噢。"

拿蝴蝶结送到弄堂口转来，朳梁再发觉只茶杯，就是倒拨女朋友吃个辫杯茶，还辣自家手里。

言话有，房子吭没，是吭没办法结婚，也吭没听见过小菜场好分啥房子。上海人生产总值高有啥用，支援兄弟省市，挺下来大家就辫眼眼，白板对煞，侬想借也吭没地方借拨侬，孍讲白板，连只白眼也看勿见。

事体宕下来了。朳梁末，好得是大学生，慢叫调到厂里向当技术员去了。孍讲单位勿肯放，就算蝴蝶结想考，伊老早学堂里，书吭没读光，也考勿上。伊自家末，也有眼漖搭搭考，只想早眼嫁嫁出去拉倒。葛咾，到今朝还辣小菜场卖肉，脾气老暴个，斩肉斩了两个老阿婆钻筋透骨，心别别跳，吭没个人相信伊是上只角来个。

---

【结足】结实，严实。

【朳 gha 梁】眼镜，戴眼镜的人。

【揹抽屉】翻抽斗寻找东西。

【攉 hok】吸住，贴近。

【一篷 bhong 风 fong】勇往直前。

【辣辣叫】很厉害（地）。

【埭 dak】某块地方。后多虚化为含某处、某地的后缀：辫〜，这里。俗写作"搭"。

【挏】套。

【笔笃直】笔直。

【式气】语缀，表示"那种样子"。

【攋 lak 声 san 能】突然；抽上去。"攋"为抽打的声音。

【夯】用夯砸；用力如打夯一般；用力举物。

【呵 'ho 痒欠 xi 欠】开玩笑时，把手放在嘴边呵呵气，然后轻轻触及他人身体某些部分（如腋下、颈部、胸前等），造成他人痒的感觉。

【杀搏】身体结实健壮；大刀阔斧，彻底。
【现开销】当面辩个明白；当场解决问题；当场发难或给予回击。
【白板对煞】喻双方僵持，甚为尴尬。
【宕 dhang】拖延；吊着。
【瀣 gha 搭搭】做事没劲，态度消极、不爽快。

## 年夜头·凭票供应

"且喜亲人已脱险,粉身碎骨也心甘……"

到底四年里,头一坎,贵州转来探亲,东厢房赵师傅拉小儿子热来,乃长生果炒好了,炒香瓜子了。

香味道飘进来了,前客堂里,张家两个小鬼头也哝没心思瞓唻,爬起来,面也勿揩,头颈伸长仔两寸,东眼眼,西望望。

姆妈头浪,三角围巾扎好了,手浪,戴了副蓝布袖套,身浪,是阿姐旧衣裳改个饭单,拿了块干揩布,大橱咾,皮柜咾,樟木箱咾,一只一只撸过来。爹爹头浪,是顶压发帽,叨了根牡丹,芦花扫帚缚辣伊丫叉头浪,扫画镜线辣海。

"谢谢侬,香烟好嬲吃了哦。"张家嫂嫂讲言话了。"一头掸遗尘,一头的粒笃落,屋里头弄得清爽了啊!"

张家爷叔勿当桩事体。"侬极啥啦,地哝没扫唻。晏歇点,总归是我生活末好了呀。"

"爹爹,来了来了!"晶晶末,后天井里一铅桶水拎进来了。

张家爷叔申报纸掀开来,两个小鬼头一看,喔唷,原块头雪白个,啥糟啊?哎呀,哪能滑到伊桶里去了啦?豪燥点,抢救去!

"啥体啦!"张家嫂嫂拖牢仔大小鬼,捷转头,请男人吃排头了。"侬哪能又拆洋烂污了啦!脱侬话仔几化趟了啊,生石灰先摆,水后添。侬看看看，瀽辣领头浪，上去一眼眼，就是眼乌珠！"

"勿搭界个，阿拉老法师了好哦。"

"侬嚇，喊侬做眼事体，真牵丝嚇！"

"葛侬自家做，乃终好了哦。嗱，侬件宝贝陪嫁士林布罩衫，旧搭搭个，阿拉脱脱，还拨了侬。"

"侬算掼纱帽咾？好，自家做，只有好唻。"

"嘿嘿，有种能个事体，侬巴结纵巴结，一干子也做勿连牵个噢。"

张家嫂嫂眼梢甩过去，晶晶嘴唇皮脭拢了，辣笑呀。"啥个事体，我做勿连牵？侬当仔囡儿面话呀！"

"嗱，小囡，侬自家养得出哦？"

张家嫂嫂人趷下来，面孔掬红，通通两记，出气能介，两只煤球沉辣伊桶里去了。

小小鬼踏上来，拉拉伊袖子管。"姆妈，姆妈，哪能黑洋酥心子也氚进去了啦？"

"勿晓得！"张家嫂嫂拔高胡咙。"侬个小爷叔，顶会得瞎起劲！"

"晶晶啊，"张家爷叔一轧苗头，摸自家袋袋了。"嗱，倻城隍老今朝仔，派头大一记，五角洋钿拿去，领倻两个阿弟，马路浪，兜兜去！"

小囡俦出去了，张家爷叔笑嘻嘻踏上来，两只手伸出来，想搭到家主婆肩胛浪去。

"辛苦辛苦，帮侬捏两记。"

张家嫂嫂勿睬伊，跑到衣帽架边头，一套大扫除衣裳调下来，调了件蓝布罩衫上去。

"做头发去啊？"张家爷叔末，衣裳也豪燥调好了。"我送送侬好哦？"家主婆还是勿睬伊。

两家头一前一后，跑到大弄堂里，远远叫，眜着后客堂里王家阿娘来了，一只手兆篮头，一只手撳辣腰眼浪，两只小脚跑起来一篷风。

"阿娘！阿娘！"两个小鬼头一道嗡上去了，四只小手手揎起仔，拍发拍发。

"晶晶！"张家爷叔抢辣前头喊了。

"哎呀。"晶晶奔上来，拉牢两个阿弟。

"阿娘，阿娘，侬袋袋里，啥个物事囥辣海啊？阿是三北豆酥糖？"

"阿娘拨个谜谜子，拨俹两个小娃儿猜猜看。"阿娘笑眯眯，讲咪。"眼门前勿好吃个，慢叫好吃个。"

"阿姐，侬相帮阿拉猜呀！"

"嘻，是阿娘个年货票呀。好了，跑了呀。"

"阿娘，小黄鱼买着了哦？"张家嫂嫂看看阿娘手里只篮头。

"犯关，呒没买着啦。"

"为仔讲呀，吃香来，阿拉也呒没买着。"张家爷叔要紧表功。"我是大清老早起来，小菜场跑了四只得咪。"

"唉，为来为去，为仔张嘴啦。"阿娘想着了。"听人家讲，桥过去只小菜场，明朝要进货色个？"

"我脚踏车踏得去，问问看去。"张家爷叔看看家主婆面色。"葛我勿送侬去了噢？"

张家嫂嫂看见三个小囡还辣过街楼下头，一头追上去，一头喊："晶晶，盐金枣嬲买噢！转来茶穷吃！听见哦？"

王家阿娘苗头轧出来了，迓迓叫，问张家爷叔："勿开心了啊？"

"发嗲呀。"张家爷叔笑笑，点根香烟。"我转去开脚踏车去了。阿娘，晏歇，我回报门拨侬噢。"

虹口黄浦南市卢湾，张家爷叔一只大圈子兜好了，今朝要巴结眼，好好叫，拍拍家主婆马屁。转来路浪，特为再望理发店门口头踏过去，眍眍看，眍勿着，家主婆勿辣海了，乃呒没办法荡伊转去哝。

后门口，脚踏车停好，张家爷叔灶披间里踏进来，胡咙来得里响。"阿娘，我转来了噢！"

"喔唷，罪过煞，罪过煞。"

张家爷叔望自家房门里眍眍，点根香烟，先勿进去，等家主婆出来，混辣大家一道，言话讲得上去。

"阿娘，㑚五个宝贝女婿，阿是后日仔来啊？我问清爽了，明朝进货色个。夜头，关照阿拉阿大也脱侬砖头摆一块辣海。"

"喔唷，我真真意勿过，旧年仔也是……"

"㑚屋里向阿大，实实叫比阿拉个阿大像腔。"后楼嫂嫂拷老酒去，听见了末，一道茄脱两声。"我也关照伊去，伊打我回票呀，叫啥，厂里上夜班吃吃力力，难板歇口气个，哪能转来仔，再要加班啦？喔唷，后首来，吃勿准阿伊个女小囡噢，传呼电话打只来，喊伊半夜把一道买蹄髈去，乃伊跑了快。"

"侬福气好个噢。"阿娘眯眯笑。

"喔唷，啥福气啦。"后楼嫂嫂也笑哝。"只小鬼头还小哝，刚刚上仔班，呒没两年哝。"

"勿小哝，像阿拉老早仔，㑚阿大老早做爷哝。"

"蛮好呀，"张家爷叔头得得。"一个夜头，造造反反言话好讲哝，外加，比荡马路派用场，还做人家哝。"

"我有眼心勿定呀。"后楼嫂嫂眉毛打结。"阿拉阿大，毛头小伙子……"

"侬笃定拨伊拉排去，介许多眼乌珠戳牢辣海，对勿啦，一只一只侪是电灯泡呀。"

后楼嫂嫂笑了呀。"勿讲了，拷老酒去了。"

"王师母烧小菜了啊？我剪仔两只花样喏，晏歇，大家贴贴白相相噢。"苏州好婆摇记摇记，摇进来哉。

好婆手里末，掇只茶盘，里头三只小碗盏。炸慈菇片、炸龙虾片、炸春卷。前楼二房东话个，迭个是老太太三步头。

"好婆，后楼拉阿大，女朋友有了呀。隔壁弄堂 124 号里个小姑娘呀。"张家爷叔赛过包打听，侪晓得个。"卖相老好，皮肤白，眼睛又大……"

"两家阿婆，恭喜发财噢。"苏北阿姨门口头跑过，马屁拍拍看，顶好末，开年，两只马桶侪包拨了伊倒。

阿娘看见苏北阿姨小弄堂穿出去了，头摇摇。"上海也来仔多年哚，哪能言话还是讲勿来啦，阿拉介大年纪，发啥财？"

"蛮好蛮好，"好婆笑了交关焐心。"乃日脚好过哉。日脚好过，阿是赛过发财哉？想想伊个辰光，倪小毛安徽插队，关辣伊乡下头，过啥革命化春节，倪小毛孝我个呀，跑火车，跑转来，脱我一道过年，我吓是吓来……"

"阿娘，阿爷买邮票去了啊？"张家嫂嫂总算出来了，油瓶摆脱仔，两只手揢转仔，饭单缚一缚牢。"好婆，俹啥浪向发财啊？"

"倪啊，老太婆发财呀！"

"对个对个，"张家爷叔捉着机会了。"侬末，送元宝拨大家呀！"

冰蛋老早烊开来了，张家嫂嫂红壳鸡蛋摧两只进去，拍拍拍，双筷豁蛋瀫。

塍塍塍，张家爷叔算看三四哚，煤炉拎进来了，金刚介，边头一立，只钢宗汤勺静静仔，搁牢仔。

歇歇功夫，热气上来了。

"今年仔，热了倒蛮快个噢。嘿嘿，侬阿晓得，是我吹伊热个呀？"张家爷叔望准家主婆小耳朵浪，吹一记。

张家嫂嫂还是勿睬伊。前刘海捋捋好，骨牌凳浪坐停仔，手一伸，勺子接仔过来。

"哎呀，我刚刚看见喏，两只红壳鸡蛋，阿里搭来个啊？"张家爷叔是，来煞勿及，五斗橱头一格抽斗拉出来。

"菩萨保佑，覅是我两张香烟票调得来个哦？"伊小照簿翻开来，里头一张一张夹好辣海个票子倒勿看，眼睛辣瞄家主婆。

张家嫂嫂还是勿搭嘴，眼皮也勿翘一翘，滋，肉膘，揩仔一揩，只勺子锃锃亮，像煞哈哈镜能个。蛋末，舀一调羹进去，慢慢叫，晃一晃，圆兜兜个一张蛋皮揿好了。肉酱末，贴贴当中安好仔，筷子当当心心对拐，拐起来。蛋香，肉香，葱花香。

"香哦？"

"嗯。"张家爷叔松口气。抽斗锁脱，钥匙也来勿及拔，人踵过来，只手搭上去了。

"比香烟香哦？"

"我熏熏看噢。"张家爷叔搭辣家主婆肩胛浪，剞到点个头，辣新烫只长波浪上头，穷吸百吸。

"啥体啦？骨头介轻法子！"

"侬自家问我比香烟香哦。"

"香烟凭票，香味也要凭票！"

---

【的粒笃落】小物件掉下的声音；重复啰唆的说话声。
【晏歇（点）】过一会儿。
【掀 'xi】本词条为注音。
【拆洋烂污】不负责任，搞得不可收拾。
【牵丝】磨蹭，拖延，不爽快。
【巴结】努力，勤奋；勤俭，会算。
【一干子】一个人。

【城隍老】歇后语，歇后"爷"字。即称父亲。

【兆 shao 篮头】挽篮子。

【小娃儿 we】男孩。借自宁波话。"娃儿"读如"畏"，是"娃"的儿化词。

【回报门】汇报，交代，说清楚。

【多 da 年】多［da］，是上古音的遗留。

【跊 bhe】爬。

【掕 lik】绞，拧；曲，折：我～转仔手做生活。

【㨃 kok】打碎。

【蹿 dhen 蹿蹿】急匆匆赶路的样子。

【搭嘴】搭话，介入别人谈话。

【踵 cong】行步往前斜，不稳欲跌。

【剚 'zy】埋：～到点个头辣白相沙坑里个沙。

# 开窍·黄色歌曲

方卫星开窍,开了蛮早个。

听丁丁爷叔讲,伊告我一样,勿是开辣读书浪。卫星自家讲伊读书也开个,一张卷子好开十七八扇天窗。

两个老师看见伊老触气,成绩勿好也算了,一点勿艰苦朴素,每日天放学转去,头一桩事体勿是做好人好事,也勿是温书,来煞勿及,脚浪,双回力跑鞋脱下来汏清爽,晒台爬上去,吹辣屋头顶瓦爿浪。

第二日一早,妗夹夹收下来,粉笔搨了雪白,着到学堂里,人家男同学跑鞋歇歇功夫着腥腥,伊着了一上半日,体育课也上过,烂污泥一氿也勿搭着。

"轻浮!"老师个结论传到屋里,伊拉娘捆脱伊一顿,拿伊园辣抽斗里把桃木木梳翻出来,一拗两,当柴爿烧。"只头帮俹阿爷一样,稀毛瘌痢两根毛还介要梳!再梳,毛也呒没哎!"

辩日天,放仔学,两个值日生地扫好,卫星还赖辣海,做功课。同学看勿懂了:"唪,西天出日头啦?"

"帮帮忙,嫑打击追求进步个同学好哦?俹要跑,先跑哦,我今朝学雷锋,相帮俹落锁。"

两个值日生小姑娘急了转去相帮爷娘烧夜饭,钥匙交拨伊跑了。呆呆调校长开会转来五点钟,走廊里跑过去,睏睏,教室门关了蛮好,哪能里向,像煞有点渐力索落。

校长也是只老鬼,门勿敲,掇只凳子,到气窗下头先,一眼,里向哪能有烟辣海,晓得刚刚是鏖洋火个声音。门撞开来,冲进去,活捉卫星,迓辣讲台后头吃香烟。

"侬哪能一眼勿晓得学好!㑚娘还是劳动模范!"校长气了眼乌珠出血像两粒樱桃,迭个是伊师范学堂毕业出来,头一坎,为人师表,为了介难看相。第二坎是十年后头了,问老早学生子阿三借黄带,勿是看了弹眼落睛,是阿三勿肯借拨伊,气了弹出来。

卫星逸唾水咽口,强调理由了:"我早浪头,来读书路浪,相帮……"

"侬省个一百省哦!我晓得侬要讲啥,阿是相帮工人爷叔拉老虎榻车,工人爷叔谢谢侬,请侬吃香烟,阿是?"

卫星头得得,钝讪头,听勿出。"校长,侬也看见了?"

校长气了也勿叫家长来领了,拎了伊就家访去。伊拉娘倒呒没捆伊,勿是教育小囡个手条子四个现代化了,是出个事体忒大,伊拉娘要等礼拜六伊拉爷转来了,杀杀搏搏捆脱伊一顿。

打!打得好哦?乓乓响捆上去,捆辣卫星身浪,闷脱喉,像煞块鳖脚肉皮,压力锅横烊竖烊,烊咾烊,也烊勿酥。

出老是弄堂里头,头一批听黄色歌曲个。

"希望你告诉我,初恋的情人。你我各分东西,这是谁的责任?我对你永难忘,我对你情意真,直到海枯石烂,难忘的初恋情人……是爱情不够深,还是没缘份……"

伊拉娘只头,冷陌生头,钻到阁楼里头。"小浮尸,侬辣啥体!"

"听磁带呀。"

伊拉娘一听中气勿足,半只身体爬进去。"听啥物事?我问侬,只无线电,阿里搭来个?"

"勿是无线电,是录音机,是弄堂里向……人家借拨我个!"

"小赖三借拨侬个是哦?侬勿会得好唻!侬告我等好礼拜六,伲爷转来噢!"

"我辣听歌呀,又吪没做啥!"

"听歌听歌,侬道我耳朵聋聋啦!啥爱啊爱,唱歌末,只好爱毛主席,侬爱个啥物事!"

"姆妈,睋个是邓丽君。"平常日脚,从来勿帮阿弟多啰嗦个三阿姐胡梯爬上来了。

"啥君?"

"就是台湾绍兴戏呀。勿是啥坏物事。"

"台湾绍兴戏?"伊拉娘末,绍兴戏迷。三阿姐末,又是从小到大,年年评得上三好学生个,出名个乖囝儿。乃伊拉娘一听,有点吃勿准足,口气软下来了呀。

"小浮尸,晏歇点再讲。我烧小菜去先。"

三阿姐让姆妈先爬下去,自家又爬上来,眼睛眲眲。"今朝帮煞侬哦?乃拨我听。"

"睋我听啥?"

"侬就听无产阶级……嘿,就是好,就是好呀就是好!"

夜饭吃好,三阿姐汏碗去了,卫星门一开也想滑脚,拨伊拉娘一声叫牢:"小浮尸,听啥台湾绍兴戏,阿拉绍兴个绍兴戏有哦?"

卫星一听,马上拍马屁。"有个有个!姆妈侬要听啥?"

"《梁山伯祝英台》几化好,《红楼梦》……"

"有有有!我现在就告侬借去。"

"侬死转来!阿是问只小赖三借?勿许去!去,我勃落头也敲落侬!"

"勿去,勿去,阿拉自家买去。"卫星假痴假呆,头皮搔搔。

惊蛰 | 125

"磁带蛮贵个呀。"

伊拉娘只绢头包,裤腰里挖出来,摆辣台子浪,像剥橘子介摊开来。"拨侬五块洋钿,今朝大放血。"

---

【鐾 bhi】把刀在缸沿、皮布上略磨。
【樱 'ang 桃】本词条为注音。
【省个一百省】算了吧;办不到。
【老虎榻车】双轮平板人力拉货车,载重量约为一吨。
【手条子】手腕,手段。
【聋鬊 bhang】耳聋;耳聋的人。
【啰嗉 su】啰唆。

# 吃香・国营大工厂

嗲妹妹老要好看。

要好看个小姑娘,也蛮要清爽个。弄堂房子末,只好汏盆浴。大热天,浴盆里倒一铅桶自来水,镶半热水瓶开水,拖拖末,也过得去。冷天就难弄唻,屋里头汏浴,板要礼拜日早浪头,爹爹爬起来先,煤炉生了烧水,泡饭勿烧个,早饭大家饼干吃吃好了。

好几吊水烧开仔,屋里热水瓶一只一只灌满先,踏辣凳子浪,煤粽子只大钢宗镬子,当当心心,碗斦橱顶浪,掇下来,烧一镬子开水,倒辣浴盆里。煤球炉子也要拎进来,当伊取暖器派用场。

汏了歇歇功夫,水就冷了,只好冷水舀眼出来,热水瓶里,开水一瓶一瓶加进去,就弿能巴结,还常庄要着冷。后首来,有了浴罩,热气总算勿散脱了,稍许写意眼。

嗲妹妹用水忒伤,汏伊一家头个水,人家好汏两三个;伊动作又木,汏伊一家头个辰光,人家好汏五六个。屋里向人让伊先汏,一个一个轧辣灶披间里向,茄山河,茄了嘴唇皮起泡,开水又勿敢倒一杯吃吃,怕水勿够呀,叫姆妈问一声去,伊还呒没汏好。

也勿敢多叫,常怕催了忒急,水打翻脱。汏好了,伊个贵妃娘娘又呒没气力自家收捉清爽,要爷娘两个相帮,浴盆扛起来,两个阿弟铅桶是一桶一桶拎出去倒脱。

惊蛰 127

伊汏趟浴是，一家门侪衰痨煞，连得姆妈也要话脱伊两声："妹妹侬忒考究唻，汏出来个水，煞辣清，又呒啥老堉，用勿着汏了介勤个。"

"姆妈，侬言话多来。"嗲妹妹是嗲呀，只面孔绯绯红。

上趟拨姆妈讲过了，下个礼拜六，伊硬仔头皮，到混堂里汏去了。平常日脚，大家上班侪呒没空个，一到礼拜六夜头告礼拜日，侪部嗡辣辣一道，喔唷，肉搭肉，邪气触气，搭发搭发，肉夹气也搭出来了。葛咾，嗲妹妹又勿肯去了呀，还是屋里汏哦。

勿晓得哪能，嗲妹妹会得帮老栾轧朋友个。老栾末，人生了粗颥颥，字写勿出几个，嘴巴里标点符号倒多来死，骂声"戳俹"算讲文明个，平常人家看伊勿起个。

大家侪讲，嗲妹妹蛮可惜个。两家头国庆节谈到清明节，劳动节过脱，拗断脱。

嗲妹妹眼泪渧渧，关辣房间里得姆妈讲，上个号头，伊辣浴室里，碰着弄堂里向另外一个小姑娘，第个号头，又碰着对弄堂里一个小姑娘，侪是老栾带得去汏浴个。

老栾末，伊想一样厂里汏浴孁钞票，索介多带两个去，挑挑拣拣，也算是"全民制"。

嗲妹妹拗断了勿是辰光。弄堂里蛮多人侪帮老栾讲言话，讲嗲妹妹告老栾轧朋友，就是看相伊国营大工厂上班，好带伊进去汏浴。做功老好个，开春唻，天气暖热了末，汏浴用勿着人家唻。

---

【镶 'qian/ 'xian】掺和。
【收捉】整理；整治，收拾。
【老堉】积垢。
【肉夹气】轻微腐败的肉发出的气味。
【粗颥 he 颥】粗气，难看，秀气的反义。

## 热心热肺热肚肠·锣鼓队

现在结婚,派司要紧倒㘝紧,要紧物事是房产证。

老早底结婚,要紧个是办酒水。着了套新行头,办了两桌酒水,两家头末,再是好夫妻。

阿王为仔酒水要办好,每日天,一顿饭三分洋钿,小菜就是两碗盏㘝铜钿个咸菜汤,一个礼拜只有一顿加三分洋钿青菜,算过节了。

辣日天,打了客青菜,刚刚吃了一筷子,哪能里向有小半张黄草纸,明摆煞辣海,菜吪没汰清爽。

现在,啥人辣食堂里吃着辣排里宝贝,作兴是啥个地方混进去个包装纸咾啥,一般朝上头调查、研究。伊个辰光,吪没介许多花头经,田里向,勿用啥化肥个,侪浇大粪个,㘝研究得个,板是下头来个。

真腻心啊!照阿王个脾气,要现开销个,又想仔一想,为仔结婚,只好省省哦。

伊啊胡一口,又一口,一客青菜吃了差大勿多了,立起身,食堂窗口讲言话去了,像煞是吃到着着底下头咾,吃出辣桩岂有此理个事体。食堂老阿姨一看黄草纸,也蛮爽气,一客青菜重新打过。阿王也勿吵,青菜末,饭格子里倒进去,挺到明朝吃,三分洋钿好省脱哧。

正日来哉。

新郎官一套烟灰毛料哔叽中山装七十块,新娘子一套浅灰个毛料呢要九十五块,新郎官新娘子两双牛皮皮鞋各六十块,酒水一百块一桌……扎台型啊,辬眼物事翻人家好几只跟头,人家新娘子毛料衣裳只有五十块,人家一桌酒水只有三十六块。

阿王再要花浪开花,场面再要绷绷大。上海牌小轿车借部去末蛮好,啥人晓得伊脑子里阿里根筋别着了。

也真叫阿王赅一帮子好兄弟,造船厂里向,做力气生活个,只只模子结棍头势勿谈,条手臂把,有得人家小姑娘大脚膀介粗。前两年,政审仔一层一层,选拔到船厂锣鼓队个,上是上班个,不过脱产,专业就是敲锣打鼓。

好兄弟末,要拨足面子,厂里向借了部三十米平板卡车,高头先摆两只圆台面介大个大铜鼓。

酒水店小头头讲过,辬个一日天,拿伊拉算进去,共总有两份人家办酒水,圆台面作兴勿够。阿王特为两手准备,到辰光,万一真个勿够,大铜鼓浪,红绸子一盖,也好摆两桌。

两只铜锣也结棍,敲个家生一米快长,一般性人抱也抱勿起来。敲敲打打,平板卡车开到新娘子屋里弄堂口,开勿进去了。

一帮子头扎红布、腰勒牛皮带、上身赤膊个好兄弟,老早浑身汗酸臭了,本生看见卡车开勿进去末,正好歇口气,呼根香烟,想勿到今朝伊拉忒卖力,自家香烟发脱半包,师傅师傅叫好,弄堂口点心店、食品店、酱油店、米店,借得来四部黄鱼车,铜鼓铜锣扛上去,敲啊,打啊,同同、堂堂、堂堂、同同,朝弄堂里前进。

后首来,大家研究下来:作兴是伊拉热心热肺热肚肠,告阿王要好,帮忙帮到底;作兴是交关日脚,呒没革命任务拨伊拉敲敲弄弄了,手有点痒;也作兴是看见人家结婚,肚肠有点痒,要弄眼苗头拨新娘子看看。

廿四只节气里向,有只叫惊蛰,雷一响,蛇虫百脚吃一惊末,出来了呀。伊拉是敲进去哝,啥人晓得,新娘子拉爹爹告蛇搭眼界个,就是牛鬼蛇神里个老牛,帽子刚刚摘脱勿长远,外头擎共擎共又来哉。

道是中央又有新精神下来,阶级斗争又上腔了。伊一吓末,拉橡皮筋介,一根血管绷了绝绝薄。

抖抖豁豁,窗门推开一只角,朝下头一眲,喔唷姆妈,汗毛卓卓竖。辫个一帮子造反派,吃相难看来邪邪气,身胚结棍来邪邪气,潜一记,血管爆脱了呀。

---

【明摆煞】明摆着。
【啊胡一口】喂小儿吃饭时,要小孩张大嘴巴吃一口时说的话。
【大(脚)膀】大腿。
【擎共擎共】大型物体撞击发出的声音。
【上腔】比喻发作;寻衅。
【汗毛卓卓竖】怕得要命。

## 老卵级格·纠察

老栾,老卵级格。

吃勿准哪桩事体,伊也戴红袖章了。乃伊越加老卵,眼乌珠望上翻,翻成功天文望远镜了。

豁日天夜快同,山东书记路过外滩,看见人家轧朋友,看了一泡尿也忘记脱拆,跑到小菜场后头,乃屏勿牢了,靠牢根电线木头,拨老栾看见了。老栾闷声勿响,踏上来,只手末,望伊肩胛高头搨一记。

山东书记吓一吓,推扳眼眼,裤子也射湿脱。

头别转去,一看,阔面,塌鼻头,麻皮,抄牙齿,认得个,弄堂里头个"老卵"。

老栾照样言话一句勿讲,"嚓",扯下来张单子,来人家眼面前,晃两记。山东书记晓得逃勿脱,外加,辣办要紧事体,恰恰叫,办到一半,也呒没空帮伊理论,只好腾只手出来,裤子袋袋里挖发挖发,挖错脱了呀,挖出来勿是赖头分,是一张分。

老栾钞票接过来,袋袋里一塞。山东书记一只手还伸辣海,要找头。老栾"嚓嚓嚓嚓",一大刀单子塞辣伊手里。

"我是拆尿,勿是拆污!"

"晓得个。侬当我看勿懂啊。"老栾头颈浪吊个帆布包荡记荡记，已经跑到对马路去了。"钞票勿找了，侬拆拆清爽算了。"

山东书记气伤气伤。夜里睏觉，嘴巴里还辣叽哩咕噜，一翻身，翻到床底下去了。

家主婆弄觉了，豪燥拉伊起来，头浪，脚馒头浪，相帮伊撸撸。"侬看侬，哪能翻身个?"

"娘！我自家也不晓得，真叫翻身翻坏脱了！"

——————————

【老卵级格】摆老资格。
【夜快（同）】傍晚。"同"为儿化词"头儿"的合音。
【擸 lak 一记】棍、棒等抽打下去的声音。
【抄牙齿】向外凸出的牙齿。
【赖头分】分币；零票。
【一张分】十元钱。
【觉 gao】醒来。

# 轧朋友·数电线木头

晶晶,弄堂里佽喊伊水晶糕,伊皮肤白了带眼光头,有点透明样子,老漂亮个。

下半日,晶晶一家门,平湖吃酒水去。晶晶厂里头调勿出班头,一家头蹲辣屋里头。

机会难得,伊打只传呼电话拨男朋友。男朋友讲蛮好,阿拉荡马路去。晶晶勿肯,电线木头末,勿想再数了呀。

"侬到屋里白相来,阿拉好好叫,讲讲。"做生活是,嫌比多勿过,做勿光,悄悄言话讲起来是,越多越好,讲勿光顶好,一讲,讲到夜头八点半,嘴巴讲了畅快,肚皮一点勿觉着饿,夜饭也呒没出来烧。

"晶晶,晶晶,屋里辣海哦?"九点钟快了,后客堂阿娘敲门来了,想晶晶哪能一直勿出来啦。

晶晶嫌比烦,装胡羊,勿答应。隔脱一分钟,阿娘叫了西厢房里丁家阿姨一道来敲了。辩记,倒勿好意思立起来开门了,门一开,里头两家头,人家勿要多想个啊,啥体刚刚门勿开?

"凯凯啊?凯凯?"阿娘叫前楼凯凯下来了。

"赵师傅?"阿姨跑到东厢房去了。

又隔脱五分钟勿到,一幢房子里,跑来跑去侪是人,吭吭吭,赵家爷叔已经辣闯门了。

"晶晶!晶晶!"

晶晶眼泪水也出来了,眭眭男朋友只面孔板了煞白,眭眭连得白灰也震出来个门板边头,真叫"白板对煞"。

勿多一歇,半条弄堂侪来了。晶晶极得来,嘴唇皮也咬破脱,只好哭出乌拉个,门开开来。大家朝里向一眭,一呆,一记头,吭没声音。挨下来,声音一来兴上来。

"侬快去呀,电话亭叫牢好婆先,救命车回头脱,再救火会追凯凯转来。"

"咸,奀跑,顺带便叫老娘舅也奀来了!"

"赵家爷叔,谢谢侬把菜刀摆摆好先,我看了有点吓咾咾。"

"阿娘,爾把菜刀是俹屋里个。侬刚刚硬劲塞辣我手里向个。"

"小扬州,侬来轧啥闹猛?好转去了。吭没事体,吭没事体,人家钥匙寻着了。"

"慢叫!关照侬,出去奀瞎讲八讲!当心吃耳光!"

"秦医生,侬慢眼,勿是煤气中毒。喔唷,侬赤脚来个啊?侬当心噢,我前两日,落脱只揿钉,还吭没寻着唻。"

"好唻,好唻,胡梯奀扛唻,一二三,当心!调头!"

"喔唷哇!"

"揿钉踏着啦?"

"姆妈……胡梯支辣我腰眼里呀。"

"叫秦医生,秦医生勿是正好辣海末,叫伊帮侬看看看。"

"侬缠头势真结棍曒,秦医生自家戳着唻。秦医生,侬奀看人家唻,豪燥自家看起来。"

晶晶帮男朋友谈敲定唻。

勿敲定个说话,一家门就要搬场,方向勿是漕河泾就是北新泾，弄勿巧再要过江，白莲泾去唻。

———————

【一来兴】一下子。
【缠 shoe 头势】纠缠劲儿。

## 打相打·每周广播电视

"打相打,就是火气要比口气大,口气要比力气大。"黄胖也忘记脱,是听啥人讲个了。

今朝,两帮几十个人,隔了一条小马路。黄胖决定卖样卖样自家个火气。"倷看我苗头!"

伊摸出块砖头,上头包了张报纸。橄榄眼火尖,提醒伊:"阿哥,搿个一张每周广播,好像是新一期个?"

黄胖浙力索落,报纸剥下来,地浪,敨开来一看,倒是下个礼拜个,勿好浪费。

对过帮人看勿懂,介要紧个关子,哪能开始研究电视节目,瘪三倒蛮笃定个末,明明叫,勿拿阿拉摆辣眼睛里,火气辣辣叫,蹿上来了。

黄胖干咳嗽一声,伸伸腰,预备上了,啥人晓得伸辣半当中,只领头又拨丁丁拉牢了。

"阿胖,侬件衣裳啥牌子?蛮嗲个末。嫐动,拨我翻出来看看。唷,倒是只名牌。等侬打过,变麻袋布唻!"

"对个对个。"黄胖自家剥田鸡剥下来了。"侬帮我看看清爽,到底是啥牌子啦?外头带进来个,侪外国字,我也勿识。"

"搿只……我认得个呀,香港牌子,叫啥梦……阿拉阿弟也叫厂里同事帮伊弄过一件,两个号头工钿,吃价个噢!阿拉姆妈骂伊脱底棺材,辫个一世里,嬲想讨家小。"

好了,辫记黄胖拿了赤膊砖头,预备赤膊上了,断命又拨只手拉牢。赵军问伊唻:"阿胖,侬老老实实讲,块砖头啥地方拿个?"

黄胖讲,就是从㑚屋里砌水斗个砖头堆里抽出来个。赵军讲言话唻:"阿拉屋里个砖头侪是青砖,一价钿。一块一块,侪算准足个,少脱一块,勿来事个。等脱歇,辫块青砖拨侬敲碎脱,阿拉只好红砖垫一块唻,勿登腔个呀。阿胖侬帮帮忙,调块红砖去。"

对过帮人一看,吃勿准唻,青砖调红砖,红砖到底啥花头啊?阿是辣白相阿拉?

黄胖红砖调好了,脚抖抖,看看两旁边个弟兄淘,乃总算呒没个人揶牢伊了,不过,伊火气也隐脱,勿想去了。

呒没办法,弄堂里啥人讲过个,火气要大,要是阿拉火气拨对方压过,乃死蟹一只!

伊又叫了声:"㑚看我苗头!"

戳㑚,哪能呒没个人拉我个啦?伊硬了头皮,跦跦跦,阳沟跳过去,又是跦跦跦……

跦跦跦……一记头变成功乒乒乓,哇哇哇,耳朵长个朋友还听见一声"姆妈呀"。后头问过黄胖,黄胖随便哪能勿认账,讲伊牙子像甲鱼一样咬牢,呒没发过声音。

怪来,辣末生头,辣对过人淘里,跳出来一个白眼乌珠弹出仔面孔浪,血出乌拉个大码子,抄块砖头冲过来了。

大家心里侪发毛,本生,调只头就要跑,就是想着黄胖跑前头,千关照万关照,火气要大,就算打勿过,也定规要拼眼火气出来。"上啊,嬲放过辫只出老!"嗡上来就打。

人末，辣硬劲硬出来个辰光，落手板煞数比平常快，板煞数十二万分个狠性命。

"娘东采，只大颡厮倒蛮经打个末！"大家一个一个打了红眼睛，橄榄是捱来捱去，极煞脱了。

"拨我踢脚！拨我踢脚！"橄榄辣边浪，揎拳捋臂，求仔老半日，再拨伊一条豁豁扳开来，轧进只脚，刚刚踏了一脚，哗哗穷叫："嫑打唻！嫑打唻！阿拉阿哥呀！"

亏得黄胖有伊嫡亲阿弟辣海，勿然介，打了辦副卖相，像煞田里踏烂脱个花菜，告面疙瘩烂沍沍烧辣一道，面长面短个地方，打成功面短面长，啥人认得出伊是黄胖？

大家辦记吃慌，原来打了老半日，是自家人！

戳俹，蛮好拨伊件香港衫着辣海喏！豪燥，七只手八只脚，送医院去。对过帮人呢？

老早吓了逃脱了。伊拉肚皮里辣想：辦帮众牲真个勿是人，自家人拨阿拉打了吃勿消逃转去，伊拉勿但勿上来帮忙，倒过来做伊规矩。真叫辣手啊！阿拉勿晓得要拨伊拉打成功啥吃相唻！

辦趟打相打，大家一致表扬黄胖，因为伊放出了火气，做出了榜样，一家头就拿对方介许多人顶脱了。

黄胖一面孔个纱布，好像尿布抄辣头浪，坐辣电视机前头，手里捏了张每周广播，笑也笑勿出，哭也哭勿出，真搭僵。

---

【打相打】打架。
【敨 tou】展开；振，抖搂。
【脱底棺材】吃光用光的人；无论什么话、什么事都做得出的人，谓没有底线。
【登腔】合适；像样。
【血出乌拉】出血的样子。
【板煞数】一定，肯定。

【梗 ghan】碰着，擦着；碰，碰到别人身体挤。
【揎拳捋臂】犹摩拳擦掌，摆出打架的架势。
【烂沰 dok 沰】东西软糊、酥烂。
【众牲】詈人若畜生。也写作"中牲"。
【搭僵】差；没办法，糟糕。

## 出外快・东风饭店

事体是,80年代头浪了。

话末,要从70年代话起,阿拉娘老吓吃喜酒个。倒勿是拨红包,红包也就五只洋。是平常日脚,厂里食堂油水勿足,一碰着酒水台浪,鱼肉三鲜,伊赛过碰着冤家,肚皮勿争气,要滑肠。

顶气个,早眼勿滑,呆呆叫,上热炒个辰光开始滑。要晓得,辂个年代,大家条件脚碰脚,还吭没啥靠摆酒水抓粒头、斩踵头,送一份礼钿就要吃回一份铜钿。吃还本钿个奥窍,就靠多吃热炒,辂个,戆大也晓得个,热炒吃价呀。阿拉娘懊闷痛就痛辣此地,冷盆还算争气,只炒虾仁像煞只信号弹,伊一上来,阿拉娘肚皮痛了,实实叫,绷勿牢,只好望厕所里头奔,等奔转来了,伊眼白像煞台面浪只腰盆,里头精打光,雪雪白。

好勿容易,锻炼到80年代,肚肠里油水也有点了,乃又碰着我辂个冤家。我是有前科个咾,阿拉娘叹口气,勿是老想带我去个。不过,伊又想出外快,小人咾,勿算人头,一样送廿块礼,去两个大人,总归吭没两个大人带个小人实惠。乃末,伊又想唻,想我终勿见得趟趟表现侪勿好。"我问侬,今朝会得乖哦?"听听阿拉娘声音蛮嗲,其实面孔浪,是有火气个,讲言话只腔调,就是"阿拉个政策,侬是晓得个"。

"好个！乖个！"我答应了老快。

吃冷盆，我倒是蛮乖。等炒虾仁上来，外快来了！人家讲吃奶像三分，嫑讲我是阿拉娘嫡嫡亲亲个宝贝儿子，百分之一万遗传阿拉娘只基因，横吵竖吵，要拆污去。

阿拉娘末，肯定是想摆脱歇去咾，眼睛晗晗，叫我屏屏伊咾。我勿是好户头，叫来，摇来，只靠背椅，硬碰硬，变只摇椅，再椅子浪，滑下来咾，拉阿拉娘裤脚管咾。阿拉娘手伸下来，横竖台布罩没个，暗黜黜扭我一记。我末，苦脑子，抱牢仔肚皮，坐辣地浪，赖皮，挨下来，要捎地光唻。

再勿带我去哦，像煞眼乌珠只盯辣热炒浪，连得小人上厕所也勿情勿愿，弄出一副极相，前世里吭没吃过啊，介许多人侪看辣辣，多少坍台。阿拉娘眲眲阿拉爷，阿拉爷像辣放卫星，眼睛是一斜勿斜，调羹伸出来，抄第一抄虾仁了，一点也吭没带我厕所去个苗头。

阿拉娘只好撑牢只椅子扶手，立起身，只面孔勿谈了，阿里一日，奥运会浪，中国乒乓球输拨非洲只名字也叫勿出个小国家，侬自家看得见个。辫辰光，有交关勿成文个规矩，譬如讲，小菜场破篮头排队，队伍望头浪，动个辰光，就算篮头主人勿辣海，后头个人也要代伊拿篮头一点一点踢上去，勿作兴踢到边头去个。吃酒水个规矩是，啥人自家跑开就算放脱，勿想拨人家牵头皮个说话，人家勿叫侬帮伊碗盏里舀眼，屋里向人是勿大好舀个。

顶触气是跑到厕所间里头，我又勿想拆了呀。抱牢仔我，奔转来，辫年代大家速度侪老快，脚头真奔勿过人家筷子头，一只腰盆老早底朝天，外加，像煞已经洗洁精汰清爽了。

烦头势还吭没完结，又上热炒唻，我又肚皮痛唻，阿拉娘又只好陪我去。顶结棍一趟，三趟拆污，一趟拆尿。最后一趟，是阿拉娘吓我，再拆勿拆，就要敲我两记，我吓了尿也拆出来了，也算完成任务。阿拉娘叹气:"臭人,养着侬真叫出外快!"

一趟仔,东风饭店吃喜酒。东风饭店蛮高级个,大厅里办酒水,边浪,有雅间接待外宾。

我钻进钻出人来疯。平常日脚,弄堂里阿拉娘要叫我个,今朝末,肚皮里打小算盘,饭店里还是孆管我好,叫我过来吃口小菜,常怕我又要作了上厕所,一坏,坏脱两家头,勿叫我末,顶多坏脱我一家头。

我人小,像只小老虫,服务员勿大里注意。我胆子末又大,像条刺毛虫,人家小朋友勿敢去个地方,我侪要去去个。我一钻,钻到雅间里,桌头倒也勿是老多,我记得是六七桌哦,圆台面浪,台布雪白,腔势蛮足,鸡鸭鱼肉,印象顶深是只甲鱼,头翘了老高,板是只老甲鱼。盆子,刀叉,再有小玻璃杯里一杯一杯物事,红兮兮个。

我脚跮起来,闻闻看,晓得是酒味道。我人只有三岁,资格蛮老了,屋里头汽酒吃过个。

我弄口嗒嗒看,甜味味个,现在,晓得是开胃酒。写意来,我椅子爬上去预备好好叫,开酒包,勿巧阿拉娘热炒四只吃好(辫点要讲清爽,我跑开个辰光勿长个,因为是当年四只热炒消灭脱个速度),肚皮里有点打底,有点心定唻,乃想着宝贝儿子唻,想着我是伊辣下海庙求送子观音娘娘求得来个。到处寻我,寻勿着。

极末,吭没吃热炒介极,勿极末,也有点极,叫了两个服务员一道寻。寻着我个辰

惊蛰 143

光,我正好拗断只甲鱼头,要咬辣嘴巴里头,拨人家揪出来唻。看看我人末,实在忒小,人家也勿好哪能处理我,只好小菜浪,拨两筷子,缺脱个地方盖盖脱,酒末,酾酾满,该装榫头个地方装上去,弄了外国人看勿出,勿多一歇前头,发生过个人民内部矛盾就算唻。

一个服务员面孔板好仔,帮阿拉娘讲:"耨个小人,侬算养着了,胆子介大。"

阿拉娘嘴巴还要老:"小人活络呀!"

矮看我人小,老早勿焐心唻,拨阿拉娘拎转去个一路浪,一遍一遍怨伊:"侪是侬呀,我刚刚吃了一沰沰,味道勿要忒嗲噢!"

"好好叫,叫侬吃,侬勿吃。"

"我聪明呀,人家阿姨勿是讲侬养着我……"

"人家是触俹娘霉头!下趟,吃喜酒勿带侬来了。"

"勿带就勿带!当心肚皮射!"

下趟末,阿拉娘还是带我去了,勿是伊有爱心,是想想一份钞票吃三只嘴巴末,总归比两只嘴巴合算哦。

---

【抓 'za 粒头】赚钱。
【斩踵头】枪打出头鸟。
【奥窍】办法,窍门,奥妙。
【懊闷痛】后悔而内疚心疼。
【捱 nga】拖延。
【眙 gak】眼睛动;眨眼。
【捎 'xiao 地光】赖在地上频繁转侧,耍赖。
【极相】着急紧张的样子。
【牵头皮】揭短;提起或数落别人一个旧过失、把柄或已改正的缺点。
【甜味 mi 味】味儿带甜。
【酾 'sa】酒、茶自壶中注入杯中。

# 飞过海·海外关系

阿三搭仔大头两家头，本生蛮要好。

打弹子哦，大头眼火一塌糊涂，一粒一粒，侪拨人家吃脱，呒没白相唻。阿三总归借粒拨伊，再借粒，算伊空辣海。人家野胡弹来调西瓜弹，起板要四粒，阿三只收大头三粒，交关有数哉。

迭个一年七月半，阿三跑辣前头，大头辣后头横冷横冷穷叫。阿三，头也勿回一回，小弄堂穿出去，跑了加二快。大头一看，哪能事体啊，听见，装勿听见咾，算倗屋里昨日仔，新买了部脚踏车咾，稀奇勿煞，烂泥菩萨，一脚踢煞！小囡末，总归是小囡，气末气，痒末痒来，得得得，还是追上来。阿三一听后头追上来了，得得得，逃了快。阿娘关照过了呀，今朝是鬼节，勿好叫名叫姓，鬼听见了，要拿魂灵头捉得去个。人家叫侬名字，也勿好答应，随便哪能勿好回头，头一回，完结。

大头呢，平常屋里吃汤山芋朋友，今朝勿晓得吃仔野山参呢老虫药，奔了来得里快，追发追发，追上来了呀，一只手，朝阿三肩胛浪，狠性命一拍，哗，叫一声：“喂！扁面孔！”

阿三发极，肩胛拨人家拍过，身浪，三蓬火隐脱！真叫碰着大头鬼！别转身朝牢仔大头面结骨浪，一拳揞过去。大头眉毛倒挂，呆脱，两秒钟过脱，觉着痛唻，跳上来，只头对牢仔阿三，一记铁头功。乃后头，两家头勿对了。打弹子辰光，大头存心水晶弹打阿三个西瓜弹，水晶弹末，硬扎，一碰末，西瓜弹一碎两。两家头又打相打，下趟，勿辣一道白相了。

隔两年，阿三报名参军，来接兵个部队头头寻伊言话谈了一谈，讲伊身体条件蛮好个，对伊各方面个条件也老满意，只要政审通得过。乃阿三笃定哚，自家正宗根红苗正，倒查三代，勿是贫农，就是工人，哈哈，十二万分吭没毛病。

毛病还是出了呀。有人揭发，阿三拉阿爷到南洋做过生意个，海外关系邪气复杂。

迭桩事体，嫑讲阿三勿晓得，阿娘也勿晓得，阿爷末，十九岁就辣上海进厂当工人了。屋里向清爽个，只有阿爷自家只肚皮，作兴是老里八早，烫黄酒吃，漏过眼口风？迭个也是几十年前头，脱老邻舍讲个，乃两个老邻舍统统阎罗王搭报到去了，还会得伊头电报拍过来？

阿三拉阿爷年纪是大了，政治形势，来得拎得清，一口咬煞脱，自家去个是南翔，勿是啥断命南洋，吵到"里革会"、派出所、武装部、征兵办，催伊拉快眼调查去。

查是查勿出个，阿三拉阿爷老早算好了，讲出来个两个南翔地主，老早斗了灰也勿晓得啥个地方去了。查勿清爽，就勿好下结论。组织浪，慎之又慎，最后，老花头，得出吭没结论个结论，吭没拨阿三光荣伊拉一家门，只好光荣一家头，插队去了。

插队前头两日，日日夜头门锁好了，一家门坐辣暗头里，切切触触开会。阿三拉阿爷一个一个排下来，阿三末，又暗暗叫，盘人家言话去，盘出来了，是大头辣弄鬼。

改革开放哚，大头也跳出来了，讲伊有海外关系，伊拉外公吭没拨国民党打煞脱，是将计就计，解放台湾去了。到了台湾，觉着台湾忒小，呒没劲，又乘船解放美国去了。现在，辣美国发洋财哝，伊签证就要下来快了，接过外公个枪，彻底解放美国！

迭个真叫飞过海！阿三也听人家讲了，几化年数，勿打招呼了，迭个一日夜头，辣后头横冷横冷穷喊大头。大头别转头眐眐，当是拍马屁来个，神抖抖，口哨吹一声。

"侬只垃圾瘪三，寻我啥事体啊？"

"侬蛮好。"阿三只手，辣大头肩胛浪，重重叫一拍。

"作死啊，轻眼好哦！阿拉赅海外关系，拍勿起个噢，勿像侬穷瘪三，拍臭虫介随拍拍！"

"轻个重个一笔账。我讲拨侬听，今朝是鬼节，叫侬名字，侬勿好回头，又加勿好答应，勿然介，要触霉头个，晓得哦？再有哝，拍侬肩胛……口哨也勿好吹个噢，引鬼个。"

"放侬个臭屁！瘪三侬搞封建迷信是哦！"

大头一拳头，打了阿三脚一滑，坐臀中。阿三笑笑，爬起来，一脚头过去，踢了大头跌跟头。大头马上跳起来，两家头，打开头。近枪把，正好辣刮台风。大勿大，十八级。两家头一道刮进去了。阿三一口咬煞："美国兵打中国老百姓！性质恶透恶透！"

大头美国去个事体黄落了，罪过啊，美国到今朝还呒没解放。伊只好等外公过来了。

等了两年，外公来前头，拨车子屁股浪，"蓬"撞了一记。隔脱两个号头，美国来了封平信，讲个情况，还呒没信壳浪挢个字多，也勿讲，人是死是活。大头屋里呢，出了老价钿，托人家跑远洋个海员打听，也打听勿着，人是死是活，只晓得一家门解放澳大利亚去了。

"唉！硬伤哦！就推扳几日天噢！"夜头，弄堂里交关人转去了，饭也吃勿落去。只有阿三，添了三大碗。

惊蛰

【空】欠。
【横冷横冷】大声说话声。
【加二 ni】更加。
【吃老虫药】因受毒而行为不正常。老虫，老鼠。
【面结骨】颧骨。
【撞'song】用拳击。
【飞过海】瞒天过海。
【坐臀 dhen 中】没防备地突然一屁股坐在某处而受痛。
【黄落】事情终成画饼。
【硬伤】不如意；本来不应搞坏而搞坏了。

# 淡嘴骨里·味之素

革命热昏热好哉。臭老九赛过臭豆腐，吃吃又香起来了。耳朵里刮着啥人大学生，小姑娘眼睛里头，赛过国庆节放焰火。

体育老师勿大吃香，成分好，也勿上台面，26岁哧，朋友还哤没谈过。伊看相个人，倒有个，就蹲辣63号客堂间里，绰号白兰花，人是，又白又香，又水灵灵，弄堂五朵金花排第三。

体育老师末，人蛮闷个，口是勿晓得哪能开好，办法倒是想过个，突出自身优点，弄点无声胜有声。

夜饭吃饱，大家乘风凉辰光，伊好像要游泳池去，光着条三角游泳裤出场了，有跑吭跑，63号门口头跑两趟，立脱歇，茄茄山河，发根牡丹牌拨躺椅浪个62号里个老娘舅。

伊一来，白兰花把扇子就望面孔浪扇，最后，搕辣面孔浪，勿拿下来了索性。伊道人家怕难为情，弄堂里阿姨爷叔暗暗叫研究下来，是看见伊触气，勿然介，像戏文里向做个，扇子末，归扇子扇，搕末，也搕到嘴巴浪，对哦，搕到鼻头浪末，已经大勿灵光，随便哪能，勿会得搕到额角头浪。搕到额角头浪，小姑娘眼梢哪能望大官人身浪甩过去呢？

连得我也看出来了，体育老师人是好个，模子是结棍个，一米八长，栗子肉弹出来个，也蛮出挑，独是卖相勿灵，绿豆眼，面孔

惊蛰

蛮板个,戴副钢丝眼镜,胡子末,油水也勿足,稀毛痫痫,东两根,西三根,黄哈哈,赛过派出所关过两日出来个。

再有哝,伊是小学体育老师啦,比大学里体育老师档子要低,好像娘姨脱搭脚娘姨,露水夫妻脱夫妻。

有一点,我印象交关深,勿要看伊身坯赛过苏联人,讲言话倒细声细气来,像伊拉娘苏州人,小猫能介个。

真个喏,一个阿弟冷空气放出来了,讲体育老师哝没男人味道。体育老师一听极来,半夜三更,还爬起来,晒台浪,练哑铃,一只号头练下来,手臂把又粗了一圈。可惜呀,白兰花再也勿到门口头乘风凉来了,只挺下来伊拉姆妈搭仔两个阿弟,体育老师一到场,三家头像讨债一样看牢伊。老娘舅倒意勿过唻,体育老师香烟再摸出来个辰光,伊硬劲手撅脱,拿自家个香烟抖出来,发拨体育老师吃。

弄堂对过老早也是弄堂。后首来,东洋乌龟掼炸弹烧光了,拨卖苦力气个江北人搭发搭发,搭出交交关鸽棚,弄成只棚户区,也叫江北窟。窟里个朋友,对美个追求也有个,就是弓架摆出来哝没体育老师艺术性介足。一日仔,白兰花兜近路,穿过去,两只瘪三挑只野蛮小鬼上山,得野胡翅个竹竿子,得辣白兰花个裙边浪。

白兰花勿晓得,还辣望前头跑,越跑,裙子角度拉了越高。等伊觉着有点啥个物事拉牢了,两只瘪三笑得来,跕辣地浪,西洋镜穷看。白兰花一只手横撸竖撸,撸眼泪水,一只手拎了裙边屋里奔进去,只面孔是,就算勿像黄胖拨人家生活吃过了介难看相,也呒啥大推大扳了。

进仔门,倒哭勿出来了,一大泡眼泪水,眼潭里转发转发,胡咙口发出来个声音像小鸡游辣河浜里。

姆妈一眱,吓煞脱了呀,问伊,伊一句勿讲。姆妈发极穷叫,邻舍隔壁侪跑得来,侬问我问,总算问了白兰花"哇"一声哭出来。"阿囡,侬话呀,豪燥话拨姆妈听,到底啥人欺负侬?姆妈寻伊拼命去。"

"我晓得个!"大家两旁边让让开,我雄赳赳气昂昂踏到当中来。"是对过两只下作坯!"

一条弄堂里个事体,赛过自家屋里人个事体。大家组织起来,要算账去,八九个爷叔,三四个待业青年,再有白兰花两个阿弟。里头两个爷叔,辣钢铁厂上班个,是先头部队,袖子管揎起来,手臂把浪,扎块白毛巾,本生末,要一个人背只工具包,里头摆眼家生。

老娘舅讲,辬个勿来三,打起来性质两样,工具包拨伊硬拉,拉下来。"我现在,脚踏车踏到派出所叫人去。一刻钟。俫嬞昏头噢。"对过江北窟里,人也喊好了。老娘舅言话也关照过了,伊拉也勿带啥棒头砖头,就是带了两只铅皮桶,里头是经过隔夜马桶发酵后个生化武器。

"俫嬞面孔,欺负小姑娘是哦?"

"辬个是野蛮小鬼,告阿拉勿搭界。"

"俫拿野蛮小鬼叫出来!"

"寻伊勿着。老里八早勿晓得死到啥地方去唻,作兴佘辣黄浦江里,烂也烂脱唻。"

一开头,大家侪上海言话。打起来末,一头是上海言话,一头是江北言话了呀。

嬞看两个爷叔钢铁厂里上班个,天大热,人大干,钢纤份量也老结棍个,不过,老是一只动作弄来弄去,辬肉有点死个啦。其实里向头,还有一个是厂里做冷饮水个,凑数朋友害人啊。

打起来,打勿过江北朋友呀。江北朋友模子勿大,身浪,侪是活肉,特别是三兄弟,一个是混堂里头擦背个,辬个老生活是,呒没气力勿来三个;一个是混堂里叉衣裳个,侬大冷天跑得去淴浴,身浪,老棉袄老棉裤从里到外统统脱下来,再一只手,弄根丫叉,望三个人高个钩子浪挂上去,侬看看叫,自家吃得消哦?外加,衣裳叉好,还要飞毛巾,毛巾飞了远,飞出去要有巧劲个;再有一个是小菜场里向,专门帮人家刷咸菜甏个,刷清爽了,要一只一只堆好个,辬个也是真生活。

老娘舅叫鞭还呒没瞿瞿吹来,弄堂里一帮子爷叔已经从马路对过,拨人家揿转来了,一脚揿到弄堂口,赛过弄堂是只咸菜甏唻。要是拨人家揿辣甏里向,老家抄脱,下趟出门,头还抬得起来啊?

看看腔势勿对,调排好个断后部队严格执行命令,前头坚决勿去,只辣后头开会。

"体育老师人呢?"

"娘个卵脬皮!平常日脚三角裤弹发弹发……"

"来了!来了!"

今朝上体育课,两个学生子捣蛋,体育老师关伊拉夜学,练竖蜻蜓,刚刚接着我通知,冲过来,晏了点。

弄堂口只邮筒顶浪,眼镜一搁。身浪,衣裳一脱。也勿叫,也勿骂,一拳头冷夯过去。

伊只生面孔刚刚杀进来,模子又大,特别是倒三角身坏,胸口头阔是阔得来,好开飞机。江北朋友忌一脚,从弄堂口退到马路当中。倒是有苗头,大家一路杀转去,歇歇,杀到马路对过,断命体育老师近视眼,又是一拳来、一脚去个要紧关子,啥有空看清爽地浪,嗐,两只铅皮桶。一个爷叔看见了想拉,人冲勿过去,一个爷叔看见了想叫，刚刚叫出一个字"当……"，攃一记，后头一个字，拨人家耳光敲脱了。

体育老师也是路道粗，一脚一只，两只脚侪踏辣桶里。味道飘过来，"十臭百臭"。

"戳佴！"一个阿弟骂了一声。㪭个就算弄堂里头输拨人家咾，输了勿明勿白，坍台坍到西伯利亚去了。

我也极了，看了扎劲辰光，嫑停呀。我叫伊："踢腿运动！踢腿运动！"体育老师老早吭没主意了，乃听见啥，就是啥，一脚头，撩上去。平常末，蛮欢喜踢足球个，脚头蛮硬个，桶飞了邪高，一只落下来末，拿擦背朋友只骷郎头罩辣里头。再有一只末，踢过头咾，人吭没罩着，不过，里头货色是，亨八冷打，飞出来了，江北朋友一天世界里，人人赛过"黄"铁人。

"脚法好个！老卵个！"两个爷叔拔高胡咙，喊了赛过屁股浪，拨人家一刀戳进去。

体育老师成了弄堂英雄。后头两日天，原旧着了伊条三角游泳裤，跑到江北窟两只口子浪，吃香烟去，算是拨眼苗头。江北朋友爽气倒蛮爽气，吃瘪了，就屋里蹲好勿出来。

立脱两日天，吭没个人发声音，㪭个算摆平了。白兰花姆妈送得来一块蜂花檀香皂，一荡双船丝光毛巾，算是谢礼。

体育老师请白兰花大光明看了两趟电影，伊问三句，白兰花答一个字，终有点淡嘴骨里，吭啥共同语言，后头也就冷下来。有一枪，又有点热起来，白兰花姆妈只面孔看见体育老师热络来邪气，赛过自摸清一色，原来体育老师拿外公从美国邮过来个羊毛围巾送过去了。

慢慢叫，还是淡脱了，海外关系也勿是一贴灵，根子是侬欢喜人家，人家勿欢喜侬。"我是想穿了。"体育老师听见白兰花轧了厂里头一个宣传干事，斯斯文文，会写会画。

惊蛰

故事到此地，还呒没完结。白兰花嫁拨了宣传干事，呒没小囡，十年后头也就拆开了。

体育老师辣美国开了爿中医推拿诊所，讨过一个意大利老婆，人家是为了拿绿卡，结婚呒没两年，就告伊拗断，半黄半白个夹种小囡倒养了两个。体育老师有趟转来，老弄堂里白相来，伊做东，60 年代酒家，大家喊得去吃一桌……辩记伊帮白兰花两家头是真个要好起来了。侪晓得生活个滋味，年数长仔，说穿仔就是淡嘴骨里，年纪轻辰光真正一眼眼叫人印象深刻个小事体，再是真正稀奇勿煞个味之素。

---

【搤 yik】用手遮盖。
【黄哈哈】微微有点儿黄的样子。
【摆弓架】装样子，摆架子。
【大推大扳】差得远。
【家生】日用器具；手工业者的工具；家具。
【㳚 hok 浴】洗澡。
【叫鞭】哨子。
【关夜学】有过错的学生放学后被老师留下不准回家。
【忌一脚】对某人的长处有所畏惧。
【骷郎头】头（常含贬义）。多指活人的头部。
【一天世界】形容乱七八糟，到处都是。
【夹 gak 种】混血。
【淡嘴骨里】口味淡而无味。

# 熬勿牢·脚踏车券

车间里分着一张脚踏车券。小黑板浪,写了清清爽爽。

大家是,头像臭虫介,嗡辣海,七生八嘴,啥人也勿谦虚。最后,工会小组长提出来,摸彩。

张谊辣群众当中撬边,摸彩是机会主义尾巴,社会主义搞摸彩是开历史个倒车!伊肚皮里头,自家有数,车间里一百零一个人,摸彩,摸得着伊个啊,调成功别样形式个说话末,譬如讲,评比啥人是车间文艺积极分子,伊倒还有点苗头。

辩个一日天,张谊调休。隔日上班,听人家讲摸彩摸过了。张谊肝火旺啊,哪能熬得牢,奔过去,一把头揪牢小黑皮,辩个摸彩积极分子,几几乎拿人家假领头,拔老卜介拔出来。

"戳俹!啥人叫俹自说自话倒车个?啊!"

"啥倒车?我铲车也开勿

来个噢!"

"侬现在告我装碎玻璃咾!啥车子唻?脚踏车呀!"

"脚踏车又勿是小轿车,告倒车搭啥界啦?"

"瘪三,侬装戆装到底咾?蛮好,我讲个是摸彩!啥人叫㑚摸彩个啊!我勿认账!勿认账!"

"是侬讲个哦!"小黑皮拿张谊倒过来一推,眼乌珠一弹。"侬勿认账是哦?"

"就是我讲个!哪能?我讲言话,侬外头打听打听去,一刮两响!我吓啥人啊,帮帮忙噢!"

三十秒钟后头,张谊只面孔一块白一块青,再有一坨一坨花印子,赛过拨倒车个轮盘压过了。昨日仔,摸彩,一个一个侪踏空,最后,挺剩下来一只纸团团,就算张谊个。

㑚只纸团团末,当然写仔"自行车券"四个字。

乃张谊要翻案,一百个吥没摸着个朋友阿会得答应?张谊眼泪一把,鼻涕一把,老师傅咾,老阿哥咾,叫了老半日,也吥没个人睬伊。再摸过,一个叫矮脚青菜个小青工额角头高进,高兴了一跳八丈高,真个要撞着天花板了。伊看相开行车个长脚鹭鸶长长远远了,一脚吥没机会搭上去,乃好唻,脚踏车券做糖衣炮弹,㑚个一层糖衣,厚是厚得来,甜是甜得来。

又隔仔一日,张谊辣锅炉房里寻着告人家开彩经个矮脚。矮脚一看人头,只面孔冷冰冰,僵辣海。

张谊有言话叫伊出来讲,香烟塞根过去,矮脚勿接。"矮脚,㑚张脚踏车券,侬看清爽了哦?"

"看啥看?脚踏车券呀。"

"我帮侬讲,㑚个一张是永久28寸载重型。㑚种脚踏车是,赛过拖拉机,阿是?侬自家想呀,扁铁双撑咾,四腿衣架咾,钢盔挡泥板咾,乡下头踏踏,倒蛮好,好挂两只老猪猡唻,阿乡叫伊勿吃草个毛驴，哈哈，噱头哦？上海滩浪，踏末，一眼勿登样。侬是聪明人，侬自家讲，踏到外滩南京路像腔哦？人家当侬十六铺摆渡上来个唻。我现在有路道，钞票稍许贴眼，好调两张凤凰24寸女式脚踏车券。䴕种脚踏车末，再叫脚踏车，一出门，赛过外宾小汽车，阿是？出风头个呀，钞票末，伲两家头好商量个，凤凰券末，伲一人一张。哪能话头？"

矮脚有数，张谊勿入调，啥也吭没讲，跑开了。不过，熬勿牢，想想，赅永久个人多来，好几个小青工辣厂门口候好了长脚下班，荡伊转去。我介矮，再踏了永久28寸，乖乖！还是乖乖叫，转去韭菜炒大葱哦。要是有部凤凰24寸末，索介借拨长脚日逐日踏了上班，是真永久。

下班前头，矮脚辣汏浴间个水蒸气里钻进钻出，拨人家"戆棺材当此地女浴室啊"横骂竖骂，总算拿张谊摸出来了，答应好了，调个，不过，一手交永久，一手交凤凰。

"讲言话勿算数，出门拨车子轧煞脱！"张谊胸口拍了乓乓响，水潸辣矮脚眼睛里，弄了伊眼泪汪汪罪过相。

张谊呢，也看相长脚。伊听见矮脚口风漏出来，想想勿妙，人家手里有花头，伊手里一样吭啥啥。乃调成功两张券呢，伊手里也有唻。事体老清爽，两张券一样生，伊帮矮脚肯定是两样生，长脚会得拣啥人呢？秃头头浪个老白虱——明摆煞。

矮脚熬勿牢，凤凰券个事体，又拨伊热空气放出来了。天晓得，小黑皮也看相长脚。䴕个又是一个熬勿得朋友。伊头脑简单，花头吭没张谊介透，横竖横，抄两样工具，拿矮脚只更衣箱挢脱了。

矮脚也是，脚踏车券放辣屋里蛮好，伊还勿放心两个弟弟妹妹，怕伊拉熬勿牢，偏要园辣只香烟硬壳子里，日日带了上班，看见䴕张券，赛过看见长脚鹭鸶个小照。

惊　蛰

小黑皮券是贼到手，又勿敢拿转去，到底是拆窃，捉牢作兴要开除脱个。伊趁吃中饭人少，拿张券，塞辣工会小组长工具箱个抽斗夹层里先，想等风头过脱了再讲。

工会小组长绰号国字脸，平常蛮正派一个人，坏就坏辣辩个一日天"爱国卫生日"。一卫生，卫生出一张脚踏车券。辩张券是，名头响了刮辣辣，啥人勿认得，伊当场就要广播室去，车间里叫声矮脚。

喇叭吭没开开来，熬勿牢撸进去了。伊自家帮自家讲道理：辩个又勿是我偷出来个，我也勿晓得啥个地方来个，再讲，券浪，又吭没写名字。辩桩事体又帮长脚鹭鸶搭界，不过，伊勿是看相长脚，长脚是伊表阿妹。小组长关心个是人家侪爬上去了，就伊还是小组长。工会主席拉小儿子，看相长脚鹭鸶。长脚要伊拿出张脚踏车券，表表阿是真心。小儿子拿勿出，伊到底勿是啥高干。伊拉爷工会主席急绷绷基层干部，外加，为了大公无私，为了做好人，顶要紧，为了勿拨人家牵头皮，熬勿牢也要硬劲熬牢，有券侪部发到车间里，半张也勿会得自家揩油揩进去。长脚跟辣伊屁股后头个人多来死，有个个体户叫黄胖，伊辣黑市浪，买了张脚踏车券，比部脚踏车价钿还要翻只跟斗，近枪，帮长脚走了蛮近个。拨伊螺丝搣上去，小组长追求进步个梦孁碎粉粉啊。

脚踏车券拨贼骨头偷去唻。矮脚作死作活，头一只看出来个贼骨头面孔末，就是张谊。张谊横冷横冷叫冤枉，伊是有勿辣现场个证据。乃贼骨头面孔更加多唻，车间里，九十八个人是辩只面孔。当然，矮脚还拎得清，车间主任只面孔原旧是领导面孔，勿然介，青菜要变咸菜了。

排发排发排下来，小黑皮像结石一样，苦恼几几，排出来了。小黑皮交代：券塞辣小组长……

马上有眼睛雪亮个群众接口："怪勿得，我昨日辣自行车三厂门市部过去眼个上街沿转弯角子浪，碰着只瘪三个，伊看见我，只面孔来煞勿及别过去，我耳朵里刮着一句，好像伊要帮人家黄牛调凤凰24寸。"

车间主任是，一向帮工会小组长辣加班浪勿适意，老早熬勿得对方。伊手节头末，玻璃台板浪毅发毅发："小黑皮啊，侬犯个错误蛮严重个，看侬平常表现还算好，人本质勿坏，阿拉研究下来，阿是有人噱发噱发，噱侬去个？侬好好叫，想想清爽咾讲，机会勿会得再有了噢。"

小黑皮当场改口："我是小组长噱得去个。"

新上任个小组长提议大家重新摸过。不过，矮脚咾，张谊咾，小黑皮咾，呒没资格再摸。小黑皮呒没意见，呒没拨厂里严肃处理，蛮好唻。矮脚告张谊熬勿牢吵煞。新上任个小组长再考虑一记：张谊是文艺积极分子，花功道地，长脚一勿留心，老可能拨伊花进，乃我单吊唻！矮脚倒呒啥竞争力，长脚勿是白求恩，勿会得勿远千里帮伊改良品种去个。

决定了，矮脚参加摸彩，张谊还是勿来三。张谊熬勿牢又熬勿得，一口气写了十几封匿名群众来信，市委书记搭也写过。

党委书记咾，厂长咾，工会主席咾，团委书记咾一帮子人，老重视个，一个号头里头，辣局下头招待所，开了九大内部会议，定下来两个字：再议。

再议一脚议到开年，预备到普陀山边疗养边开会个通知刚刚要下来，中央来了新精神：脚踏车券取消脱了。

---

【肝火旺 yhang】急躁的情绪；怒气。
【一刮两响】言谈或办事干脆利索；形容（干果）脆。
【日逐（日）】每天，天天。
【急绷绷】指时间紧急，扣紧到点刚巧来得及；很紧，刚巧够得上。

惊蛰

【搣 mik】用手指捻搓。
【苦恼几几】有点痛苦；生活困难。
【毂 dok】敲，轻击。
【道地】地道。

## 神抖抖·文艺活动

张木匠拉小儿子叫张谊，算是车间文艺积极分子。领导送伊市宫去，进修过了。

进修转来，第二日天，张谊神抖抖，写了篇歌颂厂里向四个现代化搞了邪气好个散文，散辣厂报浪。虽然土方法油印，读好了，手是要咸肥皂擦半日天了，总算也是铅字。

张谊老焐心，要辣辞份厂报浪，写两个字送拨领导指导，好好叫，拍拍领导马屁，好叫伊脱产搞创作去，工资奖金末，照捞。辞个两年，"先生"两个字又开始行起来了。张谊想，叫"同志"文化境界忒低，卖样伊个水平顶多卖样到一千五，三千是肯定勿到。

伊想写"某某某先生指正"，想想还勿过念头，再积极眼，叫领导再适意眼，最后，写了"某某某大先生指正"。

领导是1949年养个，"大先生"啥意思弄勿大清爽，反正有个"大"字，表示级别越加高，好像将军告大将军。领导哈哈笑笑接过来，压辣办公台玻璃台板下头，还请张谊吃根红双喜。

领导拉爹爹是老上海，年纪轻辰光，四马路吃过茶个。转去仔，领导牛三刚刚吹起来，爹爹升火。

领导一听啥啊，也响势来。

第二日天，张谊翻三班咾，造型间里做勿光个生活势劲。两个工人师傅与时俱进,叫张谊,"二先生"。

第二年,年脚边头,忙了脚也捷起来。收着两条红双喜,领导想着张谊了,临时调伊坐办公室,拿开年筹备文艺活动小组个任务派拨伊。

两个小青工拍张谊马屁,讲伊现在是筹备组领导。张谊头浪,还蛮谦虚个,讲伊勿是领导,只不过末,代领导敲敲图章。言话里有言话,啥人听勿懂啦。交关小青工,厂区路浪,候好辣捧捧伊,香烟请伊吃吃,侪想轧进小组,帮吪没朋友个女同事一道朋友朋友。张谊香烟呼了神抖抖,言话是越加豁边:"晓得了,转去服从分配。"

一个礼拜勿到,小道消息"配"出来了。觉着自家参加活动小组可能性勿大个两个小青工,小黑皮咾,矮脚青菜咾,侪辣发牢骚,讲领导忒黄牛肩胛,叫黄狼来办社会主义养鸡场。

有人添油加醋,讲张谊有问题个,筹备当中个活动小组,明打明,女人比男人多,勿是多一个两个,虾子酱油里个虾子介多,乃伊鲜煞唻。有人火头浪,再加只烧旺个煤饼,活动小组里向,女人侪老漂亮,男人末,多多少少侪有点毛病,只要卖相比张谊好个,侪拨伊排挤脱。

小青工造反唻。统一口径,讲张谊拨领导吃药,有资格进文艺活动小组个小姑娘,侪是大眼睛咾双眼皮,眼睛小眼,进勿进去个,眼睛大纵大,不过是单眼皮,也进勿进去个。张谊个犯罪目标末,就是大眼睛双眼皮。辩能一来,两个吪没选进去个大龄未婚女工人,也跟牢仔和调了,选进去个呢,觉着名誉浪向有污点,一样反对。

大家嗡得去,寻厂领导告状去,讲张谊是隧伊拉爷牌头进科室个,照伊只水平是,只配分辣造型间咾清理间。

厂领导也吪没办法,辩眼小青年是,吪没拨辩个十年白相过,吭没个人买张木匠个账。厂领导想包庇包庇，张谊还辣外头吹牛三，讲文艺活动小组就是要高标准严要求，赛过皇帝拣妃子。

厂领导看看苗头勿对，弄下去，弄了勿巧，乃有人要拿厂领导告皇帝联系起来了。

只好再请张谊当翻砂积极分子去哎。每日天，翻了伊脚骨抖抖抖。

---

【生活势劲】称讨厌的事或活儿。
【年脚边头】年底。
【豁边】出错；糟；过度而出格，越轨。
【黄牛肩胛】耷拉肩膀；喻不负责任，遇事卸肩。
【明打明】公开，正大光明；十分明显。
【和调】附和别人的话。
【隑 ghe 牌头】倚着靠山。隑：靠边上站；斜靠。"牌头"，又作"排头"。

螺蛳壳里做道场·汰浴

40年代有本《洋泾浜猎奇录》,里头篇《天文台》名气蛮响。故事末,大约摸是讲赵家里拉朋友,脱伊辣自来火街顶了间"楼外楼"——勿是啥肉弄堂里个楼外楼介写意,是晒台外头搭出来个一只阁楼——小了像只自来火壳子,三尺半铁床摆进去是,三分之二面积去脱哉。

赵家里呢,倒觉着风景蛮好,夜头,睏辣床浪,天窗里望出去,一轮明月满天星,赛过天文台。后首来,天气热起来了,家主婆要汰浴哪能办(老早,一般女人家勿肯女子浴室去个)?

横看竖看,实实叫,只脚桶也碾勿落唻。赵家里想出只办法,横里头哚没办法末,朝半空里弄弄,请个木匠师傅,拿四只床脚接高三尺,用伊床底下只空档,摆只大脚桶进去,当汰浴间。家主婆汰浴,单被望下头一拉末,赛过帘子,邪气文雅,邪气灵光。

辩个事体末,旧社会赵家里做过,新社会林老师也做过。

林老师屋里头,去脱家主婆,再有三个千金小姐。热天介,人家男小囡着条大屁股裤子,有两个干脆赤屁股,肥皂打好,弄堂里自来水接根橡皮管子,冲冲伊末,好唻,小姑娘又老勿出个咾。

大凡石库门,里头蹲了好几份人家个,灶披间倒是好当汰浴间个,就是小姑娘勿肯去,慢叫吃药,木而觉仔,当仔哚没奖金个裸体模特，就算要汏，也要等到十点多钟，呒没人跑进跑出了，再好汏，也勿便当个。

葛咾，林老师只床，床脚一样接高三尺，比《洋泾浜猎奇录》里个赵家里"高明"一点。只床三层头个，下铺夫妻两家头加个小囡儿，中铺大囡儿，上铺二囡儿。平面天窗也是活络个，两块窗玻璃好移来移去个，天好末，移开来看看星星月亮，交关清爽，独是西晒日头蛮难行。

人家客堂间里汏浴，汏好一个，调盆水，做人家眼末，两个也要调水咪。林老师屋里呒没办法调水，勿然介，上上落落，要多少趟啊。只好比赵家里还节约，家主婆帮小囡儿汏好先，小囡儿汏好二囡儿，二囡儿汏好大囡儿，囡儿侪汏好，家主婆汏，最后，挨着林老师。

林老师勿是好辣弄堂里头汏末？伊是中学老师，读书人要讲究斯文，勿想告两个老大哥轧辣一道，后门口汏浴。

后门口啥风景？老大哥一头望身浪搨肥皂，一头告阿姨妈妈茄山河，当中停脱两声，板煞是转过去，只手伸到短裤里向拉两记。两个阿姨妈妈也识相，到辰光，一个进去眻眻，小出老阿是辣好好叫做功课；一个眻眻煤球炉子浪，炖个铜吊水开了哦；再有一个，正好毛豆子剥好了，拿进去，调两根丝瓜出来刨刨皮。老大哥是呒没心想拉胡琴个，三记两记拉清爽，水望身浪，"豁"一浇头，赛过发令枪，阿姨妈妈又出来了，刚刚茄到啥个地方，再茄再茄。

林老师也茄脱两声，茄到大家侪进去烧夜饭去了，伊末，只好一干子马路浪荡荡，手表一歇勿停眻眻，荡到四个女人家侪汏好，人家屋里辣汏夜饭碗了，伊赶转去，豪燥汏去。水倒还有点温个，吃勿准是呒没冷脱，还是人体加温又加上去个。要末，就是上头一层衣白浆浆个，赛过鸡汤浪一层油，倒也保温个。亏得养了三个囡儿，要是三个皮小鬼（林老师也勿会得拨伊拉弄堂里汏个），辩个

惊蛰 165

水汰出来苏州河了呀!

两个囡儿侪老识相,功课末,学堂里做做好,转来,就立辣小花园里向,读报栏看看。屋里勿好蹲,闷了结棍,要出汗个。橡皮筋勿好跳,出汗越加结棍,乃末,汰下来个水,勿要一塌糊涂个啊,姆妈爹爹哪能汰得落。

只有小囡儿,人还小,弄堂里哄来哄去。两个阿姨妈妈打朋问伊:"侬哪能介皮,一眼勿像佢两个阿姐。佢两个阿姐几化文气。"

"我头一个汰浴呀!"小囡儿拍拍小肚皮,又哄过去钩脚跳了。

因为汰浴问题,两个囡儿侪报名读技校,特特里问清爽,是大工厂自家开个技校,下课好汰浴去。只有小囡儿读到大学。阿姨妈妈大节头翘起仔,讲伊皮是皮眼,聪明是比两个阿姐聪明。

林老师听见仔,心里啥滋味,自家晓得。三个囡儿读书侪好个,就是辔只螺蛳壳勿好咾。"是我道场吪没做好呀!"每年个大热天,两个蹲辣工厂宿舍里个囡儿带冷饮水转来,林老师就要唱是我错。

佢辣楼外楼汰浴,下头再有亭子间人家蹲辣海,晒台算得是水门汀,勿像有排里木头楼板,豁豁粗了野豁豁,下头人家攥辣碗里只狮子头也看得见个,水末,总归也要泅眼下去,日脚长仔,勿要起矛盾个啊。林老师识相人,屋里地浪向,喽来,人家是打蜡地板,伊是打油地板,高头末,一坎一坎,一层一层,黑黝黝柏油搋好辣,厚了脚踏上去,赛过踏辣羊毛地毯浪。

大囡儿商品房买好,林老师接得去,享福去唻。要死,一只胡梯就两份人家,大家还叫勿出姓啥。难板碰着,顶多,头得一记;得两记,算是摆鸡精唻,转去嘴巴干煞,茶要穷吃;得三记,侬要吓个,想辔个神经病是文个还是武个?算伊得头,告搭汕头还远开八只脚唻。只只面孔打过霜个,笑也勿笑,晚娘脱亲娘勿搭界个。

有趟,一张煤气单子送错脱,送到对过人家屋里,跑得来,乩还拨林老师。"801 单子!"赛过牢监里吃盒头饭,有号头个。

装防盗门咾,防盗窗咾,也来勿及,啥会得备用钥匙拨把辣楼下头好婆屋里哦?还会得啥大人转来了晏,隔壁头阿姨叫两个小囡功课做好,吃饭去哦?螺蛳壳,小做小,轧做轧,苦做苦,邻舍淘里,除脱一两个猛门人,大多数侪老敬林老师个,赛过伊真个是道场里个道长。

"我实在蹲勿习惯,明朝要转去了。"林老师坐辣只软笃笃个沙发浪,手咾脚咾,勿管哪能放,总归勿乐惠。

"爹爹,侬多蹲两日呀,现在天气热来,侬转去汏浴哪能办?侬年纪大来,水又拎勿动,阿拉新房子里汏浴多少便当,只消热水器一开,水就来了,汏好一关头。"

"箇个侬多担心思脱个,亭子间阿弟人交关好,伊会得相帮我拎上来个,汏好了,只要我喊一声,伊马上上来,相帮我拎到下头倒清爽。"

"麻烦人家啥体……"

"勿碍个,人家林老师林老师叫了来得客气!"

"葛侬要好好叫,谢谢人家。"

"伊吃啤酒个。我有常时,送两瓶天鹅牌拨伊。"

"箇个物事,现在还送得出手啊!"

"侬勿懂个,老房子里侪晓得心想个。"

---

【大约 yak 摸(作)】大约。
【家 gak 里】称呼某人,有时可带点贬义,前接某人的姓。"家"音轻化为入声字音,读如"夹"。
【碾 shan】往里紧塞。
【单被 bhi】被单。
【大 dha 凡(中)】一般来说。

惊蛰

【木而觉 gok 仔】头脑麻木,糊涂得很。
【衣】包裹在植物果实或茎上的很薄的、可以撕去的一层皮。
【哄来哄去】成群人发出声音来来去去,到东到西。
【大(手)节头】大拇指。
【野豁豁】说话做事没有分寸、不着边际;距离远。
【搛'ji】用筷子夹。
【难板】偶然,很少。
【晚 me 娘】后母。
【猛 man 门人】蛮不讲理的人。

# 白相·黄鱼车水果

  阿三借了部黄鱼车，十六铺朋友伊面串眼水果。夜头，踏到录像厅门口头卖卖，效涨蛮好。
  阿德也想扒眼分。瘪三老懒，十六铺批发勿高兴去，穿小弄堂，穿到阿三摊头浪。
  阿三想，大家一条弄堂里头末，总归便宜眼，进价浪，拉脱只零头。阿德买了水果，脚踏车踏到食品店个转弯角子浪，摆只流动摊头。
  日脚长仔，阿三奇怪来，阿德平常日脚，屋里头水果勿大吃个，拙顶，两根黄瓜咬咬，现在哪能吃了像西郊公园，一趟要买几十斤苹果生梨，靠十斤大个哈密瓜，一日天，好吃两只？
  慢叫，人家言话搬过来了，原来里头有花头，当伊阿三运输大队长了。牮日天夜快同，阿德又"进货"来了。
  阿三眼乌珠一弹，三个字："侬蛮好。"
  阿德吓了后上车，上勿上去，前上车，也勿来三，只好调只头，推了部脚踏车奔欻。
  阿三告旁边人讲："牮只坏坯子，料作比我还怵。嫑拨我再碰着！碰着，掴伊耳光！"
  隔脱两日天，阿德又来了，翻了套行头，线裤一条，跑鞋一

双,赛过参加运动会来个,立末,立辣对马路电线木头后头,勿敢忒近,拔高胡咙,横冷横冷个,穷喊阿三:"阿哥!阿哥!'小开'只瘪三到侬摊头浪买水果,买好了,也一样倒出去个呀!"

阿三拣只烂苹果,对牢伊只头丢过去。"捆煞脱侬噢!"

"阿哥,侬听我讲呀,伊水果买得去,还告一个新疆人联营,就辣上海大厦对马路……"

"戳佛起来!"只摊头末,阿三叫王伯伯代看看。自家香烟屁股一掼,跑得去看咮。

裘小凯倒是辣海呀。

边头一个新疆人,戴了顶小花帽,辣烤羊肉串。新疆人一立末,黄鱼车浪,瓣眼水果,侪算新疆火车运得来个咮,外国人咾,香港人咾交关,买了起劲头势,起蓬头!正宗新疆哈密瓜咾,西瓜咾,从来朊没吃过噢,价钿末,一瓢是,好顶阿三一只,一只是,翻十只跟斗勿罢。

阿德迓迓叫跟辣后头,肚皮里转念头,有得好戏看咮,伊是好好叫比我结棍咮,勿晓得要拨阿三吃几顿生活咮。

阿三马路过去,对牢裘小凯大节头一翘。"朋友,侬白相了花个。阿拉白相侬勿过,只好拨侬白相。"

"哈哈哈!"两家头穷笑了。

阿三问新疆人借了顶帽子,两个礼拜,胡子勿刮留起来,跑到国际饭店下头摆摊头去了。

---

【效涨】收入，效益。
【扒 bho 分】赚钱，尤指额外搞钱。
【怵 'qiu】坏。
【起蓬头】起哄，造声势；有新的发展。

## 康密兴·外烟

进货辰光,赵军是帮黄胖面包车一道去个,大家讲定,恰伙做生意。外烟吃进了,橄榄出只主意,恰伙就要恰了伊大,托拉斯,出钞票请眼人来,相帮摆摊头,拨伊拉弄眼康密兴……

康密兴啥意思,赵军勿是老清爽,听言话里意思是要分出去,出去就是坏分呀,伊就勿情愿。自家分吭没扒着,还要拨人家扒,辫个勿是寿屈死末。摆摊头,啥人勿会得摆,边头立好,插蜡烛能个一插,连得手也好插个,袋袋里一插,嘴巴里叫两声:朋友外烟要哦?外烟要哦?

"我转去考虑考虑先。考虑考虑。"两箱香烟末,赵军书包架浪缚好了,豪燥踏了跑。

夜头,赵军拎了只箩筐,高头插了外烟壳子,跑了远眼,跑到中心医院门口头。伊也蛮聪明,医院里向,陪夜个人蛮多,香烟念头上来,熬勿牢,板要到伊海头来买。

摊头末,摆到半夜里两点钟,邓丽君哼哼,倒也勿哪能老衰瘥,独是第二日上早班,精神头勿大里灵光。勿灵光,也勿灵光辣国家辰光里,勿搭界个。连牢仔摆,摆仔三日天,第四日半夜把,十二点钟还勿到哎,赵军吃勿大消哎,钞票进账也勿提神了,只好收摊转去。

夜头下班，听爷老头子讲，黄胖来寻伊过了，想想哝啥好事体，又是啥康密兴咾，泡饭挦两口，嘴巴里再辣货酱含口，又出摊去。到第五日天上班，辣机床浪，打瞌盹，差眼闯穷祸。

夜头，硬了头皮，摆摊头去，嘴巴里辣唱国际歌了。六日天下来，啥"朋友朋友"是喊勿动了，眼泡皮颟辣海，睁也睁勿开，皮蛋夯过介个，面孔像咸齑，人像只瘟鸡，跕辣上街沿，头末，笃辣海，动也獑动了。生意有倒有，零零碎碎，卖勿脱几包，勿像小鬼头拆尿一冲头，爽气。衣裳袋袋里又勿敢多园，常怕拨纠察冲脱。

礼拜日，赵军发寒热，睏倒了，面孔烧了猩猩红。黄胖来望伊，只面孔也是红个，人家是激动了面红堂堂。

黄胖讲："小青工用了四个，三只电影院，再有四开间食品店门口，侪摆只摊头。过节，大家一道恶上，平常日脚，做两夜休一夜，伊拉休息辰光，我脱橄榄一道顶，侪勿会得忒衰癏，上班又好上。伊拉末，譬如勿是，赚眼外快铜钿也蛮好。

"阿拉点多，量跑起来就大，香烟脱手脱了快，一个礼拜个货色，三日天好卖光了，又好进货去了。货色进了勤末，人家当侬大户，有斤头好谈个。等阿军侬毛病好了末，阿拉就是三家头了，踏脚踏车补货色，夜里只要起来一趟，譬如拆泡尿。"

"每只摊头多末勿摆，只摆两三条，纠察来冲了，就讲自拉洞，量勿大,纠察也拿阿拉呒没办法。就算拨伊拉冲脱,损失也就犄眼。有流氓来敲竹杠,勿二勿三个瘪三扳敲丝,消息放出去,阿拉人多,流氓一看买账。最后,算算效涨,阿军啊,康密兴去脱,赚头是,远远叫比自家出摊高,人又省力,四个现代化真个噢!"

黄胖一大泡讲好,赵军懂经了,啥叫康密兴。恨啊,我要是养辣旧社会,勿比伊拉老鬼啊!

"慢叫生意做大了,文化宫、码头、宾馆……"黄胖揵起只侪是汗毛个通关手,做了只搞蛋饼个手势,嗯一记!

"高!实在是高!"赵军煨辣边浪,哭出来个眼泪水像葱花,别力拔辣,洒下来。

---

【康密兴】佣金;回扣。英语 commission 的音译。
【恰 gek 伙】合伙。
【寿屈死】傻瓜。
【海头】那儿。
【颥'he】肿,浮肿;面虚而色黄。
【笃头】头向前点下,后颈伸长,没精神。
【譬如勿是】只当没有这回事一样。
【谈斤头】谈条件。
【自拉洞】自费掏腰包,喻自己抽自己的香烟。
【扳敲 qiak 丝】找岔子。象牙筷浪扳敲丝,喻硬找碴儿。

# 花功·轧朋友

黄胖讲言话粗砺砺，人家对伊只第一印象，就是朋友呒啥知识。不过，看看伊做出来个事体末，帮阿弟橄榄勿好比末，倷嬲讲，一只角个嚎头，倒勿罢个。

隔个两三日天，下半日三点半，黄胖总归电话叫好部差头，辣长脚鹭鸶工厂到屋里个路浪，来来去去个开。

眼着长脚鹭鸶远远叫跑过来了，车窗玻璃豪燥摇下来，有趟，摇了忒极，摇手柄也摇断脱。

伊招呼打起来，条胡咙倒蛮脆蛮好听个："咸！下班啦！"

"阿黄哪能是侬啦？啥地方去啊？"长脚鹭鸶老扎劲个，看牢仔黄胖告黄胖外头包个一层铁皮四只轮盘。

"谈生意去。要我带侬一段哦？"

"嬲了呀。"长脚鹭鸶心里向末，是蛮想小汽车高头坐坐看个，又怕难为情，拨人家看见。

又隔了两三日天，谈生意乘差头个黄胖，又碰着下班乘 11 路个长脚鹭鸶。"长脚！"

"要死，侬叫我啥个物事啊！"长脚鹭鸶嘴巴一噘，屏勿牢笑出来。"哪能介忙个啦，又谈生意去啊！"

"是个呀。师傅，快快快，车子停下来呀！今朝是两个外国

谷 雨  177

人。我新买了只金戒指,侬看呀。"黄胖五只节头乌贼鱼介打开,开出来一只乌贼鱼卵子介大个 24K 方戒,顶高头还刻了一个"发"。

"戴出去谈生意勿放心,侬海头,相帮摆一摆好哦?喔唷唷,我辰光要来勿及了。"

"啊?勿要哦,万一落脱,赔勿起个……"

"啊有,介勿有数啊?落脱算我个!"黄胖撸两记,戒指蜕出来,两只节头一揸,手臂把末,窗口一搁,手底心末朝下,停辣半空当中,晃记晃记辣晃,好像手一松,金戒指要落辣地浪,阳沟洞里滚进去了。

长脚鹭鸶只好接过去。"侬几时来拿?"

"勿急个。放辣侬海头,我还勿放心啊。师傅,快快快,差路!端端——拜拜——胡!"

辫趟末,已经是两个号头里向,廿八趟碰着了。"阿胖,侬生意是忙噢!"长脚鹭鸶有点发嗲了。

"还好,还好。今朝勿是谈生意,是国际饭店吃喜酒。"

"啥人结婚啊?"

"我呀。"

"就晓得瞎讲。"长脚鹭鸶嘴唇皮咬牢,面孔高头勿相信,不过看得出,又有点点担心思,好像难板买瓶牛奶,吃末,勿舍得吃,摆辣台子浪,辰光忒长末,又怕酸脱。

"哈哈,勿是我,勿是我,阿拉福气哤没介好。喏,是我一道做生意个小兄弟,辣国际饭店办十桌。"

"老吃价个末。"

"辫算啥,帮帮忙噢,只不过是阿拉屁股后头跟跟个小三子,还是我挑伊发财个唻。"黄胖只胖头颈末,车窗里头探出来了。"侬夜头有空哦?一道坐坐白相相去。"

"我勿认得个呀……"

"去了，勿就认得了。伊就辣小菜场后头，包了只水产摊头，下趟买鱼去就是自家人哝。"

"辫……也呒没物事送拨人家。"

"朋友淘里，送啥个送。侬去已经……"黄胖车门一开跳下来，想抖抖伊跟隔壁头毛豆子新学个一只词"蓬荜生辉"，就是一时头浪，讲勿连牵。"已经光辉形象哝！"

长脚鹭鸶"去"一记，笑出来了。

"侬去啦。"黄胖块腰肉马上让开眼，立辣后壁角介让长脚鹭鸶上车。长脚鹭鸶钻进去，钻到半豁浪当个辰光，想着哝。

"我要转去调件衣裳。"

"调啥，打朋哝，看我勿起咾，我帮侬时装公司买两套。"

"哎呀，孬买孬买。阿胖，我要帮屋里打只传呼电话，关照声，夜饭勿转去吃了，省得阿拉姆妈……"

"电话急啥，国际饭店里向电话随便打好哦，孬讲打到屋里，打到美国也来事个。"屁股轧一轧，车门"碰"一记。"师傅，差路！国际饭店大光明！开快！我多拨侬眼！"

礼拜日，长脚鹭鸶要姆妈烧条鱼吃吃，两家头篮头拎好了一道去。水产摊浪个小兄弟老远就认出来了。

"姆妈姆妈""阿嫂阿嫂"，叫了勿要忒起劲噢。水甩干净，甩了忒结棍，条胖头鱼拨伊甩了眼乌珠翻白，黑马甲袋勿套个，倒转来送了一打马甲袋，讲啥，拎拎物事蛮牢个。最后，卖出来个是，零头蠡脱勿算噢，啥进价高头再来只跳楼价。

姆妈末，马路转弯角子过去仔，看看背后头，呒没人看辣海，自家衣裳袋袋里囥个弹簧秤摸出来，一秤，还多出一斤半哝。姆妈眯花眼笑，头得得。长脚鹭鸶面孔别过去，也笑了。

谷雨 | 179

【粗砺砺】喉咙粗,态度生硬。
【差 'ca 头】出租汽车。英语 charter 的音译。出租行车一次,称为"一差"。
【一时头浪】短时间内。
【半豁浪当】一半的时候。
【差路】轻松上路;出发吧,离开吧。
【齾 ngak】缺,弄缺。齾脱:减却。

## 斜白眼·上海牌小轿车

轿车还吪没来，黄胖老早开始"虚"哝。"乘瓣种轿车，要有级别个好哦？老早只有县团级再好乘，懂哦？"看人家轧闹猛个朋友头得得，伊再要支辣屁股后头问一声："到底懂勿啦？"

瓣个一部上海牌小轿车，是前两年皮蛋青背了只麻袋，里向两万五装好，日日到上海汽车厂个厂门口蹲点，蹲得来个。

开头，人家随便哪能勿肯卖拨伊，真叫晚娘面孔。断命，有个夹了人造革公文包个副科长，早点心三只麻球下去，看看上班辰光还早一刻钟，顺带便告伊汏汏脑子哦，拿个体户开车子勿利于安定团结，反过来容易拨特务利用咾、投机倒把吃官司咾个副作用举一反三，讲发讲发，讲到电影《黑三角》告"110号人防工程"……皮蛋青看伊嘴巴讲了蛮干，中华牌发根拨伊，中山装袋袋里又塞拨伊一听可口可乐，塞了伊趃进趃出。

勿管看见啥人，只要是厂里向进进出出个，皮蛋青总归香烟支根上去，两个阿姐勿要，皮蛋青硬塞，塞过去："烟酒勿分家。带转去，屋里头男人咾、爹爹咾兄弟咾，侪好吃个呀。"

日脚长仔，搭得够搭勿够勿谈，人头差勿多侪有点搭着了。厂里向末，会也开过好几趟，卖末，是想卖拨伊个，瓣个生活到底有效益，真个卖末，又勿敢担肩胛，常怕犯政治性错误，要晓得绝大多数政治性错误,侪是侬自家一点也勿晓得,硬碰硬就犯好了个。

最后,皮蛋青来做解放思想个工作:"㑚吓啥啦,有价钿就好卖个呀!轿车勿是告食品店里个袜底酥一笔账啊!"

收钞票个辰光,两个老领导面孔像西宝兴路开会开好转来个。"阿青,阿拉心宕是宕得来。辩个两日,阿拉新妇讲我邪气照顾伊,嫑人叫得个,半夜里,告小毛头调尿布好调个五六趟。天晓得,我是觉也睏勿着。"

"阿青啊,㑚屋里反正蹲辣提篮桥,万一阿拉吃格子饭去了,侬嫑忘记来望望阿拉噢。"

"一句言话。猪头肉尽㑚吃。哪能,上路哦?"

皮蛋青开了两年,又欢喜开走私个雅马哈摩托车唻。隔手,一粒半米拿轿车派拨了黄胖。

本生,长脚鹭鸶还吭没定下来开派司个日脚,听见黄胖自备汽车也买好了,乃再点头个。

开派司去个辩日,长脚就要开车子去。长脚拉娘家弄堂口有五十个人,五百只小道消息:讲黄胖是爱国华侨,是罗宋夹种,乃伊拉爷来寻伊了,又讲是高干子弟……

王伯伯讲了真个一样:"黄胖只面孔福笃笃个,告国务院副院长活脱势像,作兴……就是个。"

剃头爷叔马上接口:"对个呀对个呀,我刚刚就想讲了,侪是伊拉娘中浪头,下烂污面,一记头,名字得辣舌头浪,叫勿出。"

大家吹了扎劲辰光,剃头爷叔拉儿子小扁头勿识相搭嘴:"国务院只有副总理呀,阿里搭有副院长?"

"看看叫㑚儿子,哪能教育个!"王伯伯面孔一板,手背辣背后头,头摇摇,赛过看见青年男女辣公共汽车浪香面孔。

剃头爷叔搡起只头塔。"侬小出老晓得啥物事!大人讲言话,要侬瞎插嘴!去去去!"

做好日个下半日，轧闹猛个群众，真个有五百个了，轿车弄堂口开进去，就开了个把钟头。黄胖拉拉伊根阔咾短、酱缸颜色个领带。"嗲哦？对得起倷五百个看野眼朋友哦？"

齐巧新娘子出来，小扁头又要多言话："嗲个，就是脚长了眼。"

"啥？"黄胖嘴巴张了老大，倒马桶介鼻头也皱起来了。"我讲个是轿车！侬只戆斜白眼！"

剃头爷叔听见儿子拨人家骂，马上帮自家人。"新娘子勿看，看轿车，也勿晓得啥人斜白眼唻！"

"侬懂哦侬！啊？"黄胖门一开跳下来，车子浪，乓乓，拍拍。"阿青讲拨我听个，上海牌是照陈毅元帅乘个德国轿车造出来个！今朝拨倷辣能横看竖看，吭没叫倷买门票算客气个唻，下趟想看啊，自家飞机票买到西德看去。"

"帮帮忙噢！瘿讲乘辣浪唻，吃辣浪、睏辣浪侬也勿是元帅！"

小扁头算看过两集《西游记》个，到底电灯费下去个。"我晓得个，伊是天蓬元帅——猪八戒！"

长脚鹭鸶辣后排坐勿牢了，算伊脚长，肚皮顶辣副驾驶个位子后头，人扑辣前排，一只手筶到方向盘浪，揿喇叭。"阿胖，告伊拉言话多啥物事啦！豪燥差路唻！"

"哪能，听见哦？喇叭声音响哦？脆哦？长脚，告伊拉多揿两记，拨伊拉领领市面！帮倷讲，我只喇叭比炮仗还响唻！"

端端，端端，长脚鹭鸶喇叭穷揿了。

边浪，王伯伯踏出来和调了，叫黄胖好去唻好去唻，再勿去，当心新娘子拨人家拉转去，乃买了炮仗，拨人家放唻。

轿车前脚开脱，剃头爷叔撸撸小扁头只头："儿子，乖个！书吭没白读！将来国务院上班去！"

小扁头邪气神气，想勿到伊拉爷刚刚跑到对过烟纸店买弹子糖去,两个阿姐跑上来,一人扭伊一记嘴巴。

"做啥啦!我又吙没惹着俫!我转去告诉姆妈去!"

小扁头奔转去,姆妈一听,肚皮里有数。"侬是勿好!还要望外头跑?再讨手脚去,我也要打咾!快眼,帮我一道晒煤球!"

"是伊拉呀……"小扁头气彭彭,横想竖想,想勿出伊到底啥个浪向勿好。

独有小阿妹,还吙没两个阿姐介多心思。听见了,马上拖了只龊龊兮兮个塑料洋囡囡奔过来。"哥哥,伊拉勿好,勿乖,我帮侬打伊拉!"小阿妹辣洋囡囡头浪,殁了记毛栗子。

——————————

【龊 shak 进龊出】凸出凹进,不平整的样子;进出频繁的样子。
【吃格子饭】坐班房。
【一粒米】一万元钱。
【活脱势像】非常相像,活像,一模一样。
【领市面】了解行情、情况。
【讨手脚】使人觉得麻烦。
【气彭 bhan 彭】生气的样子。

# 摆大王·弄堂乒乓球

今朝末,落雨天。地浪向末,侪是水荡。荡江山勿好白相了呀,迷野猫猫也勿好白相了呀,阿拉跑得去,烟纸店爷叔海头,排门板借一块,嗨唷,嗨唷,扛到伊过街楼下头,排门板末,横下来,下头搁两只方凳,高头搁两块礓砖,礓砖浪,横根鸡毛掸子,乃末,乒乓好打了呀。阿伊两个先打呢?

我道理蛮足,排门板是我开口问烟纸店爷叔借个,应该我先打;小大块头讲两只方凳是伊屋里掇出来个,伊也有份个;阿二头讲两块礓砖,伊拾得来个,伊也勿好排辣后头;阿三头讲瞎三话四,啥两块咾,里头一块是伊拾个。出鸡毛掸子个毛豆子口勿曾开咾,弄堂里好婆横冷横冷辣喊咪:"伲屋里敨煤炉个两块礓砖,啥人抽脱了啦?"

嚎,大家吃牢伊拉两家头。"阿二头阿三头,是㑚两家头偷个咾,告诉㑚爹爹去噢。"

"勿是我呀,"阿三头哭出乌拉。"我,我刚刚讲,里头一块我拾个,是说鬼话呀,我晓也勿晓得个呀。"

"我也呒没偷呀,"阿二头极汗也滋出来了。"是借……借个呀,晏歇点,要还个呀。砖头勿是馒头呀,借借也勿搭界个呀。"

"勿来三!勿来三!"大家一道喊,里头末,我喊了顶凶。"豪燥，承认错误去。"

"去个去个，我打招呼去，乒乓先勿打了，拨㑚打，好了哦。"阿二头头沉倒了，煨瘪瘪，寻好婆去了呀。

过街楼下头，啥人也讲勿过啥人，索介，乒令乓冷气，啥人大差有福气……有福气。

喔哼，我福气蛮好个末，得小大块头两家头㑚是手心底呀，阿拉先打呀。

小大块头㑚看伊块头大，好像木噱噱个，伊拉爹爹大块头老早体校里向头教乒乓个，葛咾，儿子也有点三脚猫。我呢，是照牢电视机里向个比赛自家学个，自家觉着学了蛮像个。小大块头老是讲我野路子，我老早想隑脱伊，拨伊眼苗头看看了。

摆大王，三只球噢，输脱下去噢。小大块头得我两家头哚咚哚，小大块头出个榔头，我剪刀拨伊敲脱。赢个人开球先，小大块头上来一只转球。只球转来邪气，娘冬采，我吃转㑚去话伊，只球转到地浪，还辣辣转，一径转到过街楼外头，上街沿浪去了呀。一个过路人勿当心踏了一脚，踏出只瘪塘。阿三头拾起来，捏捏看。

"哎呀，瘪脱了呀，摆辣碗里头，开水泡泡看，作兴还好打个。等我噢，我转去泡去了噢。"

哎呀，辩要泡到几时去啊，开水泡出来，大灵光也勿灵光呀。毛豆子蛮会得趁汤下面个，讲伊屋里有只新球，两等品咾，就是要拨伊先打噢。好个好个，大家㑚讲好，讲啥我头一只球哦没接牢咾，球滚出去踏瘪脱是我勿好咾，下来下来，排辣末脚一个打。

我只好气潽潽下来了呀。

"吊伊矮子球！""吊伊左手！"打了闹猛得来，我看了眼痒得来。一圈打好了，我总算又好上咊。小大块头呢，一家头摆大王，勿曾下来过。乃我是新开豆腐店，先开球了呀。

头一只球，我开了蛮好，一只快球，刹一记，一蹿头，蹿过去，小大块头吪没接牢。一比零。

"宝宝，隑脱伊！"

"宝宝，弄眼苗头出来！"

第二只球是，小大块头开，原旧只转球，外加蛮促掐个，是只反转，我又吃转了呀。球转末，也算咪，退招势呀，捏了块乒乓板，人也跟牢了转一圈。一比一平。

"宝宝，哪能介吪没花头个啦？"

"宝宝，侬光板帮伊打呀！"

我再来只快球，乃小大块头候好辣海，接牢了呀，回过来一只吃角，亏得我跳了快，跳过去拍子一撩，撩转去。小大块头呢，回过来一只脱去。喔唷，乃我勿来事咪，只好瞎撩，撩伊一记。啥人晓得我额角头亮晶晶，撩着了呀，撩着了还勿算，呆呆叫，排门板浪，有块节疤，球呆呆叫，撩辣高头，吃怪，本底子明明叫朝左去个，一记头朝右一笪。小大块头吪没捉准呀，哈哈，伊眼绷绷看牢仔球飞过去了呀。两比一喽，我赢一只。

第四只球，小大块头只转球是结棍，我逃也逃勿脱呀。大家毕毕静，乃两比两平，只看最后一只球了噢。

"奥斯二百开！"我装了蛮像个，好像热煞脱了，立辣边浪向，乒乓板末，头颈里扇发扇发，矮看我眼睛定烊烊，念头是一歇勿停辣转呀，动只啥怪脑筋出来呢？

恰恰叫，阿三头转来了，手里捏个只球，就是刚刚踏过一脚个，看起来开水里头泡出来了呀。我眼睛一眙，主意来了呀。

只球末，从阿三头手里抢过来，力道用足开出去。嘿嘿，泡过个球，跳大勿起来个，笃笃，辣小大块头眼门前连滚两记，道勃儿了呀，乃接起来也晏了，三比两，隑脱了呀。

"做手脚！做手脚！"大家勿服帖，开荷兰水了呀。

"厄隑五！厄隑五！"小大块头趁犇个腔势穷叫了呀。"宝宝赖极皮,勿好打辣半当中调球个!"

"啥人讲勿好调个啊?电视机里向,世界比赛也调个咪!侬懂经哦?"阿拉两家头啥人也讲啥人勿过,大家末,瞎起哄,帮煞小大块头了呀,打过打过,定规要打过!

我转念头,打过末,我路子拨小大块头吃准了呀,要打伊勿过了呀,只好再起只啥花头?快球勿来了呀,一只老太婆球,慢笃笃吊过去,一头过去,一头我得伊茄山河呀。

"小大块头,侬今朝功课做好了哦?呒没做好,当心倻姆妈请侬吃生活噢!"小大块头勿睬我呀,狠狠叫抽了一板,力道大得来,肚皮浪个肉肉也荡了一荡。我抖抖豁豁接牢了,啐啐,再抽记,我板输脱了呀。对了呀,看见肉肉,我总算想着了呀,我假痴假呆,馋唾水嘲嘲。"喔唷,香来,啥人家辣烧红烧肉啊?"

咸,灵个灵个,小大块头只鼻头,赛过狗鼻头,闻发闻发,回过来只球,得刚刚比是,硬碰硬,慢交关呀。

我是勿会得客气,一只球抽过去。"小大块头,是倻屋里哦?"趁小大块头接球个当势,我又喊咪:"喔唷,倻爹爹辣吃喽。侬勿转去是,当心红烧肉搁落三姆拨倻爹爹吃光脱噢!"

哈哈,小大块头听了谗唾水也出来了呀,手一抖,只球呒没过网呀。小大块头还要啰里八嗦,再要厄隘五,辩记,大家侪勿答应了呀,啥人喊侬自家分心个啊,怨侬自家,只嘴巴谗痨勿过瞰!

――――――

【水荡】积水处,水坑。
【迷 bhoe 野猫猫】捉迷藏。
【鏼 sak】垫起不稳之物。
【木噱噱】迟钝或呆板的样子。
【隘 ghe 脱】打球比赛中被打败后下去。源自英语 get away 的音译。
【眯 ce 咚眯】本词条为注音。

【瘪塘】金属等物受压后凹下去的地方。
【趁汤下面】趁滚水时下面,比喻趁机行事。
【促掐 kak】调皮刁钻,挖空心思阴损别人;使人难以对付,使人十分为难和憎恨。
【脱去(包)】打乒乓时擦边球。英语 touchball 的音译。
【额角头亮晶晶】侥幸得很;形容人逢佳运。
【节疤 bo】物体各段之间的节或伤口留下的痕迹:舜根芦黍节节疤疤真多。
【奥斯二 lian 百开】暂停(强调)。英语 ask(for time out)的音译。
【道勃儿】加倍。特指乒乓球在一方的桌上连跳两次。英语 double 的音译。
【开荷兰水】打开汽水,比喻发出嘘声表示不欢迎或喝倒彩。
【厄隉五】不算,再来一次。英语 again 的音译。
【赖 la 极皮】耍赖皮;耍赖皮的人。

## 老鬼失撇·搓老垧

50年代,吴湖帆画个扇面,五块洋钿。交关嗲画也就二三十块洋钿,算得是齐白石了哦,也不过七八十块。

老知识分子勿是白相收藏。有常时,就是好白相,买过几幅。后首来末,画是统统抄脱了。

80年代,知识分子打听着了,有两幅画辣当年个革命女将手里头,就想赎伊拉转来。

知识分子晓得自家去,勿是生意经。伊拉爷也弄勿过革命女将,伊更加是玻璃丝调咸蛋哎。

伊迭诚请了老克拉,叫伊做老法师,看看看画是真是假;再请了黄胖,生意人,外加模子大;橄榄末,勿好意思再叫了,伊想阿哥叫好了,再叫阿弟,人家到底要做生意个。

到了革命女将后门口,灶披间窗门里䀹进去,有个女人,矮墩墩个,着了件大兴裘皮大衣,下摆甩记甩记,赛过辣擦皮鞋。伊一只奶油烫,一对熊猫眼,一只大嘴巴,嘴唇膏揭了血血红。

人家还吭没看见伊拉,知识分子中气已经勿足。老克拉跑上去䀹䀹,看见革命女将辣帮一个老太讲言话,听口气末,老太像是伊拉姆妈。老太着了件灰布罩衫,汏得来,料作也半透明,袖子管浪,再有补丁,横一棣,又一棣,一棣一棣有得三棣,赛过三棣头。

老克拉眉头一皱,自家着了登样,拨老娘着了介破拉,勿是啥好脚色,哪会得好白话呢。

知识分子听见老克拉也迭能讲,马上自家打自家回票,拉牢了黄胖就跑,一脚跑到对弄堂里,三家头立停了商量。

老克拉讲:"我看伊,板要辣辣叫,狮子大开口哉。"

黄胖两只拳头一敲。"要末,我叫两个小兄弟,夜头拿伊……"知识分子手穷摇百摇,转去哦,转去哦。

转去了,老克拉拿了听龙井拨橄榄,脱伊一讲,橄榄倒笑咪。乃老克拉也笑了,有苗头。

"伊着了三青四绿,阿是?老太太着了苦恼几几?伊身浪,件裘皮大衣是大兴货?葛末,我有办法,保险捏辣伊骱骱里。"

橄榄跑到小菜场后头,问废品回收站借了两只摇铃。自家拿一只,挎只旧帆布包,摇记摇记,摇上门去了。

听见有人辣喊,收旧书、旧报纸、旧画。革命女将倒想着了,屋里头倒是有两幅旧搭搭个画,门一开,"咸"一声叫牢橄榄,哪能收法子啊?橄榄讲,马上要过年了,过年讨口彩,阿有画梅花个,有就要,价钿末,好谈个。革命女将喊一声,关照伊拉娘拷酱油去。

客堂间进去,八仙桌浪,画摊开来。橄榄看看,头摇摇,吃勿准阿是真个。革命女将言话勿多,鼻头眼里哼一声。

门外头又有人辣摇铃了。橄榄讲,作兴阿拉师傅来了,我水平搭勿够,叫师傅进来看看看。

老克拉两只放大镜拿出来,一左一右,照发照发,嗯,画是真个。革命女将头颈末,领头里一浼,手末,袋袋里一插,还是老同志有斤头啊。两家头谈斤头咪。

伊开口就是三千块,呒还价。老克拉告橄榄横还竖还,还出一

谷雨

身汗,老堖搓脱,皮通通红,总算还到一千八百块。

革命女将还摆噱头唻,辫幅画㸚忒吃香噢,排队辣海要买个人多来,钞票㑚要押眼拨我个。

老克拉讲,阿拉是诚心要买,爽气一记,押㑚五百块哪能?革命女将两只眼睛翻翻,好像吃仔亏,肚皮里头笑勿动。

"㑚借条要立张个,万一,阿是,到辰光我寻啥人去啊。"

"辫个㑚放一百廿个心好唻,阿拉做人真叫规规矩矩。两张画就是隔壁头只老头子,伊老早是资本家噢,从小看我大,觉着我人好,送拨我个,我还硬劲勿肯收唻。"

革命女将借条立好了,橄榄叫伊揿手印。革命女将开头勿肯,越讲越远,讲到白毛女了。

橄榄拿老克拉一拉,钞票收起来,就要跑路。乃伊极了,揿一记勿算,连揿两记。

再有一千三百块,勿是只小数目。老克拉招呼打好先,阿拉转去仔,也要凑凑看咾,讲定下个号头来拿。

过街楼跑出来,老克拉"喔唷"透口气,问声:"老鬼勿脱手,脱手勿老鬼。橄榄㑚洋钿拨仔伊,乃伊是老鬼唻。"

"老爷叔,㑚心放宽,老鬼也有失撇个辰光。"

等勿到下个号头,一个半礼拜过脱,五百洋钿拨革命女将花了精打光。伊也笃定,想想下个号头末,再有一千多块进账。啥人晓得隔仔两日,橄榄上门,回头生意来了。

革命女将横眉冷对,钞票勿肯退拨伊。橄榄装出副戆腔笑笑:"阿姐呀,㑚㸚弄错,辫个是借条,勿是定金。㑚勿还末,现在国家来搞法制建设,搭㑚进去吃家生噢。"

革命女将阿里搭有钞票还,好几趟,只兰花节头要搭上来,言话里豁彩色翎子,外头看相伊个人,蛮多个。

橄榄手相拢仔,脚一跷,坐下来,斤头再谈过:"我勿像阿姐侬噢，我好讲言话来死个，有还价。"

最后，五百块洋钿调转来十七八幅画。

知识分子一看，里向有两幅，真个是伊拉爷个。知识分子拿撂个两幅拣出来了，挺下来个末，老克拉送拨伊四幅，黄胖送拨伊两幅，余多一道辣海，送拨了橄榄。

黄胖画勿要个，想帮人家调香烟去。老克拉出钞票拿黄胖两幅买下来。大家到位。革命女将呢，伊心里头也呒啥难过，当初也是勿花铜钿抢得来个。真个要讲懊闷痛，撂个，也是廿年后头个事体了。到撂个辰光啊，一幅几百万，也勿稀奇唻。

---

【三楝 dha 头】旧上海租界里的外国巡官。因衣袖上有三条色带，故称。
【破 pa 拉 la】破，破烂。韵母保留上古音。
【脚色】角色，喻生活中某种类型的人物。
【好白话】好说话。
【捏骱 gha】抓住关键或要害。骱，骨节与骨节衔接的地方。
【浣 wu】陷入。
【老鬼失撇】精明能干的人偶然受骗上当。
【相拢（松）】抄手（两手交叉置袖内）。

**戆大·私人电话**

1990年，上海私人电话开放登记。装电话是老老老稀奇个。稀奇物事末，大家侪懂个。

电话要装，万宝路板煞要弄眼个。前弄堂黄胖为了电话早眼装好，当装机工外国元首了。小轿车来，小轿车去，装机工车子一下来，黄胖一家门热烈个夹道欢迎，拍手个拍手，拍额角头个拍额角头，拍小照个拍小照，辫个绝对自发个，勿是组织安排个。

宣传干事也弄着一张装电话个"领导批示"，白兰花拉姆妈对毛脚是越看越欢喜。

奇怪来，领导有批示，一样吭没人来装。

白兰花拉姆妈脚头是勤，每趟人家屋里头装电话，勿管隔几条马路，侪要跑得去，"领导批示"摸出来，拨装机工看过，嘴巴里末，还誏咪："啥人胆子介大，拿领导当屁弹过！"

装机工看看，笑笑，刚刚想开口，黄胖一根外烟又塞好咾。

黄胖眼睛白白伊。"阿姨，侬阿是乔家栅上班个？勿是个？葛末，屋里肯定蹲辣乔家栅楼浪。"

丁丁爷叔也轧闹猛来，条子接过来看看，放出眼冷空气。"我听人家讲个，领导批示末，也有四只品种：请务必解决，一种；请予以解决,两种,阿是;请酌情解决,三种,就是阿姨侬手里张;请了解资源后解决,第四种。阿胖伊张我看过个,是'请务必解决'啦。"

"有知识!"黄胖万宝路发两根拨丁丁爷叔,一根喊伊夹辣耳朵浪。"阿拉请务必解决是一等品,倷屋里张是三等品,像只外国鸡,一眼吭没鲜气,要装电话,未来!"

长脚鹭鸶踏出来讲了。"阿拉苏州乡下头亲眷,电话刚刚装好,一只还吭没拨出去过哝,脚跟脚噢,领导已经叫伊谈言话去了。讲啥,副县级朝上个干部再好享受装电话个待遇,倷屋里是普通群众,就要守本分,哪能好开辫种头?马上转去拆脱。"

长脚鹭鸶倒是好心,想劝劝白兰花拉姆妈想开眼。白兰花拉姆妈听了是更加鲠鲠叫。

"是个,是个。"黄胖还要轧一脚,"人家北京噢,要正局级干部再有资格装电话哝。"

隔脱个礼拜,白兰花拉大阿弟讲拨丁丁爷叔听只笑话。"人家港客,得黄胖关照好个,货色紧张,叫伊一歇勿停,就打只电话问问看去。黄胖下半日,电话吭没打得去,夜快同,再打得去,货色断档哝。黄胖怪港客勿上路,港客问伊啥体电话勿打?黄胖讲啥,邮电局咾电话亭咾排队式长,轧也轧勿进去呀。港客奇怪来,倷屋里勿是有电话个末?"

"倷晓得黄胖回头啥?"白兰花拉大阿弟嘿嘿笑笑,"伊回头,是个呀,但是今朝下半日停电了呀!"

丁丁爷叔又讲拨阿拉两个小鬼头听,乃弄堂里头,大家侪一头传一头笑,笑好,再要开张证明拨黄胖:"戆大到底是戆大。装了电话照样是戆大。蛮好,保持本色!"

黄胖呀呀呸,打煞脱也勿承认有辫种事体。"辫是少数装勿起电话个瘪三,造谣污蔑!"

【未 mi 来】早了。
【脚跟脚】后脚跟着前脚,形容跟得很紧。
【鲠 gan 鲠叫】如有骨鲠的样子;说不出话的样子。

# 起劲·小虎队

我老欢喜看杨囡囡打电话个。

裙子撩一撩,人一坐,脚一搁,小脚膀像刚刚剥出来个奶油瓜子,声音末,像奶油话梅。

"我打好了。"眼睛一刹,伊要跑了。

"再打两只呀。"

"勿打了,我要转去了……"

"介呒没劲个,打啥市内电话啦。"晓得伊拉爷娘勿辣上海,我帮伊讲,"要打末,就打长途电话。"

"要紧哦?"伊嘴唇皮咬牢,笑了呀。长途电话打到一半,阿拉娘下班转来了。

杨囡囡一记头蹿起来,听筒末,朝电话机浪一丢,面孔红是红来,我还当伊触电哝。

阿拉娘假客气:"侬打呀,打呀,打打又勿搭界个咾。"

杨囡囡也勿老实:"我打好了,打好了,谢谢阿姨。"

伊转去了。前脚跑,后脚,阿拉娘面孔呼辣海,关照我:"上个号头,电话费毛两百块噢,发痴咪!侬变形金刚还想买哦?"

"想个。"

"想个,就告我乖眼。"

第二日天了噢。上半日，第一堂课，杨囡囡塞了张条子拨我，上头是伊用绿墨水，抄个小虎队歌词：把你的心，我的心串一串，串一株幸运草，串一个同心圆……

下半日一放学，杨囡囡又到阿拉屋里打电话来了。一开始，伊还勿肯来。我帮伊讲："阿拉屋里我讲了算，侬吓啥？"

伊眼乌珠亮晶晶个，轻轻叫，叹声气："好哦。我去个。"跑到阿拉屋里一看，阿拉娘提早下班转来了。

"伊勿打电话。"我抢辣阿拉娘开口前头讲。"我关照伊过了，写信勿是蛮好个末，做人家呀。"

足足三日天，杨囡囡勿得我讲言话，请伊吃紫雪糕也勿吃。我只好牙子咬咬，一大套香烟牌子帮毛豆子调，调着一小套女子健美年历片。

我辣弄堂里揪牢伊，硬劲要伊里头拣一张。伊面孔冷冰冰个，抽了张，着了顶多个。

"辣张勿灵个。"我调张，露了顶多个拨伊。

伊头沉倒仔，总算笑了呀。"十三点。"伊两张侪拿得去了。

隔两日，阿拉爷局里发了两本记事簿，我又拿杨囡囡喊得来了，挺伊拣，欢喜阿里本。

讲归讲，我又轧一脚了。记事簿前头末，十二个月份个彩页，每个月份侪有个漂亮小姑娘。

里头一本，我翻到七月份，沙滩浪……㑚懂个呀。我讲："辣个小姑娘，告侬顶像呀。"

"勿像个。"伊翻到十二月份。十二月份个小姑娘着了是多，滑雪衫，围巾手套，还戴顶貂皮帽子。

"辣个像我。"

"喔唷，侬哪能介封建个啦。"我频道再帮伊隔转去，翻回过去，还是七月份好。"伊顶像侬。顶漂亮呀。"

伊穷笑了。伊讲:"啥人也哤没侬起劲。"

————————————

【呼】虎起脸,板起面孔。
【做人家】节约,省吃俭用。
【隔频道】换话题。

## 攀模子·子夜舞

沈小弟技校毕业，叫伊做木工勿去。伊拉爷通路子帮伊调只电工，伊原旧勿去，嫌比两划一竖打头，只头戇头戇脑。

伊拉娘有个过房爷辣美国。沈小弟蹲辣屋里，一门心思复习英文，英文读读好，将来出国，走遍天下也勿怕。

伊倒是一早起来，ABC 背到 BCD，等大饼油条吃好，爷娘上班去，伊又睏下去了。爷娘下班前头，伊闹钟闹起来，辣双大卡个迪亚多纳鞋底浪，咳嗽药水多擦眼，弄了伊黄哈哈，好像牛筋底，乃末，梦特娇剃削衫一套，头势弄清爽，预备出门去了。

伊拉娘叫伊夜饭吃好再去呀，伊讲赶勿及唻，要跑好几只地方，先到海员商店咾，再到海员餐厅，告外国人练习 dialogue。

出门跳上车，直冲乍浦路口个虹口娱乐厅，跳黄昏场先；挨下来，饮食店吃客辣肉冷面、双档，赶到国际电影院舞厅跳夜场；十点半出来，再饮食店吃客无锡小笼、鸡鸭血汤，补补脚劲，跑到四川路个永安跳子夜舞。跳子夜舞个漂亮小姑娘顶多，沈小弟就是辣箇里头，认得眼睛大大、腰身细细个金花彩，请客过伊好几趟唻。

有趟，落雨落勿下来，天闷来，子夜舞跳好出来，沈小弟跟牢两个舞厅认得个绿军装，一道亭子间看黄带去。看了只只面孔好像爗过个大闸蟹，只蟹脚倒还撑辣浪，晒台浪，把风个小兄弟极喊：

"老派！老派！"

"拔闸刀！"有人叫了声，就是吽没人答应，硬碰硬，吽没地下党开会个远大理想，大家独想自家保身价，慌得来，侬轧我，我轧侬，望胡梯下头奔瞰。门一开，两个奔辣前头个，就活掐脱，再有两个想浑水摸鱼个，穷叫："警察打解放军咾！打解……"

趁伊拉扭辣一道，沈小弟调只头，又望晒台浪蹿。蹿到上头，又吽没直升飞机接伊去，胡梯浪，大头皮鞋踢力托、踢力托冲上来了，只好墙头翻上去，一口气是十几只屋头顶爬过去。齐巧，有份人家三楼后窗门开辣海，勿管三七廿一，跳进去再讲。

"啥人啊！"台灯一开，金花彩着了睏衣，床浪坐起来。沈小弟笑了，刚刚想讲哪能介巧个啦，听见外头辣叫："辣屋头顶！屋头顶！看伊翻进去个，嫑拨伊滑脚！"

沈小弟面孔又僵牢了，台灯关脱，毯子一搛，人钻进去，死拖，拖牢金花彩一道睏下来。

"嫑响！嫑响！求侬了！"沈小弟告金花彩咬耳朵。房间里头是黑铁墨托，倒也看得出金花彩面孔涨了像猪肝，好看是好看得来要命，越加看相伊了。

外头屋顶浪，踏碎脱两爿瓦片，有人骂了一声"戳俹"，一只手电筒窗门口照进来了。金花彩本生就有气，乃真个发极了，床浪跳起来："流氓啊！"

外头人一眴，里头小夫妻两家头睏辣床浪，随便哪能想勿着一个是刚刚钻进去个。看末，是看见有人辣屋顶浪，到底翻到阿里份人家去了，弄堂房子倒蛮难吃准足个。

"捉流氓，捉流氓。阿拉警察捉流氓，告俹勿搭界。"

"俹就是流氓！"

"阿拉人民警察！勿关俹啥体，言话少眼。"

此地言话还吽没讲好，隔壁头传过来一声："戳俹起来！阿伊

谷雨 | 201

只出老踏碎脱个，告我死出来！"

"侬嘴巴清爽眼，阿拉人民警察……"

"老卵煞脱唻！狠得来国民党唻！俾人民警察，阿拉人民群众！出老俾告我赔啊！"乃警察隔壁头忙去唻。

金花彩别转身睏下来，三角叉望后头，狠狠叫，顶了沈小弟一记。"流氓！"沈小弟一吃痛，想起来自家刚刚忒紧张，告人家忒贴肉。

"明朝我请侬吃饭。国际饭店。"

"侬告我死出去！"

"噢。"沈小弟乖乖叫下去了，辣胡梯转角浪，碰着后客堂夜污拆好，倒污痰盂个季根发，看见人家看伊只面孔，伊自家只面孔马上神气起来，今朝是头一趟觉着自家做人了。

沈小弟告金花彩轧朋友唻。有趟，金花彩想吃西湖醋鱼，沈小弟领伊西湖饭店吃饭去。挺分个辰光，缺两张赖头分，金花彩讲我有个，皮夹子开开来，钞票一拉，一张小纸头落下来。

沈小弟拾起来一看，是张发票末，卡其平脚裤裤片，一块九角洋钿。伊生心唻，辫排里平脚裤侪是男人着个，金花彩爷娘离婚，上头呒没阿哥，下头呒没阿弟，自家又呒没结婚，平脚裤帮啥人做个？

东打听，西打听，后首来，一个霹兄吃了沈小弟两顿夜点心，口风露出来，金花彩有男朋友个，好像是小菜场只轧梁，吉他弹了瞎灵。

沈小弟寄卖商店跑得去，弄了把木头敲上去顶顶硬个吉他，一点也勿会得弹个人，跑得去，寻轧梁斩琴。

讲好单挑，别样弹勿连牵个人弹开眼。轧梁结棍，上手一只弗拉门戈《西班牙斗牛士》。

沈小弟头得得。"乃听我个。"吉他抄起来，望准轧梁头浪，敲上去。朹梁第一反应算是本能，要拿自家把吉他潯一把；第二反应末，算是经过文化教育个，辖把吉他，外国带进来个，一价钿，葛咾，吉他望上头去，去了半路浪，开调头车，抽筋介抽转来，抱辣肚皮浪，人是跑头缩颈，好像肚皮痛，跕辣地浪向。

"朋友，侬有事体好讲个呀！"

"讲？"沈小弟举仔把吉他，赛过大刀。"金花彩，侬认得哦？"

"有……"朹梁瞄瞄沈小弟只发神经病面孔。"有眼眼认得。勿是老熟！"

"瘪三！"

"嫑敲！嫑敲！我是告伊搭过一枪。伊现在告伊拉弄堂口个小广州好唻。告我勿搭界！"

朹梁像只汉奸，领了沈小弟告一帮子小兄弟寻小广州去了。小广州辣弄堂口借了一开间门面，开了爿夜香港音响店，顺带便，修修电视机咾录像机，还会得帮人家开开锁。

现在，正好生意呒没，人隒辣架子浪，嘴巴里跟牢只四喇叭乌里买里，一歇歇，只头低下来，望望脚浪双皮鞋。嗯，擦了蛮亮个，裙子下头个三角裤也照得出……嘿嘿嘿，伊笑了老开心。

"就是伊！"朹梁气鼓鼓，手一点，店里头是个矮矮小小、头颈后头留了一撮长毛个黑皮。

朹梁看看沈小弟，声音糯得来。"阿哥，我帮侬叫金……"

"瘪三侬帮我蹲辣海。卫星，侬叫金花彩去，出来谈判！"

小广州听见金花彩三个字，眼眼外头介许多人，拎了煞辣清。两只喇叭插朴拔脱，柜台里锁锁好，钥匙末，望只么二角落里一丟。自家人跑出来交代了，金花彩也就是常庄到伊搭听听歌，两家头呒啥关系，连得邻舍也算勿上。

"讲言话，下巴壳子要哦？"倒马桶个苏北阿姨，正好弄堂口跑过。"哎呦喂，好几趟唻，我早浪头喏，五点半倒马桶，就看见侬只死鬼从人家小姑娘后门跑出来，哎哟喂。"

沈小弟脑子里头嗡一声。圯梁倒思路清爽，外加，有音乐细胞个，两只尖耳朵是，开头听小广州"呒啦呒啦"倒是广腔，等到伊告苏北阿姨翻毛腔了，越翻越凶，言话侬丑句我丑句，味道变脱了，"拉块拉块"个味道翻出来了。沈小弟拨圯梁冷空气一吹，再一想，对个呀，卡其平脚裤勿着肉，硬挤挤个。广州人勿欢喜着个，伊拉是学香港人着真丝三角裤个。

"脱下来看！"

"脱什么里个东西？"

"裤子！"

"乖乖！"

"勿脱是哦？"一只头塔揉上去。

"脱脱脱。我脱个呀。"

"啥人叫侬俦脱脱个！"又只头塔上去。一看，清清爽爽，勿是小广州，是小扬州！

圯梁起劲煞脱，拉牢苏北阿姨，赛过脱伊电影院里谈朋友。苏北阿姨哗啦哗啦："这个死鬼就是小扬州，老早帮人家扦脚皮，扦发扦发，扦到广州蹲了两年，转来，广东言话叽呱叽呱卖磁带唻！"

沈小弟响势啊，小广州伊还好吃进两口，小扬州伊吃勿落去。金花彩介漂亮，好眼个人勿跟，去跟……辩个"金花菜"一眼勿新鲜，勿水灵，真叫"盐金花菜"！

沈小弟想勿落，要哭呀。旁边人介许多，叫了介许多小兄弟来拉场子，最后是，自家面子夹里俦拉脱。

"阿哥，想开眼，算侬出记外快，过元宵也蛮……"圯梁捂牢只面孔，沈小弟刚刚奖励伊一只五分头。

"佴做啥啊？"金花彩人来了呀。两只大眼睛，老远就看得出是红个。

"金花彩，侬今朝拨句言话。"沈小弟眼圈也红了，心还勿死。

金花彩眍眍沈小弟，眍眍朹梁，眼泪水转发转发。"朹梁，我还有言话帮侬讲……"

"十三点，侬要害煞脱我啊！"朹梁极了谗唾水喷上去，落下来，落辣自家镜片浪向，头颈浪，青筋暴出来，也好弹两记唻。

"敲煞脱伊！"沈小弟手一指，指个是朹梁。小扬州手势吭没看清爽，终当是请伊吃生活，抱仔头，望弄堂里头蹿，嘴巴里向苏北言话极喊："老娘舅！老娘舅！救命啊！"

一帮子小兄弟本生有点吃大勿准，乃一看小扬州辣逃，朹梁末，已经拨沈小弟对敲，敲脱了，捂牢只面孔坐辣地浪，像只死蟹，总归是会得动个目标更加吸引注意力咾，追上去就打。

"捉牢伊！"

"丑伊！"

"开脱伊！"挺下来几个人末，夜香港冲进去，店堂间里是平碰三响，落地开花。

出了实能鸭屎臭个事体，金花彩只好跟小扬州回乡下头去了。跑个豁日，沈小弟迓记迓记，迓到长途汽车站送送伊去，包拉链拉开来，塞进去两包敲扁橄榄两包奶油五香豆。

金花彩哭了呀。"啥人叫我已经……"

过仔小半年，金花彩缏了根粗辫子，一家头转来了。

夜到，着件白衬衫候辣舞厅门口，一径候到沈小弟白相好出来。两家头跑到乍浦路桥浪，看苏州河。

"侬还要我哦？"金花彩陉辣桥浪，一只手捏牢沈小弟只手，一只手搭辣沈小弟手臂把浪，两只大眼睛，好像小太阳反光辣夜场游泳池里头。

眍眍伊勿开口，金花彩靠拢来，拿沈小弟手臂把抱辣伊胸口头，抱了老紧老紧个。

"再讲哦."沈小弟手臂把倒是朆没抽出来,就是只面孔对牢仔河浜。

"噢。"金花彩手慢慢叫松脱,隔脱歇,前刘海撸上去。两家头是,朆啥言话好讲了。

沈小弟个子夜舞,静安寺云峰跳去了。

——————

【两划一竖打头】对"工人"的戏称。
【三角叉】肘部。
【插朴】电器插头。朴,英语 plug 的音译。
【么'yao 二(三)角落】冷落的地方,人迹罕到处;很差的地方。
【平碰三响】声音弄得很响。
【实能】这样,这么。
【鸭屎臭】丢脸,不光彩,糟糕。
【瓣 bak】编织。

# 戆头・认购证

黄胖跑到赵军屋里,拉伊一道买认购证去。

赵军吃勿准呀,怕上当,更加怕个是,像上趟一样机会错脱。伊问黄胖:"还有啥人啊?"

"老克拉咾,知识分子咾,侪去个。"

"是哦?"

"知识分子讲个,伊算过了,结合外国经验是有一眼眼赚头个。老克拉末,侬晓得个呀,老底仔,股票炒过个呀。"

"喔……咳……"赵军拉老头子辣隔板后头咳嗽。

赵军接翎子个呀。"㑚阿弟买了哦?"

"问伊过了,伊讲考虑考虑。"黄胖有眼尴尬,自家弄眼事体做做,袋袋里摸香烟去了。

赵军转念头,橄榄是人精,伊勿买,我买,勿是戆头末!老头子一听橄榄吪没买,清爽了,自家儿子也勿会得买了。伊茶叶茶末,泡一杯,放心托胆,出去看王伯伯着棋去了。

"阿军,阿拉一道去买呀。"黄胖呢,伊也勿是来挑挑赵军,实底是心虚,伊想,知识分子也就会得纸上谈兵,一个号头,效涨还吪没人家卖茶叶蛋老太好。老克拉是老黄历唻,扫到弄堂里头,到乃还吪没爬出来。算伊吃药好唻,人多,大家分了吃吃,终比一家头独吃好。

黄胖是,更转落转做赵军思想工作。伊嘴唇皮呒没橄榄会得翻,翻过来翻过去两句言话,翻勿出啥花头。

赵军存心打了两只呵唏。就是面子浪,一记头拉勿下来,勿好直拔直个,请黄胖吃回票。

黄胖是,讲了谗唾水也干脱,想吃眼白开水补补。赵军噱头,讲屋里热水瓶内胆昨日半夜里爆脱了。

拨伊开水吃适意了,勿晓得又要嬲到几点钟唻。今朝礼拜日呀,爹爹末,出去看人家着棋去了,顶起板去三只钟点;姆妈末,八仙桥宝大祥去了,屋里就我帮桂英两家头……两人世界呀!

着生头里,灶披间里"哎呀"一声,叫了儱来。

赵军告黄胖一道冲到楼下头。勿得了,桂英手浪,血淋溚沴,一条花鲢鱼身体末,砧墩板浪,鱼头末,落辣地浪。

"哪能了!哪能了!"赵军发极了,轧朋友辰光,伊顶看相个,

就是桂英孵个一双手,又白又嫩,手指头又细又长。

"还勿是为了侬……拨……斩啊……"桂英是,痛了言话也讲勿连牵了。

黄胖讲,伊借部黄鱼车去,豪燥送医院去。桂英拿荡毛巾,两根手节头裹紧了,勿肯去呀。

"伤口勿深个,屋里包包算了。阿军,侬进去帮我衣裳脱下来,我看见血头混。"

黄胖讲,葛末,我先跑了。

赵军拿家主婆背到楼浪,

房门一闯，就要帮伊脱衣裳，拨桂英辣手臂把高头扭了一记。

"死鬼，大白天亮侬做啥！"

"勿是侬叫我……"

"侬晓得眼啥。"桂英末，枕头下头抽出张草纸，手节头浪，撸两记，血呒没了呀。"是鱼血，勿是我个血。"

"侬寻开心啥体啦，我拨侬吓煞脱！"

"侬胡咙响来。"桂英床浪坐下来，眼睛一白，赵军马上倒茶去了。"侬个人啊，就是戆出勿戆进。我还勿是为了侬好啊。要勿是我辫能来一记，黄胖会得跑啊？"

"侬也听见了啊？"

"爹爹跑前头，关照我个。"

"噢。"

"财务室里小林讲拨我听个，卖认购证个单位是天天打电话过来，请厂里帮忙解决脱眼。末脚，拨小林嚎出来了呀。伊拉卖勿动呀，上级指示要加强力道推销出去。"

"嚎！"

"伊拉卖脱一张，好拿三角洋钿奖金咪。"

"倒蛮适意个末。坐辣辣，电话打打，就有钞票进账。"

"小林讲个，认购证千万勿好买。勿是啥好物事，真个好物事是，小菜场里两条大黄鱼，头也轧破脱咪，还用得着国家推销？小林还讲拨我听咪，三十块一张，成本只有四块洋钿啦，廿六块统统捐拨了啥慈善事业。侬讲，弄得好哦，辫个又是骗阿拉老百姓钞票。"

"小林真健。"

"小林健，阿拉勿健。"

"侬好好叫比伊健咪！"赵军踵到窗口头，别转头，问一声："囡囡，侬冷哦？"

也勿等桂英回头,伊窗门关脱,窗帘布也拉上去了。

---

【儱 cong 头】被人敲竹杠、骗钱的人;出头鸟。
【到乃】到现在。
【更转落转】翻来覆去;反来复去。
【直拔直】笔直不打弯。
【着生头里】冷不防,突然。
【血淋滃 dak 渧】鲜血淋漓。
【砧 zen 墩 den 板】砧板。

# 眼痒·跑单帮

长波浪眼痒两个小姐妹,跑单帮效涨老好,也吵了要去。

橄榄帮伊讲道理,跑单帮勿单单辛苦,风险也大,旷工日脚忒多末,拨厂里向开脱个说话,劳保也吭没哝。

长波浪听勿进,勿拨伊去,好,伊就勿烧小菜,还勿许橄榄碰伊。橄榄吭没办法,答应放伊去。去前头末,床底下一只铁箱子拖出来,拿老娘留下来个一只金镯头,戴辣家主婆手腕浪。

长波浪开心得来,只金镯头末,毛估估三两。伊抱牢橄榄只橄榄头,穷香百香了呀。

"好唻!啥体啦?顶橄榄棚啊?"

"介勿懂经。我是拨侬吃檀香橄榄呀。"两家头床横头坐停下来,长波浪手伸出来,横看竖看,伊表扬橄榄。"黄货压邪个,跑单帮顶顶需要,侬末,真叫贴心贴肉。"

橄榄笑笑,勿搭腔。

长波浪又问来:"侬只小气鬼,结婚前头,啥体勿拿出来?噢,我是看相侬两粒米咾,帮侬结婚个啊?阿拉是真金勿怕火烧噢。"

橄榄头摇摇。"老早仔,派勿着用场。辣歇仔,要派着大用场唻。"

长波浪奇怪。"啥体现在派用场了?阿是我辣个两日天勿拨侬……"橄榄呒没接口,长波浪自家倒勿好意思,低仔头,笑起来了。"戆大,脚快眼汏好呀。"

"啥体啦?夜饭还呒没吃咪。"

"先烧水呀。"

"煤炉浪,蛋汤炖辣海好哦。我肚皮叫了。"

橄榄看看,床浪个蛋汤也隔水炖了差勿多了,撸撸长波浪头发,开口:"搿只金镯头末,有大来头,是老里八早,阿拉远房娘舅送拨远房舅妈个茶礼啦,晓得哦?"

长波浪"噢"一声,面孔贴辣橄榄胸口头。"是老货了呀。我会得当当心心戴个,侬放心。"

啥人晓得橄榄个言话刚刚起只头咪。"喏,阿拉远房娘舅老早也是跑单帮个,有趟仔,伊跑单帮去个前一日夜里,阿拉远房舅妈拿搿只金镯头蜕下来,相帮戴辣娘舅手浪。"

"咦,介怪个啦,男人戴啥……"

"我还呒没讲光咪。阿拉远房娘舅去了末,啥人晓得,呒没两日碰着强盗抢,强盗拿栈里个货色,亨八冷打抢脱,再放一蓬火,娘舅睏辣二层楼,跑,跑勿下来,跳,又勿敢跳,活活烧煞脱个。人烧成功炭咪,侬去看好咪,阿拉煤炉里烧下来个柴爿……"

"我嫑听!我嫑听!"长波浪极叫咪。

橄榄讲到此地,还管侬要听嫑听啊。"亏得噢,娘舅手浪只金镯头呀,舅妈再认得出。侬先头聪明个,讲真金勿怕火烧,万一侬也碰着,对哦,我就是搿个意思。"

长波浪从橄榄胸口头一记头弹开,豪燥金镯头蜕出来,台子浪,一甩,浑身上下发冷,寒老老来。

隔脱两日,伊吓吓个,舍末,勿舍得个,为了要厂里向出风头去,原旧戴起来了。伊自家帮自家讲:反正火也烧过了,赛过消过毒咪。跑单帮个事体呢,长波浪歇搁。

【眼痒】眼红，羡慕。
【小姐 ji 妹】称呼女子最亲密的同性伙伴。
【顶橄榄槲 whek】一种儿童游戏，把一个橄榄核儿举到一定高度，对准另一核儿直线投下，把其砸出界线为胜。
【茶礼】订婚时男方送给女方的聘礼。因民间风俗聘礼中必有茶叶，故称。
【蜕 toe】松、掉：裤子～下来，要束束紧；～戒指。
【寒老老】有些怕的样子。
【歇搁】停止，拉倒。

## 阿胡卵·看黄带

阿三拨老娘舅搭进去了。

事体老妖个。阿三好好叫,辣三层阁里看黄带,辣末生头,国家拉电哴,也勿事先通知伊声,黄带末,卡辣录像机里头,像鱼骨头鲠辣胡咙口。录像机是问知识分子屋里借得来个,讲好夜头要还个。阿三好算算粗坯,也晓得拨知识分子看见,影响老坏个。

阿三问清爽了,附近统统吪没电,只好二弄堂口小扬州开个音响店去,想借把家生,黄带挢伊出来。

呆呆叫碰着呆呆叫,门一推,推进去,老娘舅像块排门板介,排辣前头修电风扇。阿三刚刚别转头想出去,小扬州算是阿三个跟班,一声阿哥,侬哪能来了啦,一把头,录像机抢过去,拨伊插档插进去。老娘舅勿焐心了,铆牢只录像机了,顶好末,是只宜兴老卜,大头辣后头。

插朴插上去,小扬州三揿两揿,要要命,开始放起来了。原来伊觉着家电修修赚头也蛮好,前两日,特为买了蓄电池。老娘舅拨勿晓得阿里搭发出来个极喊吓了一大跳,电视机浪矗一眼,又吓了一大跳,最后,气了双脚跳,当仔我老娘舅个面放黄带,老卜勿当小菜!三跳,跳好,老娘舅客气煞脱,屁股后头荡辣海个808蜕下来,借拨了阿三戴,出出风头。

本生录像机一道充公脱，后首来，听阿三交代是知识分子屋里个，老娘舅想想算了。因为伊个辰光，伊辣老知识分子屋里抄过家，到乃，看见知识分子还难为情。

老娘舅亲自提审阿三："黄带啥好看？啊？警察捉强盗个带子为啥侬勿看，勿光好看，还好受受教育。"

阿三眼睛一眨，敢还嘴噢："黑带啥好看啦，杀来杀去，死来死去。黄带里向，人侪是活个。再讲，我要看也看来路货，外国勿像阿拉，黄带里向也有警察个，教育深刻哦？"

"瞎捣搞！样样色色带子多唻，谈感情个带子，侬勿好看看个啊，勿是老对侬路子个。"

"感情片？帮帮忙，要看到结束个辰光，刚刚看出眼苗头。黄带跑上来就拨侬苗头，辰光一眼勿浪费。现在勿是讲开发、讲效率末……"

老娘舅做笔录支原珠笔，台子浪一掇，掇碎脱了。"侬得我讲政策？侬晓得个屁！看黄带是啥性质！"

"侬帮㑚家主婆是啥性质？"阿三两只弹眼乌珠，更加弹出仔。

"娘起来！"老娘舅额角头浪青筋暴出来，要勿是一条弄堂里个，老早掴了伊勿晓得自家蹲辣阿里搭。

阿三也勿买账，跕辣海个人，蹿起来，玻璃台板浪一拍，拨直胡咙，赛过伊是人民警察。

"要勿是辫个十年，拿我顶顶好个辰光吃脱，好好叫读书去，我勿去啊？好好叫工厂上班去，我勿去啊？好好叫摆酒水养儿子，我勿去啊？娘起来，儿子养出来，我送伊美国当人民警察去！"

吃夜饭辰光，阿三拨老娘舅放出来了。老娘舅讲，阿三是阿胡卵，连得弄堂里两只老虫也呒没伊介贼腔，阿拉老猫关伊倒坍台唻。

九点半横里，小扬州来了，拎了两瓶绍兴花雕，来帮阿三压压

谷雨 215

惊,顺带便表表忠心。"阿哥,下趟到我店里来看,我录像机有得是。放心,侬来看,我生意也勿做了。"

七搬八搬,觟桩事体末,作兴是阿毛看肚皮舞辰光讲个,也作兴是金花彩敲玻璃杯个辰光,最后是,搬到只台巴子耳朵里去了。看黄带,还敢帮老娘舅顶山头,老卵,思想是解放了呀。

阿三,本生待业辣屋里,乃到台巴子开个夜总会看场子去了。

---

【眈 huak】眼睛往上斜。俗写作"豁"。
【来路货】进口的货物。
【样样色色】各种各样。
【挀 pan】敲,拍。
【顶山头】顶撞,双方对峙。

# 豁胖·国庆节

国庆节交通管制。阿拉五点半,夜饭就吃好了。

看见王伯伯皮鞋擦了锃光亮,着了件花衬衫,套了根拉链领带,荡到外滩看灯去了。

前头两条马路,伊跑了像救火会,跑到浦江饭店快,伊倒勿急了呀,辣热吼吼个、轧闹猛个人淘里,王伯伯存心拖鞋皮,干咳嗽一声:"此地,㑚进去白相过哦?"

马上有人搭腔了:"浦江饭店呀,小墻里白相过个,伲爷叔辣里头开电梯个。"

王伯伯横得头。"啥浦江饭店,此地叫礼查饭店,晓得哦?我讲个是老上海个事体,伊个辰光啊,真叫灵光来!阿拉头一只电灯泡就是辣辣此地点起来个,晓得哦?天下世界共总只有三七廿一只电灯泡啦,礼查饭店一点,点了七只啦。七只啦!"

听见有人叫乖乖,王伯伯只"电喇叭"更加响了。"㑚勿晓得哦,阿拉头一部德律风,头一趟蓬拆拆,搁落三姆辣辣此地。"

有人搭嘴:"头一爿证券交易所也辣辣里。"

王伯伯眉头一皱,手一甩。"葛末,侬来讲。"

边浪向朋友关照搭嘴个拎清眼:"言话嫑多,听老爷叔讲。老爷叔,阿拉要听解放前头个。"

王伯伯只平顶头望对过上海大厦一鹤。"百老汇大厦，倷进去白相过哦？迭个大厦，老早是上海滩第二高，晓得哦？我考考倷看噢，上海滩头一高，辣啥个地方啊？"

"国际饭店呀。"

"咳，迭个小青年倒蛮有知识个噢。白鹭辣国际饭店电梯里向，掼死脱个事体，侬也晓得个唠？"

"阿拉勿晓得。老爷叔讲拨阿拉听听，叫阿拉开开眼界。"有人勿识相，再要问："白鹭啥人啦？"

"电影明星。交关漂亮。"

"有林青霞漂亮哦？"

"着实比林勿青漂亮唻！"

"老爷叔是老克拉！老克拉！林青霞也晓得个！"大家拍手拍脚起哄。

王伯伯两只手捏辣背后头，踱方步。踱过苏联领事馆，踱过外白渡桥，英国领事馆来哉。

"此地，倷进去白相过哦？"王伯伯又问了。

"领事馆也去过个？看勿出，看勿出，搿个老伯伯是大好佬！大老板！"勿明真相个群众越跟越多。

我末，跟辣后头暗好笑，弄堂里侪晓得，王伯伯老早仔，是上海滩某某大王个包车夫。

外滩豁胖豁好转去，邪气焐心。豁胖也有惯性个，到了自家屋里头，还停勿下来，摇头甩脑，告家主婆讲："阿拉今朝为国家扎面子，告两个外宾做导游，伊拉讲我万里 good 啦。"

家主婆辣补袜子，头也勿抬："侬几时会得开外国言话了？"

"我哪能勿会讲？"王伯伯嘴唇皮浪，舔舔。"来是康姆去是谷，一块洋钿温得拉，廿四铜钿吞的福，是叫也司勿叫拿，翘梯翘梯喝杯茶……洋泾浜就是阿拉宁波人发明个，晓得哦？"

"侬夜到'ten'点钟热啥昏，康姆过来，豪燥告我穿引线。"
"也司！拿！"

----

【小墧 he 里】小时候。
【横得头】摇头。
【蓬拆拆】跳三步圆舞曲的声态。喻指跳交谊舞。
【大好佬】大人物。
【豁胖】吹牛、说大话。
【扎面子】要面子，争面子；有面子。

# 死腔·开无轨电车

桂英轧朋友辰光,姆妈就关照伊:"屋里头规矩末,辣屋里外头做起来先,勿然介,龙头拨阿军扳过去,下趟侬作勿了主,有得苦。姆妈末,就是老早外婆言话勿听,规矩呒没做好。㑚爹爹,侬看好哋,每趟揩抽斗,揩了一天世界,揩好,跑脱,死人勿关,我还要相帮伊盖屁股,帮伊是勿晓得讲过几化趟哋,物事末,归归类,省得烂翻,伊听哦?侬小辰光,阿记得,阿拉外婆屋里蹲了两日天转来,门开开来一看,㑚爹爹脚跷黄天宝,一头无线电听听,一头啤酒吃吃,除脱玻璃台浪,十几只龌龊碗盏,去个辰光,屋里啥样子,转来还是啥样子。要讲还多出眼啥,多出来交交关灰,再有只马桶也重交关。桂英侬也想㪩能过日脚?轨道千定要上上好,勿好拨伊无轨电车烂开。"

桂英听进去哋,铆牢赵军,脚踏车哦,定坚要擦了伊铿铿亮,勿单单是书包架噢,钢丝也要一根一根擦清爽,再好来接伊,擦了勿亮是,能使自家两脚车跑转去。送鸡汤只保温瓶,一定要汏了一点呒没气味,还要赵军保证是自家汏个,勿然,明朝送个红枣赤豆汤一口勿碰。

两家头屋里蹲了蛮近,葛咾,伊常庄要趱一趟,一只电话打到赵军弄堂里,喊电话个阿姨叫伊来回电。等赵军跑到过街楼,桂英对马路立好辣海了。"侬哪能来了？电话是侬打个？"马路勿晓得哪能过去个，赵军赛过一只立定跳远，跳到桂英门前。

"勿是我，是啥人啊？"伊眼睛白一记，小嗲一记。"保温瓶快眼拿出来，我要检查。"

"好，好，小姆妈，晓得唻。"赵军骨头轻煞，一跳，跳到屋里天井，保温瓶抱好仔，奔出来，当仔桂英末，小姑娘要面子呀，借因头来看伊个。人欢喜清爽末，也是好事体呀。

毛脚上门上好，赵军每个厂礼拜，侪丈母娘屋里义务劳动去，煤屑买得来做煤球。

桂英教伊，要一只一只拿手搓出来，搓了大小一样生，赛过搓汤团。等桂英跑开，赵军末，搓来搓去，觉着厌气，自来水一拌，一大沰，一大沰，乱辣弄堂里石板浪，拿把

旧菜刀划成一小块一小块，歇歇做好，邪气得意，叫女朋友来看呀，来看呀。

桂英一望，哪能汤团变成功臭豆腐干啦！"勿来三，敲碎脱，重做过。"

"圆个方个，大个小个，勿是一样烧末？"

"我讲勿来三就勿来三。一定要拿手搓。挮眼眼小事体侬也勿肯依我？"

赵军觉着伊有眼眼疙瘩，还有眼眼辣手，不过，也勿是啥大事体。老早仔个人末，告现在是大两样，上门末，总归敲定唻。勿是

硬碰硬踏穿镬盖，酒水勿会得勿摆个。

结仔婚，赵军觉着味道越来越勿对头了，每日天，箍头管脚，好像辣部队里当兵了。

有两趟，抽斗关是关脱，关了勿胭缝。侬家主婆推推上去末好哎，勿推也勿影响，勿是听头里个物事要回剩脱，阿是？啥桂英板要拿伊吊过来，叫伊自家推推紧。

出门看电影，跑也跑到站头浪，远远叫，电车也来了，辣末生头问一声："关照侬窗门关好，侬关好了哦？"

"好像关好了。"

"勿要好像好哦？今朝天气预报讲，要落阵头雨个，抨进来，屋里大勤共哎。"

"抨末，抨哎，拖畚拖拖伊末。侬看天介亮，勿板定落得下来。"

"侬豪燥转去关关好。我辣此地等侬。"

"嫑去哎，电影要迟到哎。"

"侬勿去是哦？大家转去，电影嫑看了。辫排里电影看了也一包气。"

"好，我去，我去。侬也忒顶真哎，一弥弥小事体……"

"小洞勿补，大洞吃苦。晓得哦？我是为侬好噢，嫑拎勿清。"

赵军是比老早把细交关，地板浪，落了根头发丝，也晓得拾起来，氘脱门外头阳沟里去，总算上轨道了。

屋里太平了，就是单位里勿争气，介许多年数，连牢仔，评四趟职称，侪评勿上去，小头头也捞勿着半只。好声好气，叮伊两声，伊隑辣床架子浪，手节头望电视机浪，点发点发，强调理由："一只班级，三好学生就介一个。一只单位，头头就辫能几只。一部西游记，侬自家看呀……要是人人头头，乃还好西天取经去了啊？"

"侬哪能介混个啦，勿勿要上进，懊懊嫁拨侬个我真是！"家主婆讲归讲，龙头一点勿脱手，揪牢仔伊上轨道，学费付脱，帮伊报名读只夜校。辫个辰光，社会浪，行一种讲法：每个成功男人背后头，侪有一个闷声勿响垫刀头个女人。赵军好倷勿识，自家辣肚皮里讲："每个成功家主婆屁股头，侪有一个命老苦个垫马桶圈个男人。"

小囡大起来了，桂英也四十岁朝上了。赵军末，小头头原旧当勿上，勿单是单位里头勿灵光，老老多改正脱个老毛病又发出来了。啥咖啡吃好，杯子马马虎虎冲冲，高头渍涊吭没汏清爽，就摆到玻璃橱里向去了。伊自家也晓得吭没汏清爽，杯子转一转，清爽个一面调辣外头，骗骗自家，骗骗人家。抽斗末，翻了络乱，手压一压先，再推上去算好个了，啥扢发扢发，扢进去，下趟末，自家去拉又拉勿开，横冷横冷，叫桂英来相帮。

桂英真个发格："侬哪能改造勿好个啦？"

"辫也吭没办法。侬看阿拉爷，老早老右派，今朝还是老右派，连得阶级斗争也改造勿好。"

"赵军侬儱我咾？"老早嘟叽叽是有个，勿敢讲了介明。桂英气是气来，介大年纪回娘家也勿是生意经，只好小姐妹叫出来荡马路，哭出乌拉叹苦经。"阿是我对伊忒客气了？"

小姐妹劝伊咪，吭没办法个，四十岁前头，还好校校路子，四十岁后头，侬自家当心眼哦，要是外头做花头，寻个年纪轻个，乃侬有得苦来，赛过电车吭没轨道咪。

桂英"哼"一声。"就伊辫种死腔，有人要啊？"

"弄堂里，掰牙拉老公，侬晓得个呀，好好叫吭没倻赵军登样咪，勿是拨只香港小女人搭发搭发，搭得去了啊。只小女人还倒贴伊咪，讲啥，就吃伊只死腔呀！"

---

【揹】翻；翻拣，寻找。
【疙瘩】难弄，麻烦，别扭。

【踏穿镴盖】打开天窗，拆穿秘密。特指奸情败露。
【听头】装水果、食品等的铁罐，多用马口铁制成。听，英语 tin 的音译。
【回靭 nin】食物受潮而不脆。
【抨 'pan】水溅入，尤指雨飘进来。
【大勤共】声势很大地干某事。
【一弥弥】很小、很少的程度（常带夸张）。英语 a minimum 的音译。又写作"一微微"。
【把细】仔细。
【懊愣】懊悔。
【渍 jik 浞 zok】渍印。
【儱 cong】言语顶撞。
【掰 be 牙】牙齿叉生。

# 眼火·奉帮裁缝

侪讲小宁波上海来了，来坏脱了。

小宁波借仔东厢房，布帘子隔一隔，里向末，吃饭睏觉摆只马桶，外头末，开裁缝店。

伊写了块老小个硬柏纸，高头末，四个字，毛笔字搨了七歪八牵：拷边、钉纽，隁辣石库门个门边头。呒没两日天工夫，硬柏纸就拨伊掼到垃圾洞里去了，定做了扇塑料招牌敲辣门浪，五个烫金斜体字：时尚工作室。

"时髦再好扒分。"小宁波言话刚刚讲好，两个老阿姨寻进来，招牌看见仔，迭诚来打样个。

小宁波末，文庙里淘得来个时尚杂志，一大刀一大刀捧出来，一头翻拨老阿姨看，一头穷吹伊中西结合个设计理念。

老阿姨满意个，当场下单，就是言话讲辣门前，做了勿灵光，铜钿勿出，再要赔料作。

小宁波生活勿做，兜发兜发，辣弄堂里头兜着嗲妹妹，上头下头一瞄，讲嗲妹妹人是时髦，条子是挺，正宗东方美女，小笼馒头里吹口气——嗲，勿做件旗袍着着是浪费青春。勿像两个老阿姨，人长了像炮弹，还要叫我腰身收了伊紧眼……

嗲妹妹听见人家讲伊漂亮，讲伊后生，来得焐心，统统吃进。

小宁波末，又讲哎："阿拉阿爷老早仔，是上海滩浪，有名个奉帮裁缝，解放后头末，思想好勿过，转去支援家乡建设去了，要是一径蹲辣上海滩，我小宁波现在就是中国个皮尔卡丹。"

嗲妹妹觉着小宁波虽然十六铺上来日脚勿多，只三七开还梳了硬挢挢，发蜡揭了好像三年吭没汏过头，叫伊到小宁波搭做头发末，伊买块豆腐撞撞煞也勿会得去个。言话讲转来，伊眼光倒是凶个，马路浪，讲伊东方美女，勿是一个两个。小宁波又拍过自家鸡胸，嗲妹妹来做旗袍是看伊得起，做了勿灵，瘪钞票，做了灵光，工钿也对折。

东厢房里，小宁波请嗲妹妹沙发浪坐好，自家末，规规矩矩做小鬼头坐只烧火凳，业务浪，侬一句我一句，旗袍啥样子好看，又要有点啥改良，啥料作好，哪能做好？

嗲妹妹讲了足足三只钟点，馋唾水也讲干。轧朋友，言话也吭没介多过。小宁波笔杆子穷摇，虚心了赛过小学生，练习簿记了三本还打勿倒，布帘子里钻进去，草纸抽两张出来，再记。

下个号头，嗲妹妹拿旗袍去哎。小宁波帘子里向一大刀旗袍捧出来，料作咾式样咾，侪是嗲妹妹指导个。

"勿对呀，我只做一件呀。"

"䏻错个。"小宁波翻仔十分钟，着着下头，抽出一件拨嗲妹妹。"搿件是阿姐侬个。"

"还有点呢？"

"搿个两件是老阿姨个，多出来个，侪是人家酒店里定

做个。断命只老板讲自家小克拉,花头犯关介透,帮伊设计了十几趟,还横勿满意,竖勿满意……莫讲伊去哝,侬试试看,灵哦?"

"小宁波,侬!"嗲妹妹气了大眼睛里烧煤球,叫是伊嗲,看起来像两只水渚乌骨鸡蛋。

"阿姐,侬试试看呀。工钿我勿收侬了,阿拉小宁波上路哦?"

"辫个衣裳,我还着得出去啊!"

"阿姐,看侬话个,阿拉小宁波是辫种人哦?"小宁波拿旗袍㬅辣嗲妹妹身浪。

"我老早帮侬考虑周到哝,侬末,是上等人,层次高,蹲辣外白渡桥边浪,活动范围辣辣市中心。人家酒店里两个迎宾小姐末,辣辣奉浦大桥,城乡接合部呀。从外白渡桥到奉浦大桥,拨俩上海人话起来是,横穿上海滩唻,阿是远开八只脚,浑身勿搭界个啦?"

---

【后生】年轻。
【奉帮裁缝】来自奉化专做西服、上等毛料衣服的裁缝。老上海话"奉""红"同音 hhong,误写作"红帮裁缝"。
【觞 fhe 错】不会错。
【㬅 yi】量比(长度)。

# 小派司·发展下线

长波浪屋里转去,老老老焐抖个,赛过嘴唇膏揭到额角头浪,红是红来。橄榄心一宕,只听见伊咋咋咋:"338 一套香港化妆品……"橄榄松口气,夜报挡起来。

"侬报纸放一放,听我讲好呀!"长波浪嗲溜溜一声。

橄榄觉着苗头勿对,脚放下来,夜报捯捯好,边头茶几浪一摆。"侬买了几套啊?"

"两套。我就带牸眼钞票。"

"两套就两套哦。"橄榄脚一跷,又拿夜报去了。

长波浪一把头报纸抢脱。"牸个叫投资晓得哦……发展下线……升到一定级别……下线发展下线,下线越发越多,像老母鸡生蛋……我现在是三级主管级别咪……"

"嫖瞎三话四。"

"真个呀,弄堂里知识分子也买了一套。人家终比侬有知识哦。"

橄榄到底勿是伟大领袖出角,伊是平头百姓,外加,无产立场勿坚定,资产梦倒常庄做。听长波浪七七八八反仔一大泡,伊也绕进去唻。橄榄末,到底还是橄榄,勿相信天下世界有介好事体,就算真个有,十万分挨勿着伊头浪,十二万分挨勿着长波浪。

葛咾，上半夜，橄榄告长波浪一道扎劲，下个号头夫妻生活也提早过脱。到了下半夜，橄榄一头出虚汗，一头心虚，事体勿对头，也像"提早过脱"了。㑚想呀，下线发展下线，雪球滚雪球，是越滚越大，不过末，终有一日，要滚到头个呀。

为啥啦？地球浪，亨八冷打就辩眼眼人头呀！侬发展咾发财咾，葛末，辣末一批人是，啥个地方发展下线去？倒过来一推，橄榄晓得出事体了。"三八呀三八！现在搞出三三八！"

第二日，伊寻着知识分子道理说穿。知识分子是，推推啤酒瓶底，面孔邪气冷静。

"道理我老早晓得。唉。"

"唉"一声，橄榄有数脉了，知识分子买一套，勿是捐木梢，是面子浪拉勿下来。

"辩个一套化妆品哪能办？㑚屋里新娘子自家用？"

"我响也勿敢响，常怕拨伊晓得。万一伊转念头转过来，屋里有得烦来。万一伊转勿过来，定规再买两套发财去，乃屋里有得苦来！侬要哦？要末，送送拨侬，拨侬级别升升高？"

最后句言话，知识分子是告橄榄寻开心。橄榄一听，主意有了。转去，啥也勿讲先，只关照长波浪搓麻将去个辰光，帮伊个上线，也就是两级主管范阿姨热络眼，讲勿定，再要靠人家多买个五六套。长波浪老焐心，老听言话去了。候好伊转来，橄榄花下去四只钟点，总算拿伊脑子汏清爽。长波浪倒勿哭，眼潭里眼泪水一沰也呒没。

橄榄奇怪："侬今朝倒蛮弹硬个末？"

"我伤心煞脱了好哦。不过，我晓得侬个人滑头滑脑，办法末，总归滑得出个呀。"

"哪能讲㑚老公个，啊？我看侬倒比我滑头咪。侬言话听哦？"

"听个呀！"

"事体要起眼花头，勿好弄堂里拔毛竹，一拔直……晓得勿啦？阿拉帮伊做只头，倒蓬头！"

过仔两日，范阿姨化妆品摊辣台浪，横等竖等，就是勿看见长波浪来买。伊屏勿牢了，跑到长波浪屋里头。房门开辣海，长波浪末，手节头浪，电话线绕发绕发，神抖抖辣打电话。

范阿姨再眐眐看，喔唷，眠床浪，地板浪，化妆品堆了几十套。"波波，耷个两日，哪能侬人枪也打勿着啦？也勿到阿姐搭来白相？"范阿姨眠床浪个化妆摸发摸发，哪能桩事体吃勿准。

"勿好意思噢，我忙是忙得来……侬坐歇，等我电话打好噢。"

"啥体介忙啦？忙了阿姐也忘记脱啦！"

"好个好个，我有数了，侬副总经理做做一句言话……阿姐侬勿晓得呀，我是想来寻侬个，帮侬打声招呼……"

"耷个言话我孬听噢！卖出物事，勿作兴退个！勿好赖极皮噢！"

"哪能会得退！我吃进也来勿及哦！就是侬搭个物事，我勿好再买哦！"

"啥个事体啦？啊有，秘密兮兮，当我外头人，气煞人。"范阿姨末，弄出副勿焐心样子，腥齷屁股末，人家床浪一坐，盒子开只出来，是一似一式个化妆品呀。越加吃勿准了呀。

"哪能会啦！讲拨侬听勿搭界，阿姐，侬千万勿好讲出去噢，外头交关人轧破头要来买哦！我是刚刚晓得，阿拉小娘舅也是做耷只化妆品个，伊个级别勿要忒高噢，是总经理级别，乃伊发展我做下线哦，我好算一级副总经理！侬看，我从伊搭买得来一大堆……唷，侬嘴巴干勿啦，光是讲言话，茶也呒没帮侬倒一杯嗒。"

长波浪做功蛮好，橄榄帮伊排练过十七八趟哦！范阿姨一听，起劲来，伊上头是，一级主管、三级经理、两级经理、一级经理、三级副总经理……推扳老老远，脚踏车踏过苏州河咾，踏过苏州，踏咾踏，踏到苏北还踏勿着，要一脚踏到苏联咾，再扣搭扣，踏得着二级副总经理。

伊做仔长波浪个下线末，地板浪，脚一踏，马上就是了，一记头连升三级也勿罢，提成又是，哈哈，莫老老唻。日脚长仔咾，长波浪搭花花伊，拨伊也弄只一级，乃真一级唻！

"波波啊，我告侬两家头老交了，对哦？有啥发财事体，阿姐总归是头一个想着侬个。侬想想看，狲趄，头一个就发展侬，对哦？乃侬也发展发展阿姐末好唻！狲眼化妆品，我包脱！"

狲眼化妆品末，侪是橄榄从弄堂里收得来个啦。伊钞票还拨大家，知识分子硬劲勿肯收，最后，收是收了，特为送了条红双喜。俺也覅讲，是有寿头拿退转来个钞票再买化妆品去个。范阿姨放喇叭讲了呀，伊现在是两级副总经理，跟牢伊买，就是三级副总经理！

乖乖！

---

【掮 jhi 木梢】愚弄别人；上了别人的当。
【弹硬】坚强，不懦弱。
【倒蓬头】亏本，遭受损失。
【一似一式】一模一样。再偏旧的说法是"一似一脱式"。
【扣搭扣】恰好；差一点就不够。
【莫老老】许多。
【老交】深交，交情很深。

## 回汤豆腐干·洋插队

小秦医生末，面红堂堂，要留洋去了。

辩个两日天，算末，也算辣地段医院上班，白大衣末，勿披了，发蜡锃光亮，毛料黑西装着了一套，红领带一根，就算是用拉链个狗头套领带，看起来派头还是蛮有个，胸口头别了面小国旗。伊去个是澳洲，别个是星条旗，估计澳洲国旗，文具商店勿进货。

小秦医生拿外国个事体讲了活龙活现，好像伊养辣澳洲，长辣美国，读书辣剑桥，轧朋友辣巴黎。大家听了扎劲，酱油瓜子氽辣嘴巴里，当伊桃板，嚼发嚼发。外国末，啥人侪勿曾去过，小秦医生末，去是还呒没去，人家签证下来了呀，半只脚踏出国门了呀。

小秦医生学领袖腔调，飞机下来，手招招，朋友蛮上路，连得澳洲总理也勿叫伊碰碰头，脚跟脚，介绍到馆子里打工去了。

力气勿是好卖个，馆子里只托盘，勿是屋里头只红木茶盘，只只铁打，一只靠十斤重，有得四只揩面面盆佮起来介大，勿要讲高头还要盘子叠盘子了。小秦医生空举也举勿动，硬劲举起来，四周围抬头，一望伊只腔势，常怕落下来吃着家生，逃也来勿及，再有心想吃饭啦。

朋友看看勿是生意经，介绍小秦医生肉摊头上班去。要死快了，小秦医生是捏手术刀个，勿是甩大刀个，伊也晓得生活蛮难寻个，硬了头皮，斩下去。人家一刀，伊十七八刀。

两日天勿到，一颗红心变两颗，多出来一颗回往心。懊愦辣国内辰光，呒没小花园里拜过气功大师，就算跟辣黄胖伊拉后头，打打相打也好个呀，今朝也勿会得手臂把肿得来，揎也揎勿上来。

朋友好人做到底，帮人家招呼穷打，朋友托朋友拉朋友，介绍小秦医生剃羊毛去。想想挦个生活终轻松了哦，勿晓得剃羊毛是技术生活，呒没八级，也有六级。小秦医生剃出来个羊，只只好像癞痢头，外国人肯定要骂娘个咯，再要扣伊工钿。羊骚臭又老结棍，小秦医生带了三层头口罩，照样吃勿消。

老早插队，小秦医生呒没去，乃来外国插队了，拨帝国主义老卜勿当青菜，吃二遍苦，受二茬罪，一点呒没跳出历史周期律。一气下头，当家做主人，回头外国老板生意。

小秦医生问朋友，别样好生活还有哦？朋友横得头，有末，我自家老早就去唻。

乃伊也勿好意思麻烦朋友，自家出去寻生活去。伊外科培训班半路出家，嬷讲拉丁文，英文也一通勿通。勿要英文个生活末，有是有个，桩桩告体力劳动搭界。

顶高纪录，伊半日天，跑坏脱一双皮鞋。皮鞋拢总跑坏脱三十八双，人膴是膴肿得来，生活寻勿着，生活费也呒没了，只好叫国内朋友钞票汇过来，飞机票买张，着了双露脚节头个皮鞋，归国去了。

满打满算，小秦医生辣澳洲蹲了一个半号头，借得来个洋钿用脱好几万。伊跑前头，医院里辞职出来个，不过，伊生活倒是蛮好，医院要伊转去个，伊勿肯去，打煞勿做回汤豆腐干。

好得挦只辰光，出国个人到底少个，回来个更加少。有个乡镇企业老总，弄堂里阿毛介绍个，看中小秦医生留过洋，叫伊来谈谈国际市场。小秦医生正好憋了一肚皮气，乃浮说乱话，勿担肩胛。

老总听了是，顿时立刻，冷汗淋淋，原来国际市场风险介大，自家小学也吭没毕业，神志野舞，两眼墨黜黑，还要走向世界，亏得老天有眼，祖宗积德，碰着小秦医生，勿然，要死快哎。搿个一泡烂污拆到天亮，吴淞口汆出去，也出国去了。小秦医生勿是人才，啥人是人才？有泼性，有见识，有口才，聘伊当副总，再好勿过。

　　阿拉弄堂里碰着伊侪讲："到底是秦总，面红堂堂。出国是有道理，转来就做老总。"

--------

【甩 hue 大刀】本词条为注音。
【回往心】后悔心，回转的心思。
【腌 ong 肿】懊丧，难受，不愉快。
【回汤豆腐干】煮熟后到需吃时再放回汤内去煮的豆腐干。比喻再操旧业的人（含贬义）。
【神志野舞】头脑糊涂，不清醒；做事说话糊里糊涂，不上心，不加思考。

崇明人拉阿爹·蓝印户口

三日两横头,弄堂里两个跑得来,面孔浪,笑嘻嘻。"九师傅!相帮弄两记,弄两记,昨日夜头,也勿晓得哪能落枕唻,侬讲怪哦?"

"九师傅,昨日仔,搓麻将忒卖力,一只混碰,碰了腰整牢唻,谢谢侬帮忙弄脱两记!香烟吃根哦?"

"九师傅,呒没生意啊?葛末,我帮侬解解厌气,弄两记白相相。"

九师傅请伊拉睏下来,呒没一个肯睏,侪好像李嘉诚来了,弄堂口只箩筐边浪,跕好辣海等伊拉谈生意。

"哎呀,立辣海,马马虎虎弄两记好唻,我马上有事体要跑个,下趟再来好好叫弄。"

"坐坐辣海,随便弄脱两记算了,睏下来我要吓个。九师傅侬勿晓得我个人老怪个,从小就是辦能样子,改也改勿脱,除脱自家屋里只床,别人家个床呒没只敢睏。阿拉家主婆倒表扬我唻。"

倒是要吓个呀,伊拉只小算盘是睏下来算上钟,大弄弄唻,要花钞票个。立辣坐辣算小弄弄,弄好了,好言话讲两声,派头大眼,香烟吃两口,香烟屁股就过去唻。

"九师傅,侬手势是灵光,谢谢!谢谢!发财!发财噢!"

"九师傅,下趟我帮侬拉两只客头来。阿拉两个做生意朋友老欢喜推个。大户！一个礼拜要推好几趟咪！"

九师傅面浪笑笑,和和调："谢谢！谢谢！㑚也发财噢！"除脱面子浪拉勿下来,伊也有门槛,辩眼勿出钞票个,侪是弄堂里横绷劲十足个朋友。自家屋里一家门三个人,眼睛侪部勿灵光,要是得罪了啥人,暗弄松一记,医院里跑跑,开销还要大咪。辩能看起来,省下来个营养费,算是外快咪。

"侬倒是九师傅个长户头。阿拉弄堂里,侬生意经也算好个,辩种下三路事体,倒是从来勿做个。"

"做人要讲素质个好哦。"阿毛是一面孔正经,外头轧姘头个事体,好像勿是伊。"辩个事体,帮我啥搭界？"

"哪能叫勿搭界？阿毛侬是有眼阿木林。上个礼拜喏,九师傅搭放出股强冷空气。"

"阿是现在告账台只女人俗股,呒没办法了,只好正规,推一记,算一记,账一定要清？"

橄榄拍拍阿毛肩胛,呒没讲辩个冷空气就是伊出个主意。"我刚刚讲个,侬再品品滋味看。"

阿毛呢,近枪,烦心煞来,㑚看伊生意做了老大,跑出来,大老板蛮海威,公司里头,伊讲个言话侪打折扣个。

辩票里副总咾,财务总监咾,人事经理咾,前台小姐咾,勿是一道盒饭摊开始打天下个老人马,就是屋里头带眼亲亲眷眷个自家人呀。乃公司里头是,痢痢头撑天堂伞,越弄越肮三,揩油个揩油,混日脚个混日脚,照阿毛心想,顶好拿伊拉统统开脱,光起火来,还要帮伊拉打官司。再想想,面子浪又拉勿下来,到辰光,真个弄大,阿爷阿娘外公外婆也侪要出来帮腔,有得头混。

要是有个人立出来做难人,潎辣前头？阿毛头得得。"我拎清了。有句老古言话,远来个和尚好看经,对哦？"

"侬末，爽气眼，出钞票请个外国人来，就讲公司，现在中外合资，侬自家退居两线，拿外国人顶上去当老总。"

"嚎！"阿毛一开心，撅一记，拿橄榄肩胛拍了喔唷哇，等脱歇，请伊推拿去了呀。

隔两个礼拜，橄榄又碰着阿毛，阿毛原旧一只隔夜拆污面孔。"哪能还呒没理清爽？"

"我是哭也哭得出。"阿毛胸口头袋袋拍拍。"气得来，香烟歇歇一包，歇歇一包，又呒没唻。"

"哪能啦？"橄榄香烟发根拨伊。

"我自家十三点。想想，请外国人末，价钿大来死，就去请一个外地……要死快了，现在公司越加浆糊唻！"

橄榄听了，推扳眼眼，厥过去。"叫伊卷铺盖呀！"

"卷勿动唻！"阿毛只芋艿头穷摇百摇。"拨伊反撬边撬进唻。阿拉亲眷里一个叫小棺材个，用小金库钞票帮伊房子买好了，蓝印户口也有唻！"

"侬请个啥人啦？"

"伊拉老早还叫我老板，前两日，侪改口叫我阿爹。我想啥体介亲热？想勿到是崇明人拉……"

"阿毛，侬到底请个啥人？"

"小……小扬州啦。"

---

【横'wan绷ban劲】蛮横，硬把无理说成有理的劲儿。

【阿木林】乡愚，什么也不懂易上当的人。英语 a moron 的音译。

【侪 gek 股】合股。

【肮三】差，令人不快、失望；弄僵；不正派，近乎下流。英语 on sale 义的引申。

# 寻开心·王伯伯

王伯伯拨伊速速爬上去唻,朹辣街道老龄委发挥余热。伊想抓紧弄眼成绩出来,事体做了勿算,再要做了伊漂亮,做了有档子,叫弄堂里一看,就看出来犞眼阿姨妈妈帮伊比是,大推扳唻。

伊拉末,捵顶只读过结绒线个书,伊是读过《三国演义》《水浒》《射雕英雄传》个。

碰着弄堂里头,常阿婆拉老头子呒没了。常阿婆日哭夜哭,伤心煞。王伯伯寻着出发点了,雪中送炭去,代表老龄委送拨常阿婆毛笔咾砚台咾,鼓励伊练练书法,学学文化,早日从悲痛当中走出来。

后脚,王伯伯跑得去,街道主任办公室表功。伊吃准自家做个事体交关漂亮,交关文化气息,一记头就拿送油、送米、送月饼、送水果个两个阿姨妈妈比下去了。

副主任汇报听好了,半根香烟一乩头(当仔干部,拿老早仔烧脱人家棉花胎个事体忘记了干干净净),气了只脚底板呒没拿水门汀踏穿脱末,也拿皮鞋底踏穿脱了。

"阿拉送油送米,天冷送条棉花胎,拨伊吃饱,睏暖热,多睏睏,睏辣床浪,勿起来也勿搭界个,顶要紧,叫伊嫑瞎想八想,犞勿是和谐了末!侬呢,侬搞什么里个东西!"

王伯伯吓一跳，眼乌珠骨碌转过去，看牢街道主任。主任到底资格好，茶杯捧牢仔，干咳嗽一声，开腔了："书法末，倒是有眼作用个，是阿拉伟大中华民族个宝贵财富。不过末，常阿婆八十几岁人哢，本底子眼睛勿灵光，青光眼加白内障，侬晓得哦？两只里向，一只眼睛吭没视力个，另外一只也几几乎看勿出，连得搣饭也老吃力个，侬叫伊毛笔捏牢了，哪能搨？望啥个地方搨好？阿会得地方搨错脱？字搨错脱？"

　　"为仔讲呀！一勿当心，搨出来反动标语，乃哪能办？"副主任马上接口，香烟也来勿及点，又窗门口一乱。"到辰光，安全局还要跑得来调查管毛笔是啥人提供个，侬勿是寻阿拉开心末！侬帮帮忙好哦，明年仔，区里向还预备拿主任提干提上去唻。"

----

【速 sok】快速穿过声：一只老虫～一记穿过去了。
【搣'o 饭】用筷子扒饭的动作。

## 谢谢侬一家门·大闸蟹

王伯伯是,一个夜头更转落转,哪能睏得着啦。

前两年,拨街道里打仔回票,心里一径殟塞辣海,大刀也开过了,讲开好了,到底勿是包开西瓜,今朝下半日,医院里向,又打电话来寻伊了,叫伊明朝快眼去。

家主婆电话挂脱,一坎路奔到对马路小花园里,推扳眼眼,拨车子轧着。王伯伯听见消息,一记头,混淘淘,也勿晓得转去,着发着发,啥叫啥,"蒋光头"九宫格里着出去,过河哚。

一道着棋个老朱,平常日脚,老是悔棋,今朝来得里爽气,豪燥认输。唉,房间里踏进来,家主婆一问,再发觉,茶杯咾、扇子咾、小毛巾咾,统统哏没带转来。夜饭是,一口也吃勿落去,眼泪水倒苦搭搭,嘴巴里嗒进去了。

台浪,小面盆里,是家主婆剥好个阳澄湖四两头大闸蟹,廿多年哏没吃过介奘个大闸蟹了,今朝口福是有,可惜一口气哏没得快哚。硬撑,塞仔两口,人摇记摇记,台子撑牢仔,立起身。

"我睏觉去了。介许多蟹孃浪费,送拨林老师哦。"

"今朝哏没胃口,冰箱里冰进去,侬明朝起来吃。"

"出松!出松!亨八冷打,出松脱!人也要出松哚,还想两只蟹啊!"王伯伯激动来。

芒 种

讲着蟹末,想着家主婆笨了真出蛆,蟹烧好了,勿是死蟹末,介触霉头,不过,吵两声个气力也呒没了。

床浪,横好了。一个夜头,倚辣想哪能死了爽气眼,勿要吃了苦头又要花洋钿,要末,自家睏觉药片弄两瓶吃吃?吊煞脱,倒也爽气个,千万勿好死辣屋里,辫叫勿识头,万一下趟小人美国转来,房子蹲也勿好蹲,卖也卖勿出价钿,就算老太婆一家头蹲蹲,也要吓丝丝个。跳黄浦去末,下去倒蛮好,脚跨出去,眼睛一闭头,比电梯还快,断命拨人家铁钩子拉上来辰光忒难相。跳东方明珠末,上去还要买票子……

王伯伯跶早起,镜子照照,只面孔一看,是出毛病了呀,好像拨76号捉进去关了一夜天,今朝,拎出来了,马上要吃辣货酱了。

家主婆要陪王伯伯一道去,王伯伯硬劲勿答应,已经伸头一刀,缩头也是一刀个辰光,刀下来得快,只有适意,边浪,多个人烦心思。一干子弄堂口出来,想好了叫差头个,勿晓得哪能,跑发跑发,马路穿过去,跑到小花园里看树去,拣出棵粗眼个杨柳树。一想又勿对呀,自家吊煞辣此地,下趟两个老朋友,小花园里还敢着棋了?勿要死也死了,还要拨人家牵头皮。还是死死辣医院里哦,横竖医院里日日有人死。

医院到了,王伯伯养出来到现在,头一趟,介爽气,拨司机五十块,嫑找了。司机一看王伯伯只面孔就有数,勿肯收伊钞票。

"路近来死个,一公里也勿到,两三分钟事体,算我送送侬哦。免费。"蛮好句言话,听辣王伯伯耳朵里就是触心旌,钞票捋了一团,望车子里一丢。司机戆脱,面相看看,蛮和气个末,噢对,是脑子出毛病。

东楼科室里一问咾,吭没人寻伊,问到西楼办公室咾,人家也勿晓得,人已经跑了脚拖辣海唻。跌跌踵踵,踵到挂号处,名字对对看,挂号处也翻勿出啥花样经。电话一只一只咾打上去,搞七搞八,搞了两个多钟头,总算搞清爽了,是随访呀。

王伯伯介许多年数吭没发过脾气,今朝老了,倒翻毛腔了,掼脱只电话机,两支原珠笔。

两个护士吓了叫黑猫,黑猫"喵"一声冲过来,事体一问,边头看毛病个侪相帮王伯伯,不过,叫伊吵嫑吵,到院长办公室投诉去。

王伯伯问清爽了,院长辣几楼,电梯乘上去了。到8楼,电梯停一停,小秦医生踏进来了。

"王家伯伯,我辣寻侬唻!"

"小秦啊,侬调到此地来了?好个,好个,侬评评道理看……"

"王家伯伯,侬嫑动气,事体是我勿好。我前两日末,正好电脑里头吊着侬病历。我想,阿拉一条弄堂里个,赛过自家人对哦,总归要关心关心个咾,阿拉院里末,正好又辣搞便民服务,评先进。我电话刚刚拎起来,呆呆叫,头头叫我开会去,我只好叫同事帮忙,打只电话拨侬。巧也真巧,阿拉同事也要开会去了,乃伊讲了忒急……"小秦医生笑嘻嘻,花发花发,花上来了。"我想多检查检查,终勿会得错哦。"

"电话是侬打个!"

"勿是我,勿是我,是同事……"小秦医生一轧苗头勿对,两只袖子管是烂甩,要拿烂污甩脱。

"一只电话讲勿清爽,倷再打只呢!"

"我是想……侬王家伯伯是做人家人,电话费蛮贵个,打一只好了呀,打两只三只……"

"侬阿是当我老屈死啊?大哥大要铜钿,屋里电话打进来,一百只也嬲铜钿得个!"

"是是是,我屈死我屈死。"

"言话讲转来,小秦,侬打啥电话啊?一条弄堂里个,下班路过,知照声好哉。"

"是是是,我也呒没想着,王家伯伯,对勿住对勿住……"

"小秦啊,侬呒没地方对我勿住,侬是对我真好!王伯伯我今朝要谢谢倷一家门!谢谢噢!谢谢噢!王伯伯帮侬鞠躬!一鞠躬!两……"

"咸,咸,王家伯伯,侬辦个啥体啦!"小秦医生拉牢王伯伯,王伯伯硬劲要鞠下去。

13楼电梯门开开来,外头人一眼里头吃相,当仔病人心脏病发了,医生正辣辣抢救,呒没一个人,电梯敢踏进来。

门关脱,小秦医生穷花百花了。"侬听我讲呀,王家伯伯,来了末,就检查检查,算我个,免费个,好勿啦?免费个。"

王伯伯电梯下来,思路一记头开阔出来,乃想着四两头大闸蟹了,豪燥赶到挂号处只服务台,问人家电话修好了哦,伊要打便民电话。

"喂,是我呀。茶杯、扇子、小毛巾送转来了哦?呒没?侬问伊拉讨去!侬现在就讨去,嬲拨伊拉撸脱!大闸蟹呢,勿会得送脱了哦?啊!真个送脱了啊!啥人叫侬手脚介快!侬个人嚱!勿是我讲侬……我毛病?啥毛病!我有啥毛病!呒没毛病,一眼呒没毛病,身体来得好!辦个有啥好寻开心。侬噜噜噜啥体啊,阿是两个寿屈死捷花圈来了?套辣伊拉头浪,叫伊拉带转去!啊?侬脱两个小人伲电话打过了,飞机票买好了?搞啥百叶结啊!我也要谢谢侬一家门哎!转来?转来啥体啊?我拨侬气了胸闷,肚皮痛,上去检查去了,一只一只查到家。小秦自家讲个,免费!"

————————

【混淘淘】水混浊;头脑不清醒。
【奘zang】肥;胖。
【出松】走,离开(含贬义);东西损坏而抛弃。
【蛆'qi】苍蝇等昆虫的幼虫。
【跞lok早起】早晨早起身。
【触心旌jin】说起心中不快之事牵动情绪。
【抟dhoe】把东西揉弄成球状。
【跌跌踵踵cong】踉踉跄跄。
【知照】吩咐,使知道。
【谢谢侬一家门】事情被对方办糟时的埋怨话。

## 眯花眼笑·大卖场鸡蛋

叫是濆辣玻璃里头噢,还好手撸两记噢。濆辣外头末,只好雨刮器开开来了呀。

班车司机老熊谗唾水撸撸清爽,只面孔浪,两块黄肉横发横发,邪气看阿拉勿起个讲:"上海人就是欢喜贪便宜!"

侬想想看,一帮子阿姨买了米咾油咾,大包小包,啥人勿想就近落车,顶好末,停辣屋里胡梯口。

老熊讲勿来三,伊要照站头停个。范阿姨马上翻老账:"侬常庄车子开辣半路浪,停下来买香烟,辩个辰光,侬哪能勿讲? 侬还常庄跳站咾,抄近路咾,侬当侬大站车啊!揭便宜还讲人家!"

老熊听了光火了呀,就是伊讲勿出啥花头,讲得出个说话末,老早搞传销去了,只好老花头叫一声:"上海人就是欢喜贪便宜!"

"啥人讲个? 侬讲言话,证据有哦?"

"上一次,一对娘俩,停这里,停那里,奶奶的……"

"上趟仔,两个人口音勿是上海人好哦。"两个阿姨侪是老乘客,晓得伊要讲啥。

"不是上海人,肯定嫁的是上海人。"

"侬哪能晓得?"

"我怎么不晓得,上海人有钱呀,两个女的,不是小的嫁给上海人，就是老的嫁给上海人。"

"上海人赚钞票，俉难过咾？上海人钞票也是自家赚得来个，勿是问俉借得来个，晓得哦？"

"外地人心态是勿好，怪勿得……"

咪里妈拉，吵个辰光，一双高跟皮鞋，笃笃笃，笃笃笃，路跑起来，胸口头一掼一掼，蛮掼奶油个小阿姨闷声勿响跑过来，三只手节头辣老熊肩胛浪，搭一记。老熊是拎了煞辣势清，一只刹车，刹了老稳，班车贴准，贴辣小阿姨屋里蹲个小弄堂口。

"下趟鸡蛋便宜，侬帮我代买五斤噢。"

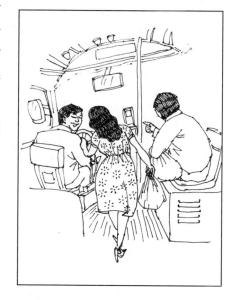

"放心，我是内部职工，可以买三十斤。"

"嫑忘记脱噢。"小阿姨又搭伊一记。

"嗯嗯。"老熊眯花眼笑。

范阿姨是，看了难过来。辩个小阿姨，伊认得个呀，隔壁弄堂里橄榄拉家主婆，长波浪啦。

等人家跑脱，门关脱，车子开了，乃伊牵头发声音了。"看呀看呀，三只手节头揸螺蛳咾！啊有！"

"是捏只甲鱼头！"

"为仔讲呀！啥腔调啦！"

"啥体伊好随叫随停个啦，怪哦？"

"我是男人，这有什么奇怪。只许你们上海人贪便宜啊！"

"阿拉现在就打手机投诉侬！"

"投诉伊，投诉伊，我包里张会员卡浪，电话号头有个。我翻翻看噢。"

"阿是400打头？还是免费电话唻！"

"侬打！侬打！"

"还是侬打，我手机吭没电了。"

"算了，算了，不要打了。"老熊喇叭揿两记，也蛮爽气。"下次我也帮你们买鸡蛋，好了哦？"

"侬讲个噢！买几斤？"范阿姨勿难过了，适意了。社会和谐了。老熊又跳下去买香烟去了。

---

【揞便宜】占到便宜，讨便宜。
【咪里妈拉】吹喇叭声。
【煞辣势清】一清二楚；十分清洁。

# 懂经·丁克

　　儿子结婚三年零六个半号头了,范阿姨总算头一趟听见"丁克"搿只词。又过了足足一个礼拜,平常日脚,报纸也勿看一张个,只看电视机里阿庆讲故事个范阿姨,一只鱼头代价花下去,街道图书馆里借书证也办好了,刚刚懂经,搿只词煞根个。

　　乃是双休日,一日一日有讲头。趁儿子收快递、揩车子、用马桶、跑步锻炼个空档,范阿姨好跑个十七八趟,跑到新妇搭开大道:"侬是蜜糖水里泡大个……老早底,样色样物事,断命侪要凭票,一户人家,五个人算大户,推扳一个,四个人就算小户唻,大户黄鱼好买两条,小户只有一条……就少脱一个人噢,真正气煞人,我极是极来,小囡豪燥养一个呀!"

　　大道开发开发,开到勿孝有三。新妇勿搭腔,也勿生耳朵,人末,涴辣沙发里向,一头末,时尚杂志翻翻,一头末,小视频看看。范阿姨吪没介好心想了,拿新妇勿肯养小囡桩事体开消出去,通过人海战术,通过人民群众辣新妇背后头点点触触,叫新妇勿得勿领笨。

　　头初里,弄堂里两个老阿姨蛮起劲,蛮相帮,一颗管闲事个红心是火热踏踏滚,一只钢宗镬子贴辣伊拉胸口头,眼睛一刹,水开了,好下面了;嘴巴浪,冷言冷语冷了结棍,一碗刚刚下好个热汤面摆到伊拉嘴巴下头,歇歇功夫,就是朝鲜冷面。

不过,呒没几日天,就拨自家屋里个儿子新妇关照过了,拎拎清噢,勿许轧辣人家年纪轻个事体里头,辩个是个人隐私,晓得哦?

煤炉隐脱倒晓得个,泅水也熟个。隐私,什么里个东西啊?范阿姨又跑图书馆去了。

转来一看,新妇买了只狗,当仔范阿姨面,亲亲热热,口口声声:"儿子!儿子!"当养了个小囡能介,买衣裳,买出门着个小鞋子,买项链,买来路狗粮,买狗汰浴个香波。

范阿姨屏勿牢了呀,书一丢头,跳出来上腔:"做女人,好勿养小囡个啊,勿养小囡是歪路子,要雷打个。"

新妇眯眯笑:"叫㑚小囡㑚来寻我了。我小囡已经有了。"

抱了狗儿子,回娘家去咪。

乃儿子要吵勿啦,屋里事体闹大,閧僵了。

范阿姨跑到老娘屋里讨救兵去。老娘末,老花眼镜戴仔,一头结绒线,一头告伊讲:"做人末,要将心比心。"

"我哪能勿将心比心啦?儿子勿是我养个?我养伊个辰光,吃几化苦啊,营养品又呒没,还要翻三班……伊买来路狗粮,我㑚讲牛奶也呒没资格吃,连得奶粉也弄勿着几包,喂个是粥秙、饭秙……"

"侬忘记脱啦,'上山下乡'个辰光,侬要死要活勿肯去,'里革会'头头特为派一帮子积极分子,伲隔壁头王先生也有份,日逐日,辣伲屋里门口头,敲锣打鼓,喊口号,连牢闹仔五日天。侬是日日哭呀。第六日天,侬行勿住,只好派出所户口销脱,打包裹上路。侬嬲讲姆妈呒没文化,我晓得个,迭个叫做精神折磨。侬记得哦,后首来,王先生拉大囡儿也贵州乡下头去唻,想回也回勿转唻。伊跑得来打招呼,叫伲拿账算辣'四人帮'头浪……"

"放伊个黄狼屁!"范阿姨牙子也要咬碎脱。

㸔个一日天转去,范阿姨得儿子关照好了,新妇马上接转来,讲清爽,养小囡个事体再也勿提了。

---

【有讲头】话讲不完。
【开消】指责,斥责。
【点点触触】指指点点。
【头初里】最早时候。
【上腔】比喻发作;寻衅。
【闹 pan 僵】僵持对立。
【喂 yu】本词条为注音。
【粥 zok 靭 nin】粥汤上凝成的一层薄衣。

## 乓乓响·110 联网

巧是真巧。早浪头,赵军轧地铁碰着勇奇。两家头越茄越扎劲,十站路,歇歇过脱,一点勿觉着。

地铁到了人民广场,轧足输赢,轧发轧发,总归多矛盾。一个西装领带,卖相像白领,面孔有点丁倒大,就叫伊白领丁哦,踏着勇奇一脚,打声招呼末,也算了,白领丁面孔一别,别过去,赛过现在吃大户个女人,部广奔下来,碰着前头个下岗男人。

勇奇开始放喇叭了。"巴子,规矩是勿懂……"

"妈的,你骂谁!"

"唵,倒听得懂。勿是头一日上来个。"勇奇嘴巴披披,眼睛斜斜,对赵军笑笑。

赵军拎清,啤酒肚一挺,拉场子。"讲侬听见哦?凶啥凶!凶啥凶!"

"我是巴子,你们上海人都是……"

"嘎嘘!啰嗦啥物事!侬就是只巴子!勿管侬上海人、外地人,做出来个事体巴子腔,葛侬就是巴子!"

"放屁!我今天就是要揍你这种讲上海话的!我听到你们上海人讲上海话就想拿本本砸上去……"白领丁吵了结棍,小舌头浪,谗唾水也趵出来,赛过油镬里,豆板"豁"一碗盏倒下去。

勇奇头颈支上去，眼睛眴出。"口气倒蛮大！力气有勿啦！真当阿拉上海人吓俫！"

"妈的，废话少说！"白领丁领带解解松，旁边人侪蛮识相，马上让让开。勇奇一看，一记头勿响了，好像磁带轧带。赵军觉着事体又要床底下放鹞子——大高而勿妙，勇奇又要喇叭腔了。

"你们上海小男人只会动动嘴皮子！"伊领带解好了，乃开始缲袖子管了，好像要勿是旁边人多，老早一拳头夯过来了。"有种，下一站下车！我们下去说！"

"妈个巴子！下去就下去！啥人勿下去，啥人宿货，勿是男人！"勇奇盘带子，着末生头，又放下去咪。

"好啊，你有种！不要到时候，哭着不下去！"白领丁冷笑笑，赛过伊是相面先生，老早相准足咪。

地铁是快，歇歇功夫，站头要到快了。三十秒钟里，赵军先想自家哪能搭把手好，到底岁数勿小，昨日夜头，拨断命家主婆嬲牢仔硬撑，撑了两只俯卧撑，现在腰还酸来，又有血压高，又有血脂血糖……单位里也请勿起病假。又想，勿好勿上路，赛过勇奇提篮桥后门口桩事体，头皮有得拨人家牵咪。不过，辩个生活蛮讨厌个，工伤勿算，见义勇为也勿算。再一想，勇奇也就嘴巴浪凶凶，真勿会得下去咪，面子浪难看，两条马路一跑，啥人记得，到底是吭没打伤脱，实惠呀。人家白领丁廿岁出头，阿拉老头子咪，勿好搭脉个。要吃得开，也勿好瞎吃八吃，阿是？

地铁门一开，勇奇双脚跳，派头老大，像跳降落伞，头一个跳下去了。赵军呆了一呆，硬了头皮跟下去。

"来呀！来呀！阿拉单挑！一对一！阿军侬覅出手！来呀！来呀！"勇奇横冷横冷辣喊。

白领丁眼乌珠弹出了七密粒，好像小半只香烟屁股介大，手臂把抬起来，乃勿是揎袖子管了，辣看手表。

到底是辣上海了,晓得经济利益,脱卯要吃家生个。"我又没到站!我下去干什么!你神经病啊!"

白领丁一开软档是,勿管阿里搭个人,反正是一车厢个人笑煞脱。今朝阿拉扎台型个,上海男人灵光个!

两个小青年穷叫:"爷叔侬老卵个!"

勇奇来得上劲,追牢仔地铁来奔,嘴巴里来誽:"瘪三,侬是男人哦!啊!"当伊神经病要自杀,马上两只黑猫奔过来,一左一右夹牢伊,好像一副大饼夹老油条。

事体清爽了,黑猫也讲勇奇是模子。赵军翘起只大节头。今非昔比!今非昔比!真个,勿好用老眼光看人!

两家头一面等下部地铁,一面讲张,讲发讲发,讲起当年提篮桥后门口吃瘪桩事体。

"阿军,大家认得介许多年数,我也勿瞒侬,"勇奇声音轻下来了,别转头,䁖䁖边头两只面孔,估计是外地来个,上海言话听勿懂,声音一记头乓乓响。"㺃只巴子刚刚动手动脚,看腔调是,真个要请我吃生活。车厢里忒轧,逃勿脱,一记是一记,乃我苦了,拨伊揿辣骶里了。月台浪末,地方大,游得开,阿拉单位里,羽毛球混双,我是第五名噢,伊勿板定打得着我哎。阿军,我再教侬只门槛噢,地铁浪,动手勿合算个,探头又吭没个,阿是?生活吃好,门一开,大家一嗡头,伊逃下去,侬也揌伊勿牢,到辰光是,寻根毛也寻勿着呀。现在医药费贵来死个!戳俄,看只感冒也好看

256　弄堂

脱一千多块！我刚刚下来辰光，也呒没想着伊会得缩脱，我想个是，站头浪，探头几十只，再有黑猫，再有两个地铁小鬼，百分之两百告110联网。伊假使真个敢动手，马上拨人家捉脱，阿是？就算拨伊逃脱，探头拍下来也逃勿远，照排头叫伊买单。"

赵军听了眼乌珠定烊烊，后首来，一点点觉转来了，另外只手个大节头也翘起来了。

"再有唻，公共汽车末，下去上来，又要买张票子。地铁是，侬笃定下去好唻，晏个两三分钟，掿顶唻，又好上唻。"

赵军是金鸡独立，一只脚也跷起来了。到底是阿拉后弄堂司令，怪勿得混到今朝，得提篮桥顶近个一趟，也只不过辣后门口。前弄堂个司令，到现在还辣里头吃格子饭唻。

---

【丁倒】颠倒。
【披嘴】嘴唇向旁撇一下。
【嘎 hho 嘘】表示驱逐。
【喇叭腔】办糟了，很不像样。
【缲 qiao】把布边往里头卷进去，不露针脚地缝上；向上卷。
【宿 sok 货】因滞销而积存的货物；胆怯不敢动、易屈服的人。
【搭脉】中医号脉，引申为打听对方的实力，掂量，估摸意图；相比较，较量。
【密粒】毫米。
【脱卯 mao】迟了，脱了时间。
【开软档】碰某人的弱处；饶了某人，放条出路。
【觉 gao 转来】醒来。

芒　种

## 做人家·十全大补

老底仔过来个人,侪蛮做人家个。做人家也有做过头个,做了险介乎拆人家也有个。

阿拉弄堂里丁家阿爷,做人家得来,一双拖鞋皮拖了廿几年,破得来,济公师父看见了,也要叫伊师父。

屋里丁丁,新个五六双,老早帮伊买好了,叫伊旧个,好觑觑脱咪,勿然介,屋里侪是旧货,呒没地方落脚咪。

伊也牙子咬咬,发发心……到底还是肉麻呀,又怕小人讲伊拎勿清,好惭勿识,乃想出只办法。伊顶小个阿妹,屋里头房子大,旧拖鞋摆到伊拉屋里去,丁丁管勿着咪。

想好仔,第二日去。夜饭吃好,出去一圈兜好,告诉丁丁觑脱了。屋里只马桶是用两块半圆个木头垫高个,木头当中勿是有空档末,旧拖鞋园辣里头先,蛮乐惠。

啥人晓得,大新妇半夜里起来用马桶,哪能摇记摇记,咽笃咽笃?啥个仙人呀?

心一宕,连人带桶,共隆隆。丁丁一家门捂牢头顶心,抢了奔出来,道是地震咪,丁家阿爷良心老好,还要救新妇去。大新妇极叫:"嫑过来!嫑过来!我裤子呒没拉好呀!"

隔壁邻舍,灯也一只一只亮了。大勤共了半半日日,总算太平了。丁丁问城隍老咾，拖畚拖出来一双旧拖鞋，哪桩事体？

丁家阿爷告伊讲："侪是傶，别别催，催了我极来。我一极末，甩到马桶里去了呀。马桶一翻末，翻出来了呀。"

丁丁还勿晓得自家爷，不过，已经五更天了，天亮了末，要上早班去个，算了，勿响。丁家阿爷被头洞里候咾候，大家侪睏落去了，伊轻手轻脚起来，自来水龙头下头汏拖鞋去咾。

旧年仔，丁家阿爷到底年纪大来，跑路勿当心，掼脱一跤。伊也勿告小辈讲，屏了两日天，两块七角哦，顶顶便宜个伤筋膏揭揭，勿解决问题呀，只好看医生去了。

秦医生末，帮伊片子拍好，片子浪，一记头，看勿出啥。老医生经验蛮足个，作兴是隐性骨折，豁缝来得小，要一个礼拜过脱咾，显得出。乃末，叫丁家阿爷下个礼拜再拍张片子来，特为关照清爽，路勿好多跑，转去辰光叫部差头，还问伊，阿要打只电话拨阿拉小秦帮侬叫好？

"我自家叫，自家叫。我会得叫，老鬼！上趟，到阿拉阿二头屋里去，我也乘歇过个。"

丁家阿爷嘴巴浪，噢声能，秦医生又勿晓得阿二头就是开差头个。医院门踏出来，孆讲差头，连得电车也肉麻乘，想想屋里又勿远，廿分钟路末，节约一点算了。自说自话跑转去了。

第二日天，痛了行勿住。秦医生一看，拨伊跑坏脱咾，乃养勿好，只好调人工关节。辫只老鬼三，医保勿好报个，丁家阿爷天天哭出乌拉："我真叫昏头呀昏头！蛮好浪费只电话费，打拨阿二头啥！"

孆看丁家阿爷节约人，保身价倒蛮保个啦，相信冬令进补，叫乡下头亲眷告伊带眼草药上来，自家弄堂口酱油店里，拷眼高粱酒泡泡伊。泡了两个号头，老太婆一看，辫缸药酒一色头碧碧绿，劝伊千万千万孆吃。丁家阿爷勿相信："大补！侬晓得啥！"

芒 种

海大碗倒出来，一大口一大口，吃拨老太婆看苗头。第一口神经兮兮，第二口神志野舞，第三口神志无主。一碗盏下去，一转头，大小便失禁，言话也讲勿连牵哝。

老太婆马上叫一幢房子相帮。后楼嫂嫂问一声："阿是吃隔夜小菜，食物中毒了啊？"

背个背，托个托，奔个奔，弄到急诊间抢救去了。汏胃，输液，总算脱离危险。

第二年冬至，丁家阿爷又送进来抢救哝。

原旧碰着小秦医生，老太婆也熟门熟路了："小秦救救性命呀！又是上趟个老毛病！"

缸药酒末，丁家阿爷勿舍得倒脱，园到弄堂防空洞里头。伊想作兴是泡了勿得法，辰光呒没到，草药毒性呒没拨酒精杀脱。乃多泡仔一年，终泡好了哦。好得伊勿算忒戆，吸取上趟教训，辣个一趟，只渳了一小口，医院里观察两日天又活络了。

后首来，药酒末，是拨三个儿子碰仔头，一道盯辣海，射尿坑里倒脱了。泡药酒只玻璃缸末，丁家阿爷随便哪能勿肯甩脱，硬劲讲药水肥皂擦擦伊，擦得清爽个，下趟好做酱菜个。

---

【险介 jiǎ 乎】只差一点儿。
【半半日日】形容很长时间（指应该短时间能做完的事耽搁了较长时间）。

【被 bhi 头洞】被窝。
【噢声能】一口答应。
【行勿住】勿住，即不下，不了。行不住，受不了。
【老鬼三】指人（贬义）；指不便言明的事物。

## 把家·情人节

阿拉弄堂里有只笑话,讲个是,小大块头轧朋友辰光,送拨了女朋友 11 朵玫瑰花。11 代表一生一世,女朋友焐心啊,又勿好意思明讲,倒过来问小大块头做啥要送 11 朵。

小大块头像煞面皮薄,扭头齉颈,难为情。女朋友神气来,抱牢伊是,横问竖问,定规要问伊出来。

乃是赛过马拉松跑过,气吭得来,接勿上,只好老实言话讲出来:"本生买 9 朵个,结果人家花店正好辣促销,买 10 送 1 呀。"伊自家也觉着气氛勿对,马上补一句。"合算哦?"

毛毛听了辩只笑话末,一眼勿觉着啥好笑。人家起码还买过,小扁头告伊轧朋友辰光,随便哪能豁翎子好唻,豁得来,一脚盆水好豁到金茂顶浪,花也一朵吭没送过。

每坎里情人节,毛毛俦有

眼心思,最后,证明是空头心思。屏勿牢,只好明打明讲哝:"人家男朋友伲送玫瑰花个……"

"玫瑰花一眼勿实惠,阿拉还是小绍兴吃两斤白斩鸡去。白斩鸡,侬勿是欢喜吃个末?"

"哭作扁把!"毛毛跑辣前头,勿睬伊。

小扁头嘻嘻哈哈追上来,臂撑子撑起来,叫毛毛勾牢仔,云南南路去哝。巧也巧,大世界门口头,两个小瘪三追来追去,追牢仔过路人卖五块洋钿一支头个玫瑰花。

毛毛有心跑了伊慢眼,好叫小瘪三拉牢伊拉。阿有啥,小扁头连得五块洋钿也勿情愿出,拖牢仔毛毛迓来迓去,弄了一帮子小瘪三扎劲煞,追呀,好像有人陪伊拉白相老鹰捉小鸡哝。马路浪,看白戏个人伲拍手,毛毛倒过来拖牢仔小扁头望外头冲。

礼拜五,又碰着情人节哝。小扁头转来,钥匙带了,门勿去开呀,笃笃笃,笃笃笃,毛毛道是抄煤气表个来了。

猫眼里一眼,小扁头秘密兮兮个,两只手园辣背后头。门一开,豁,西天出日头,辣末生头,一大毬噢,99朵玫瑰花变出来。

毛毛看了一呆,眼圈一红,眼泪水淌淌滴。小扁头末,当仔家主婆欢喜了眼泪出,自家面孔候上来,预备好,伊一场阵头雨介个香香,想勿到是一场辣豁豁啦,空阵头下来一只大头耳光。

"侬只死人!强盗坯!下作坯!侬讲,辣外头做了啥黑良心事体!"

"啊?呒没呀……"

"做功好来,从来勿买个,今朝买介许多,想吃吃我啊!"

"我真个呒没呀!冤枉!"

"啥人相信!有本事做,就孅赖!"

"天地良心,侬调查去好哝!"

"叫我调查?侬证据肯定揩脱了!侬晓得今朝一朵玫瑰花要几

钿哦？侬舍得啊！"

"我要是外头有花头，叫我……叫我……"小扁头罚咒，拿电线木头浪，看过眼老军医知识统统用上去了。

"大令，侬真个是买拨我个？"毛毛眼睛一只大一只小，大个小个，侪有一泡疑注疑惑辣辣。

"真个呀，对天发誓！一遍勿够，我发个一百遍！"

"啥人叫侬骨头介轻个呀，买前头，也勿帮我通声气。"毛毛一歇哭，一歇笑。"真叫勿当家，勿晓得小菜价钿！"

"葛末，我老实言话讲出来了噢。是侬逼我个。侬嫑打我噢！"

"侬讲好唻！我老早晓得……讲啥打昏涂，打了忒结棍，为我好，要帮我分床睏。"毛毛又流眼泪了，眼乌珠还翻白，泡得来像糖水龙眼。"明朝……等脱歇，我就抱小人回阿拉爷娘屋里去！"

"侬先听我讲好呀，花勿是我买个。"

"我就晓得……呜……勿是侬买个，啥人买个？好啊，侬白相了花头透个呀……"

"侬听下去呀，嫑急呀。阿拉公司里向，有个前台小姑娘……侬嫑动！"小扁头拿毛毛死死抱牢，毛毛忘命争啊争。

"伊今朝末，收着老早仔男朋友一束花，晓得哦，又收着辞歇仔男朋友一束花，夜头是讲好，帮辞歇仔男朋友吃饭去个，乃哪能一家头带两束花啦，我就问伊讨得来，借花献佛。"

"侬骗我好唻，横竖我好吃吃。"

"勿相信明朝自家问去。办公室介许多人好做证明个。要勿是为了侬，阿拉勿管哪能，也算部门经理了，好意思开辞个口啊？公司里两个外地人嘲叽叽来，讲我上海小男人……"

"伊拉巴子懂啥，睬也嫑睬伊拉！"毛毛只嘴巴好挂油瓶了，不过，现在是香油了噢。"侬也是巴子，啥人屋里小夫妻分床睏个啊？侬打呼，我又勿嫌比侬个咾，今朝夜头……"

毛毛电话打拨伊拉爷，叫伊拉爷拉差头过来，小人接得去。伊讲小扁头要加班，加倒是加班，就是辣屋里加夜班。

趁小扁头汰浴只空档，毛毛一头抽斗里翻洋蜡烛做气氛，一头肩胛浪，无绳电话夹好了打拨两个小姐妹，叫伊拉明朝电话打到小扁头公司前台去，帮伊盘盘言话看。

---

【扭 'niao 头齉 ngak 颈】扭头弯脑，不自然，不大方，羞答答的样子。
【空头心思】脱空的不能实现的想法。
【哭作扁把】吝啬。
【毬 jhiu】团，束。
【淌 tan 淌渧】被雨完全淋湿的样子；液体洒满地；泪水猛流。
【空阵头】打雷闪电而不下雨。
【大令】对丈夫、妻子或情人称亲爱的。英语"darling"的音译。
【疑 ni 注 zy 疑惑 whok】疑神疑鬼。
【打昏涂】打呼噜。
【忘命】拼命地。

**吃咖啡·打卡**

小扬州升级了噢,门面又借了三开间,加原来个音响店一开间,乃是四开间了,开了爿咖啡厅。

人家问伊,开咖啡厅啥体,开汰脚房勿是蛮好,赚头更加足呀。

"帮帮忙噢!"小扬州手机响了,浪奔,浪流……伊电话接好,苍蝇墨镜戴上去,再帮阿拉上课:"阿拉到上海也三十几年了,阿拉也是老上海了,好哦,㑚侪淘汰脱了,咖啡+文创,懂勿啦?"

伊翻了套行头,乌黑锃亮个铜盆帽一顶,拖辣地浪,好像相帮扫地阳个黑风衣一件,雪雪白个真丝围巾一条。迭个一条围巾是顶结棍,夜里出来倒垃圾个王伯伯,拨伊吓着好几趟了。

爿咖啡厅末,倒是装修了蛮有腔调。伊碰着啥人侪要介绍,是现在顶行个田园风,啥落地长窗咾,啥碎花墙纸咾,啥蕾丝窗帘布咾,打蜡地板还是粉红颜色个噢。

阿德拍伊马屁:"阿哥乃是弄大了,拿外滩个英国领事馆搬到弄堂口了。"小扬州拍拍伊肩胛,请伊卡普基诺吃脱一杯。

㑚也嫑讲,每日天,来个人倒是蛮有个,侪是年纪轻个漂亮小姑娘。小扬州看见是,墨镜一歇勿停蜕下来,嫑看看清爽个啊。电视台也来过了,做了档节目,上卫星了。

勿晓得为啥，样色样侪好，就是生意勿好。譬如讲，两个小姑娘哦，咖啡厅门口小照拍好，打卡打好，进是勿进来个，得小扬州手甩甩，"狗头牌"一声，小黄车踏了跑了呀。

两个号头下来，小扬州吃勿消了，只好兼职送外卖去了。横竖山东书记退休了，蹲辣屋里呒没事体做，小扬州就喊伊相帮代看看。山东书记思想好，嫚工钿个，每日天还打扫卫生，玻璃窗揩了煞清。

九月份，山东书记老年旅游团出去白相去了。乃伊只好拎了两盒杏花楼，请丁丁爷叔相帮看两日。

咸，勿晓得啥道理，丁丁爷叔看店个头一日，有得五百多块进账；第二日是毛两千块了；第三日，勿得了，四千多块！

小扬州也拎得清个，到底来了三十几年了。五千块包了只红包，塞辣爷叔手里。

丁丁爷叔也勿客气，哈哈笑笑，暗暗叫，戗了戗份量，别转身看看，弄堂里人呒没，豪燥袋袋里园好。

"小扬州啊。"

"爷叔！"

"侬啊。"

"爷叔！爷叔！救救我啊！"

"咖啡＋文创，阿拉勿懂个。阿拉只晓得目标＋钞票。"

"嗯嗯。"

"小姑娘咖啡勿吃个，吃咖啡个侪勿是小姑娘。"

"嚎！"小扬州有点拎清了。

"派派侬也是老上海了噢。窗帘布末,拉拢眼。光头末,隔了伊暗眼。忒亮,人家哪能劈情操?哪能白相味道?"

――――――――――

【地阳】地。
【敁'den/'di】用手试测物品的份量。

## 结棍·老城厢

老朱拉儿子，迭个两年，算混了蛮好，辣弄堂对过只楼盘里买了套商品房。老朱告山东书记辣小区花园里头认得了。

头初里，两家头侪是勿哪能标准个普通言话，慢慢叫，听了熟门熟路了，晓得心想了，大家侪讲地方言话，倒也听得懂。

山东书记末，解放前头，辣村里头参加过儿童团个。根红缨枪，伊调过来调过去，冷饭穷炒。

"迭个啥稀奇，"老朱保暖杯拿起来，茶叶茶嘬口。"阿拉读书辰光，参加过童子军个。宽边帽咾，蓝领巾咾，再有警笛唻。儿童团，侬团长。童子军，我军长。级别两样，侬要听我指挥。"

山东书记只搪瓷杯，朝石台子浪，碰，一敲。"上海人，帮帮忙噢！"

下个号头，里委会组织老年朋友黄山旅游。

山东书记模子大，冲辣顶前头，一路浪，叫老朱："上海人，侬吃得消哦？侬还是下头歇歇哦。俺是久经考验，久经锻炼，一辈子奋斗在革命第一线，爬山真叫小儿科。"

半只钟点过脱，山东书记头顶心个汗水流辣嘴巴里，嘴巴里个诞唾水流辣头颈里，气急夯夯，勿听指挥，勿来三哉。

㑚看老朱人瘦刮刮，爬到伊前头去唻。"老干部，侬吃得消哦？

芒 种

风油精要哦？告我别苗头，勿想想看，我也是久经考验，久经锻炼，一辈子辣老城厢个三层阁爬上爬落，迭个木头胡梯，侬是勿曾见歇过，看见仔，保险侬头混，好好叫比《智取华山》险哝！"

————————

【炒冷饭】旧事重提，旧话重讲，旧事重做。
【嗍 sok】吮，吸。
【气急夯夯】气喘吁吁的样子。
【瘦刮刮】身体消瘦无肉的样子。
【别苗头】比高低，争风头。

# 门槛·小出老

西厢房里小四眼,伊要买只"苹果"。

伊拉爹爹老丁听见一只苹果要六千多块洋钿,热啥大头昏啊。撒,一记头塔操上来。

小四眼哭出乌拉,逃到阿拉屋里。"爷叔,我大起来要赚老多老多钞票,苹果买伊一百只!"

我讲蛮好蛮好,有志气。一头喊伊坐脱歇,坐到只死角里去,一头拿我只苹果,枕头下头园园好。

"爷叔!侬看呀!"

咦,哪能一歇歇,小四眼中气介足了啦?我捷转身一看,伊手里张申报纸捷了高来。

嚎,小鬼小门槛有眼个。喏,头版头条,某某人见义勇为,奖金末,洋钿五万块。

"爷叔,又好做好事体,又好拿钞票,我也要去!"伊笑了开心来。我对伊望望,侬去啥去啊?

我老早眼事体叫勿想讲。一桩一桩多来,吃橘子咾,放倒钩咾。阿拉叫名岁数十一岁,硬碰硬,脚踏车提篮桥好一脚踏到老西门,老鬼!只小鬼呢,实足年龄十三岁,脚踏车唻,连得跷跷板也勿来事。

旧年仔喏，全民健身，弄堂口瞎七搭八物事装了交关，乃末，小鬼妗夹夹白相去了噢。弄堂里王家阿娘，小囡蛮欢喜个，九十四岁人哝，会得陪伊一道坐跷跷板。大家看见了，嫑吓一吓个啊，要紧奔上来，阿娘挡挡牢，万一跌下来，闯穷祸哝。

小四眼呢，大家蛮笃定，小朋友活络个呀。啥人晓得过，阿娘上上落落，神气得来，小四眼倒一跷，跷出去哝，水门汀浪，咣堂一跤，掼了右手骨裂。是阿娘两只小脚一篷风，小弄堂里兜出来，喊差头，送伊曙光医院去个。

㑚讲讲看，只小鬼见义勇为，哈哈，我喊伊爷叔哝。为了伊好噢，我干咳嗽一声，算了算了，大家邻舍隔壁，金乡邻，银亲眷，讲只我十一岁辰光个故事，拨伊长长知识哦。

礼拜六，夜头八点钟，我踏到四川路桥快，远远叫，看见邮电总局门口头，苗头勿大里对。

踏近了一看，两个喇叭裤小阿飞一头推仔脚踏车，一头嬲牢仔一个标致女小囡，勿二勿三，要请客吃奶油雪糕。

我先勿响，只当勿看见……"爷叔！"小四眼镜片里两只眼睛睁了老大。"侬见义勇为勿去啊？"

"去啥？"

爷叔讲两个，侬真当是两个啊，阿拉讲"两个"，勿是实际数目"二"，是"几"，阿晓得？就算正正好两个，爷叔也打阿飞勿过，爷叔又勿是少林寺小和尚咾，慢叫，阿飞打爷叔倒有份哝，肋棚骨打断脱倒也算哝，打了爷叔大小便失禁，寻啥人去啊？

"爷叔，"伊眼睛一白，嘴巴一披。"葛末，侬滑脚了咾？"

小鬼讲侬戆，侬是戆。爷叔滑脚了末，今朝仔，会得讲出来拨侬听个啊。"爷叔是踏过去眼咾再讲，蛮好，下街沿正好有两块碎砖头辣海……"

"侬是寻家生，砖头飞过去！"小四眼两只手一拍。"下趟见义勇为,我也飞砖头!"

"小鬼,砖头好瞎飞八飞个啊?"阿飞也是中国公民,也是中国法律保护对象,侬飞了人家罡头开花,屋里赔两钿倒也算哎,飞了人家翘辫子,侬就要吃官司。

"爷叔,侬勿飞,砖头拾伊做啥啦?"

"嘿嘿,爷叔末,四川路桥踏上去眼咾再讲。踏到桥当中,脚踏车末,撑脚架一撑,人跑下去两步,飞砖头去了呀。"

小四眼是,眼睛拨瞪拨瞪。"侬哪能又去飞了啦?"

唉,现在个小囡啊,哪能讲好,阿拉是要提倡吃奶,上一代门槛传子传孙传下去,奶粉再吃下去是,天晓得,阿拉奶粉勿过关个呀,吃了一代勿如一代。

"好哎,爷叔飞砖头,勿是飞人,是飞水门汀。阿飞看见砖头飞下来了末,屏得牢个啊,一个一个脚踏车跳上来,追爷叔来了呀。嘿嘿,侬想想看呀,爷叔刚刚脚踏车停辣啥个地方啊?"

"桥当中呀?"

"阿飞反动——反地心引力来动呀,吃吃力力上桥,爷叔是写写意意,惯性借好仔冲下来,眼睛一刹,老早北京路过去哎。"

"伊拉追上来哪能办?"

"爷叔老早算好哎,真个追着末,也要到南京路快哎。南京路,啥个地方啊,全中国马路里头,南京路顶顶闹猛,人是顶顶多,阿飞啥有胆子瞎来来啊?"

"女小囡人呢?"

"迭个末,爷叔也吃勿准,不过,一点吃准足个,女小囡门槛比侬精末,老早跑脱哓,脱侬一样末,倒蛮难讲个。所以缘故,小四眼啊,见义勇为前头,侬门槛顶好学学精噢。"

---

【叫名岁数】虚年龄。
【咣 ghuan 堂 dhan】大声关门的声音;金属或者玻璃掉下或打破,发出的使人感到突然的响声。
【下 hho 街 ga 沿 yhi】马路车行道的两边。
【罡 gang 头开花】本词条为注音。
【瞎来来】盲干,乱来。

# 后记·屏牢

今年仔末,啥人也想勿着,病毒介结棍法子。弄堂封脱了。大家末,侪蛮乖个,屋里蹲好辣海,屏牢了勿出门。

王伯伯末,自家寻眼事体做做,爬到晒台浪,望望野眼。巧也真巧,王伯伯一望,望着对过老虎窗里个阿三,头颈伸长仔,嘴巴动发动发,得屋头顶浪两盆花辣讲言话。

阿是辰光关了忒长,脑子闷坏脱了啊?要是蹲辣客堂间里,脑子坏脱也就算了,三层阁危险个呀,慢叫跳出来,迭个是人性命,勿好打朋个噢。外加,阿三前两年借得去七块五角洋钿买红双喜,吭没还拨我唻。

阿拉王伯伯末,做人家人,手机是老早有了,伊末,总归是打人家手机,响一记撅脱,等人家再打过来个,乃打 110 末,是孅铜钿得个,伊揿下去就打。

红灯蓝灯闪发闪发,人民警察口罩戴好上门了,看看阿三只面孔,眼睛里头有血丝,擐带胡子吭没刮,腔调末,是有眼勿灵光,乃开导伊了:"屏屏牢,迭个是倒春寒噢,过几日天就好了噢。"

阿三末,眼睛定烊烊看牢伊拉。两个警察一看,只腔调更加勿对了,阿拉到底勿是医生,勿专业,万一出了啥事体,对勿啦,弄堂里秦医生是老医生,伊拉儿子小秦也是医生,打只问问看。

手机打通了末，免提开开来。秦医生问阿三了："侬阿是得两盆花辣讲言话啊？"

"是个呀。"阿三头得得。

"啥体要得伊拉讲啦？"

"解解厌气呀。我勿出去搓麻将，力道用勿脱，日里呒没事体做，夜里又睏勿着，屋里家主婆又呒没……"

"好了，好了，阿三，"秦医生拿伊言话掭断。"侬得伊拉讲言话，两盆花阿是也来得侬讲言话啊？"

"讲屁讲啊！"阿三眼乌珠一弹。"花会得讲言话，蟹也会得笑哝！"

警察听见也笑了呀，手机拿到胡梯口去了，免提关脱。秦医生得伊拉讲，呒没事体，呒没事体，蛮好辣海，等两盆花得伊讲言话辰光，宛平南路 600 号再送得去，也来得及。

夜快同，阿三反应过来了呀，对牢老虎窗外头，横冷横冷辣骂山门："戳俹！啥人触祭饱了，打小报告啊！"

乃晒台浪，王伯伯是勿敢去了，弄堂微信群里看看白相相，茄茄山河哦。今朝末，伊看见丁丁爷叔辣群里关照大家当心，小苏北迭歇辣弄堂里裸奔。后头跟了交关老阿姨辣骂小苏北：素质是差咾，呒没知识咾，孋面孔咾……王伯伯想迭记是吃准足了，110又打得去了。

人民警察又来了，一看，小苏北衣裳着了蛮好末，铜盆帽、风衣、围巾、墨镜，全套头个上海滩行头，隓辣灶披间门口头，伏太阳，手里拿了杯埃斯普雷索，兰花节头还翘辣海。

警察一轧苗头，有数了，也勿打拨王伯伯了，关照小苏北："侬裸奔，当心吃家生噢。"

"我呒没裸呀……"小苏北听勿懂。

"要吃咖啡蹲辣屋里吃，屏勿牢跑出来，口罩勿戴，侬勿是辣病毒当中裸奔啊！"

　　隔日末，新个一轮七日天又开始了。大家一个一个排队核酸检测做好了，挨下来末，居委会一个一个排队订菜去，每份人家三十块洋钿。第二日早浪向，送上门来个。

　　三十块末，素小菜，勿大里开荤，勿像自家跑小菜场介候自家心想。啥闲食咾，更加勿谈了。王伯伯末，弄堂里有名个馋痨坯，也只好屏牢了。两日天屏下来了，屏到礼拜一了，王伯伯辣微信里瞄着了，老朱末，群里向发了条：今朝吃小蒲桃肉。

　　王伯伯蛮眼痒个，老朱到底老门槛噢，屋里向存货蛮多个，杭州小蒲桃也有个。

　　礼拜二，老朱又发了条：今朝吃牛肉。

　　王伯伯馋唾水咽咽，早晓得末，伊也买两块牛肉冰辣冰箱里，上个礼拜还跑得出去，夜里七点钟超市去，人家只打七折，伊嫌比式贵，勿是对折勿买，乃是懊恼煞了。

　　礼拜三，老朱群里向又发了噢：今朝吃烤鸭。

　　乃王伯伯警惕性一记头上来了呀，哪能北京烤鸭也弄得出来个啦？阿拉每顿饭，侪是撑粥撑饭，老朱肚皮敞开了吃，吃了像人家吃酒水，矮是犯错误，屏勿牢，迓迓叫，溜到弄堂外头开小灶去噢！

　　老朱年纪是大了，不过，伊比我还要馋痨，吃头势勿谈，老早仔，支内辣贵州，老乡屋里看门个狗也侪拨伊狗肉火锅吃脱了。矮看伊人瘦刮刮，身体老健个，一径辣老城厢个三层阁爬上爬落，有基础个，翻墙头小开司，屋里头还有部胡梯，一看就是犯罪工具。

　　王伯伯蛮识相，吸取上两趟教训，自家手机是勿敢打了，微信隔到街道主任搭，老早叫揭发，现在叫举报。

　　主任末，上个号头，还是副主任哝，刚刚坐到主任只位子浪，屁股也吮没坐热，一听，光火了呀，又是半根香烟一甩头。"娘个

芒　种　　277

冬采，寻我开心咾！破坏国家政策，拿我顶辣罡头浪！只嘴巴介馋牢，屏勿牢吃烤鸭，我先叫伊吃竹笋烤肉！"

电话拎起来，110打过去，派出所一听，又是㗁迭条弄堂，㗁弄堂里花头是透呀。再听主任一讲，也紧张了，马上研究监控，横研究，竖研究，一夜天研究下来，吪没发现啥人翻出去过末。乃讨厌了，漏洞勿小，连得监控也照勿着，事体要弄大了，弄了勿巧，慢叫要上新闻联播了。歇歇功夫，两个人民警察口罩戴好了，又来了。

老朱吓一跳，当伊也是阳性了。警察盘伊言话了："侬迭个北京烤鸭啥地方来个？"

"啥烤鸭？"老朱眼睛拨瞪拨瞪对牢伊拉望。

警察手机摸出来了，喏，拨伊看看清爽，拎拎清。现在是先进了，迭种生活用勿着口供，截屏侪辣海了。

"吪没吃过。吪没吃过。"老朱手穷摇。"我吃个是豆腐得菠菜。"

"牛肉呢？"

"吪没吃过。吪没吃过。我吃个是洋山芋汤。"

"小蒲桃肉呢？"

"更加吪没吃过。我吃个是咸菜黄豆汤。"老朱统统勿认账，乃两个警察八零八摸发摸发，要摸出来了呀。

"喏，"老朱嘿嘿笑笑。"吃小蒲桃肉末，是黄豆汤里摆眼咸菜，有小蒲桃肉个味道。吃牛肉末，是洋山芋汤里向，咖喱粉加眼，吃起来有牛肉味道。迭只烤鸭末，是豆腐得菠菜一道吃……"

"来来来，老法师侬再讲遍。"两个警察小簿子要紧摸出来，取经来了，慢叫自家隔离脱了，也好派派用场，翻翻花样。

事体弄清爽了呀。王伯伯也屏勿牢了呀。迭个一日夜里，伊也辣微信群里发了一条：今朝吃火腿。

发好了，想想，常怕也拨人家举报，伊豪燥又发了一条：是花生米得豆腐干一道嚼噢！

---

【攋 la 带胡子】连鬓胡须。
【撪粥撪饭】限量供给。

# 小 插 曲

| | | | | |
|---|---|---|---|---|
| 饴糖 | 甜酒酿 | 西瓜 | 毛栗子 | 臭豆腐干 |
| 粢饭糕 | 红烧肉 | 火腿粽子 | 可口可乐 | 盐金枣 |
| 冷饮水 | 炒腰花 | 百叶结 | 麦乳精 | 小笼馒头 |
| 盒饭 | 乳腐 | 大饼油条 | 咸菜 | 寿桃 |
| 油豆腐 | 檀香橄榄 | | | |

# 上海话释义简表

【（我）伲】我们。

【阿拉】我；我们。

【伊】他，她，它。

【伊拉】他们，她们，它们。

【伊个】他的，她的，它的，也有"那个"的意思。"伊排（里）"即"那种"，含轻微嘲讽和贬义；"伊搭（里）""伊面/伊搭（搭）"即"那里"；"伊歇（辰光）"即"那时"。

【倷】人称代词，表示你们。

【拉】助词，那。接表示亲属的名词或者人的名词，如："阿姨拉个物事。"

【物事】东西。上海话"东西"表示贬义，如："真勿是东西。"

【个】量词，个。助词，的，如："我个姆妈。"在句首也可用作"这"，如"个人"；在句尾表示肯定的语气，如："我是想来个。"

【辫个/迭个】这个。"辫搭""辫里"即"这里"；"辫歇"即"这会儿"；"辫排（里）"即"这种""这类"，含轻微嘲讽和贬义；"辫能（介）"即"这样（子）"；但"辫面（搭）"表示"那里"。

【辣】在……地方，如"坐辣""躺辣""辣辣""辣浪""辣海"。"辣辣"中的第二个"辣"虚化成为语气助词，意思即"了"。老上海话说："我辣辣台子浪写字。"一般不说："我辣海台子浪写字。"

【浪（向）】上面，如"天浪向"即"天上面"。"边浪（头）"即"边上，旁边"。

【望】期望，祝愿；"望望"即"探望，慰问"。往……方向，如"望后"即"往后"。

【下头】下面，底下。

【里向（头）】里面。

【帮】和，跟；还有一解即"相帮"的"帮"。

【傍】比，如："我傍侬啥人结棍?"趁，如："打铁要傍热，做事要傍急。"

【脱】和，跟，如："我脱伊一道去。"表示"完成"语态，如："吃脱了。"

【告】和，跟。

【搭】和，俗写作"得"，如："我辣屋里得小王打电话。"做动词时表示接连在一起。

【呒没】表示领有、具有的否定，如："伊呒没道理勿来。"表示存在的否定，如："屋里呒没人。"不如，不及，如："我呒没侬高。"不够，不到，如："伊做了呒没三日天就跑脱。"掉，不见，如："书包呒没了。"未曾，未然，如："我还呒没吃夜饭。"不能，不得，如："伊有去，侬呒没去。"

【呒】没，没有。

【覅】不要。

【勿】不。

【乃】作为名词"现在"，如："乃伊怕了。""乃下去"即"以后"；"乃（终）"有"这下子"的意思，如："乃伊出事体了。""乃终伊完结了。"

【乃末】于是，如："侬先做好第一桩，乃末再做第二桩。"真，如："乃末该死。"这下子，含强烈语气。

【末】用作助词和叹词。提顿假设话题，相当于如果，如："侬勿去苏州末，要告诉我一声。"也可表示当然语气，如："干部末，应该带头末。"也表示劝听、商量语气，如："阿拉就等伊一歇末。"还可用作介词和连词，表示假推、转折、因果。

【来】正在，如："侬勿要叫伊，伊来做功课。"很，非常，多么，如："鱼汤鲜来。"得，如："吃力来勿得了。"连接连动结构，表示前一动作是后一动作的方式，如："我拿笔来写字。"

【仔】了。大多用作已经发生或者正在发生，如："我吃仔饭了。""我跟仔伊一道去了。"也可用作语气助词，如："坐好仔。"

【歇】过一会儿。也表示曾经有过的经验、体验，如："箇个地方我来过歇个。""我听伊讲歇过个。"

【咾】和，连接词和词组，如："屋里向有爷咾娘咾阿哥咾。"表示方式的连接，如："肉要烧熟咾吃。"表示相反、选择、重复的连接，如："一个大咾一个小。"表示因果关系，如："生病咾勿好上课去。"表示连贯关系，如："让我烧好汤咾吃饭。"提顿话题，如："人咾，自家要识相。"表示当然、公认的语气，如："伊末是老先进咾。"表示反驳，如："我又呒没做错咾。"表示提醒、警告的语气，如："要出事体咾。"表示应答的语气，如："我来咾。"表示劝说、商量的语气，如："我先拨侬一百块咾，阿好？"表示申述原因的语气，如："失败几趟勿怕，伊决心大咾。"表示确认问题的语气，如："箇能讲，侬有伊电话号头咾。"表示追问语气，如："啥物事咾？"表示叮嘱的语气，如："侬个重书包好摆脱咾。"语缀，用在重叠单音词中间，表示动作一下一下连续进行，例如："摇咾摇。"

【咾啥】等，如："钞票咾啥要园园好。"

【啥体】啥事体。

【哪（能）（介）】怎么，怎么样。

【葛咾】所以。

【葛末】那么。

【哦】吗，吧。

【侪（部）】全部。

【邪（气）】很，非常。"邪邪气"在语气上更强烈。

【交关】很，相当。"交交关"表示非常多。

【忒（以）】太。

【老】很，非常；真，如："人长得老漂亮。""老"字越多，语气越强烈。

【瞎】非常，极。

【穷】拼命地，尽力地，如："辰光来勿及，伊穷奔了。"

【介】这么，表示程度。用在一些词后表示"地"，如："慢慢介走。""一样介。"

【煞】……得很，极其，如："我真是急煞。"非常，如："房间煞亮。"到了顶点，如："我想煞伊了。""……煞了"表示"……极了，……死了"，如："伊担心事煞了。""我烦煞了。""……煞脱"表示"……得很，……死"，如："难为情煞脱了。""煞死"表示"……个没完"，如："做煞死"即做得没完；也表示"坚持，一定"，如："我勿要伊去做，伊煞死要去。""……死……煞"表示程度很高，如："我今朝忙死忙煞。""我对伊恨死恨煞。"

【牢】住，如："抱牢勿放。"稳固，如："小囡坐勿牢。"坚固，经久。

【眼】点。"一眼"表示"一点"。"一眼眼"表示"一点点"。

【来死】……得很，如："迭个人作风坏来死。"俗写作"来西"。

【兮兮】有那么点儿，如："邋遢兮兮""戆兮兮"。

【头】与"有"合用，表示动作持续一段时间，如："有吃头""有看头"；与"呒""呒没"合用，表示不值得，如："呒吃头""呒看头"；与"有啥""呒啥""呒没啥"合用，表示不值得，如："有啥白相头？"与"一"合用，表示动作迅速完成，如："书包一拎头就跑。"数量词组加"头"，表示以一个单位整体来计算，如："一包香烟廿支头。"与表示动量的数量词组合用，表示一下子，如："一记头吃光。"

【头势】语缀，用在动词、形容词后，表示"厉害的样子"，如："戆头势""吃头势"。

【穷……百……】很厉害，非常，如："穷打百打""穷吃百吃"。

【乱……八……】乱……一气，如："捉牢一个贼骨头，大家乱打八打。"

【……记……记】语缀，表示动作一下一下连续进行，如"摇记摇记"。

【……发……发】表示动作长时间缓慢持续，如："马路浪荡发荡发。"表示较长的持续动作，如："画发画发画好一张画。"

【做】表示让步关系（即使……也），如："本钿多做多，呒没经验勿来三个。"

**参考书目**

钱乃荣：《上海话语法》，上海人民出版社1997年版
钱乃荣：《西方传教士上海方言著作研究》，上海大学出版社2014年版
钱乃荣：《上海话大词典（第2版）》，上海辞书出版社2018年版

# 朗读小记

我自 2016 年从上海大学中文系退休以来,一直努力在做沪语的改写、诵读等传承推广工作。我认为,沪语是吴侬软语的典范,既可拉家常,又可诵读各类诗歌散文。同样,沪语也是可以书写的。

跟随我的同好们都乐此不疲,慢慢地聚集起一大批沪语爱好者。至今,我们已改写、诵读了数千篇散文、诗歌。

这其实就和胡宝谈先生《弄堂》直接用沪语思维写作不谋而合了。因此,当责编黄晓彦找到我,请我找寻讲述者为《弄堂》配音,让读者可同时享受到上海话的语音魅力时,我便欣然同意了。

从收到纸稿到配音完成,都是在"热得要死个大热天"里,任务可谓艰巨。这次的讲述,便成了沪语朗读者的大集合。

这里简单介绍一下讲述者的构成。

1)浦东海派旗袍联谊会的沪语诵读班学员:倪云华(会长)、顾敏、边秦翌、周红缨、王浥清、黄燕琼、徐蔚华、邬渊敏、俞镐、何秀萍、胡运皎、俞颖、陆漫真、冯玉红、冯蓉、郭健、陈飞、邵小芬、徐君、黄海鹰。

旗艺会学员:曹兰珍、曹凯、杨敏芳、赵永芳。

2)普通话水平测试员中的上海人:陈全娣、徐祐琼、蒋伟伟、王浩峰、刘时医、王幼兰、丁薇、金丽萍、洪瑛、施陈骅、曹慧娟、田耘、钱爱娟、卢咏梅、顾天虹、仝康民、胡剑慧、高丽群。

3)闵行区沪语播音员:牛美华、薛南平、陈美莲、徐辉、王伟清、赵群社。

4) 我以前的同事、学妹、学生和侄女、女儿：徐慧丽、刘芳华、刘引烽、孙蕾、王震、张黎明、姚琳、顾详晴、王乙其。

5) 因喜好沪语朗读而聚集的朋友：王维杰、李国琪、周恋云、何振华、朱友好、安娜、李群、王邦基、徐建青、王峥、马军、丁曙立、顾卫芳、高仁恩、沈珊明、岑然周、胡芷苓、周月英、王宇洲、钱瑛、潘庆纽。

感谢他们的参与。

上海话，大家一起说起来！

丁迪蒙

2022 年 8 月于三林寓所

### 附：本书朗读者（按朗读顺序排）

| | | | | | | | |
|---|---|---|---|---|---|---|---|
| 牛美华 | 顾 敏 | 边秦翌 | 王邦基 | 李国琪 | 安 娜 | 刘时医 |
| 岑然周 | 金丽萍 | 王浥清 | 顾卫芳 | 黄燕琼 | 薛南平 | 郭 健 |
| 陈 飞 | 朱友好 | 冯 蓉 | 李 群 | 周红缨 | 王维杰 | 周恋云 |
| 王浩峰 | 倪云华 | 徐建青 | 丁曙立 | 邵小芬 | 田 耘 | 何振华 |
| 潘慧芳 | 高仁恩 | 丁 薇 | 王 震 | 高仁达 | 陈全娣 | 陈美莲 |
| 徐 辉 | 洪 瑛 | 胡剑慧 | 俞 镝 | 钱爱娟 | 卢咏梅 | 徐祐琮 |
| 孙 蕾 | 顾天虹 | 仝康民 | 曹慧娟 | 沈珊明 | 王幼兰 | 王 峥 |
| 曹 凯 | 何秀萍 | 施陈骅 | 徐蔚华 | 徐慧丽 | 邬渊敏 | 冯玉红 |
| 周月英 | 胡芷苓 | 俞 颖 | 刘引烽 | 张黎明 | 胡运皎 | 王伟清 |
| 赵群社 | 潘庆纽 | 徐 君 | 黄海鹰 | 曹兰珍 | 高丽群 | 顾详晴 |
| 钱 瑛 | 刘芳华 | 王乙其 | 陆漫真 | 姚 琳 | 杨敏芳 | 蒋伟伟 |
| 王宇洲 | 马 军 | 赵永芳 | | | | |